4° Y^2

2992

LES DRAMES DE L'HISTOIRE

LE PARDON DU MOINE

Par RAOUL DE NAVERY

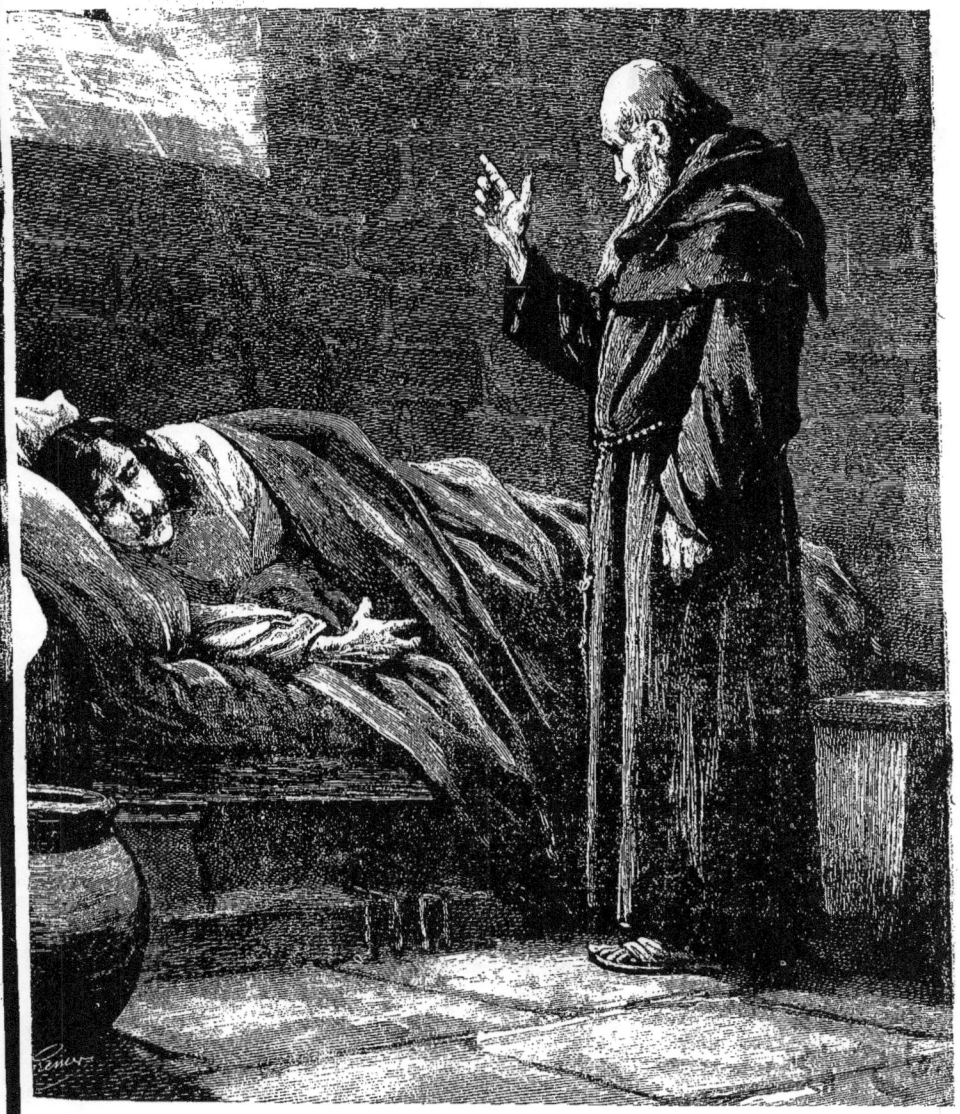

LIBRAIRIE BLÉRIOT

HENRI GAUTIER SUCCESSEUR, 55, QUAI DES GRANDS AUGUSTINS, A PARIS

LES DRAMES DE L'HISTOIRE

QUATRIÈME ÉPISODE

LE PARDON DU MOINE

Par RAOUL DE NAVERY

I

L'ATELIER

Une lumière chaude, intense, baignait, à l'heure de midi, les moindres détails de l'un des plus beaux ateliers de peinture de Madrid.

Dans la magnifique demeure d'Alonso Cano se pressaient les élèves jaloux d'étudier sa méthode, et de se perfectionner dans les arts divers qu'il cultivait avec une perfection égale.

Les jeunes gens, penchés sur leurs chevalets, travaillaient depuis longtemps avec ardeur, lorsque le son de la cloche de la chapelle voisine vint leur apprendre qu'il était l'heure du repos.

A ce signal chacun abandonna sa tâche et se disposa à quitter la salle d'étude, pour prendre un instant de récréation. Cependant, l'un d'entre eux, un superbe garçon du nom de Miguel, resté en arrière, sa palette à la main, se penchait anxieusement sur la rampe de l'escalier, et murmurait avec inquiétude : C'est singulier comme le Maître tarde à venir, aujourd'hui.

Au silence attentif, régnant jusqu'alors dans ce sanctuaire de l'art, succéda un mouvement joyeux.

Chacun des disciples du maître plaça sur son escabeau la palette chargée de couleurs, respira longuement avec une sorte de joie ; puis les jeunes gens se rapprochèrent, les mains se serrèrent, et, cordialement, ils inspectèrent leurs mutuels travaux.

Un seul des élèves était resté à sa place.

C'était un Italien, répondant au nom de Lello Lelli.

Il pouvait avoir vingt-cinq ans, mais la jeunesse ne mettait point

sur son visage cette noble flamme de l'enthousiasme qui fait plaisir
à voir sur les figures adolescentes. La souffrance qui dominait
l'expression de cette tête pâle manquait de grandeur et de résignation; l'envie se dissimulait mal dans le regard fuyant; les coins
amincis de la bouche annonçaient le sarcasme; le teint livide trahissait les tortures de la jalousie et de la colère mal étouffées.

Sans doute Lello Lelli avait conscience de ses défauts, car il évi-
tait de parler à ses camarades et, lorsque ceux-ci l'y forçaient, il
était rare qu'ils n'eussent point à regretter d'avoir noué avec lui
un entretien se terminant presque toujours par des paroles bles-
santes.

Sa pauvreté formait un contraste complet avec l'élégance de
costume de ses condisciples; tandis que ceux-ci se plaisaient à
rehausser leur bonne mine par des pourpoints de riches étoffes, des
passementeries, du jais ou des points d'Espagne, des fraises ornées
de guipures précieuses, et mettaient dans l'arrangement de leur
chevelure une grâce mêlée d'abandon, Lelli portait un maigre habit
rougeâtre, taillé dans les pans d'un manteau couleur muraille; un
ceinturon de cuir le serrait à la taille, et à ce ceinturon pendait un
stylet à poignée de fer très simple, mais dont la lame, finement
trempée, devait avoir fait plus d'une cruelle blessure.

A la suite de quels événements Lello Lelli était-il passé d'Italie
en Espagne? Il gardait à ce sujet un profond silence. Sans nul
doute, il s'agissait de quelque mauvaise affaire dans laquelle le poignard dont nous parlons devait avoir joué son rôle.

A entendre Lello s'exprimer sur le compte de Ribeira dans les
termes magnifiques qui lui étaient habituels, quand il exaltait le
talent non moins que la munificence de cet artiste, on était en droit
de se demander si jadis Lello n'avait point fait partie de la bande
de sicaires et de coupe-jarrets que l'Espagnolet tenait à sa solde.

Une des causes qui contribuaient sans nul doute à augmenter la
morosité du caractère de Lello était son impuissance.

Placé au milieu de jeunes hommes ardents, fanatiques de l'art,
en étudiant sans trêve les moyens et les ressources, Lello, réduit à
faire des copies, se trouvait doublement humilié.

Mais s'il manquait de génie créateur, si son talent se bornait à la reproduction exactement méticuleuse de l'œuvre qu'il était chargé de copier, il était doué en revanche d'un sens critique que nul n'essayait de lui dénier.

Cette supériorité étant la seule qu'on ne lui contestât point, il ne manquait jamais l'occasion de l'exercer, et il en faisait un moyen de vengeance.

De quoi voulait-il se venger ?

Il eût été fort en peine de le définir lui-même.

Sa laideur, son manque de talent, les vices de sa nature, peut-être ses remords et les crimes inconnus de son passé lui semblaient-ils autant de griefs dont il avait à se plaindre, et dont il rendait responsables ses camarades dont le cœur droit et le fier esprit lui imposaient le respect.

Malgré eux, ceux-ci laissaient souvent paraître la répulsion que leur inspirait Lello Lelli. Le maître s'efforçait d'apaiser leurs rancunes et d'aplanir les fréquentes difficultés soulevées par le caractère du copiste. Non pas qu'il éprouvât de l'attachement pour cet être énigmatique, dont les antécédents comme les projets demeuraient un mystère, mais il tenait compte à Lello de la fidélité scrupuleuse dont il donnait des preuves quand il s'agissait de rendre le caractère de ses œuvres. Puis, à cette époque, on estimait sérieusement tout ce qui arrivait d'Italie. L'Espagne artistique, en arrivant à son point culminant, ne se dissimulait pas qu'elle avait toutes ses attaches à Rome, Naples et Florence.

De tous les peintres d'Espagne, Alonso Cano était certes le moins espagnol, et ses toiles rappelaient plutôt l'école lombarde que cette école sévère, pleine d'austérité et d'archaïsme, dont on peut faire remonter l'origine à Sanchez de Castro, qui peignait à Séville en 1454, et qui, continuée jusqu'à Vargas, se trouva battue en brèche par les ardents jeunes hommes qui voulaient en secouer la froide tradition : Juan del Castillo, Herrera le vieux, Pacheco, que devaient dépasser dans cette voie Velasquez, Zurbaran et enfin Alonso Cano, qui fut, pour ainsi dire, la dernière expression du génie artistique de l'Espagne.

Or Lello était Italien. Il connaissait toutes les écoles de sa patrie ; dans les grands ateliers comme dans les petits, il avait tenu le pinceau, brossant, copiant, s'initiant à un genre de composition dont il rapportait les théories.

Causeur facile, dont la mémoire était pleine de faits intéressants, d'anecdotes bizarres, il distrayait souvent Alonso, dont parfois le caractère un peu triste menaçait de tourner à la mélancolie.

Habile à saisir, à deviner la pensée du maître, on eût dit souvent qu'il l'épiait pour y répondre d'avance.

Sa pauvreté ne l'empêchait point d'être arrogant, mais on le trouvait toujours disposé à satisfaire un vœu d'Alonso Cano ou un caprice de Mercédès sa femme. Il jouait agréablement de la viole, déclamait le Tasse avec goût et improvisait des vers avec facilité. Sans descendre au rôle de bouffon, il se montrait d'une complaisance sans bornes.

Plus d'une fois ses amis, Velasquez lui-même, avaient demandé à Alonso pourquoi il tenait à cet étranger, qui leur inspirait à tous une antipathie profonde.

— Il copie avec une rare perfection, répondait Cano et, dans sa façon de traduire mes œuvres, je trouve je ne sais quel souvenir de la manière de Greco qui me plaît infiniment. On lui reproche sa pauvreté... Ce n'est ni sa faute ni la mienne s'il ne gagne pas davantage. Il travaille avec une extrême lenteur... Son esprit me divertit souvent... D'ailleurs, chacun le déteste si cordialement que je me crois presque obligé de le défendre contre cette haine...

Pour ne point contrarier l'artiste, nul n'allait au-delà d'une première observation ; mais personne ne pouvait se défendre d'éprouver, en regardant Lello, une sorte de crainte sinistre.

Le jour dont nous parlons, quand la cloche du couvent voisin sonna l'office des moines, les élèves posèrent donc sur les tabourets les boîtes, les pinceaux, les palettes, et, après avoir un moment sacrifié au plaisir de donner la liberté à leurs membres engourdis, ils se groupèrent amicalement ou se séparèrent pour visiter mutuellement leurs chevalets.

Le dernier de tous, Lello, quitta sa place.

Il se dirigea nonchalamment vers le tableau que venait d'ébaucher Pedro Castello, et qui représentait Prométhée étendu sur les rocs du Caucase, le foie déchiré par le bec d'un aigle avide.

Pedro avait fait preuve d'une fougue étrange dans cette composition.

Rien d'émouvant et de terrible comme la figure de ce vaincu.

— Eh bien! demanda Castello à Lello Lelli, vas-tu aiguiser ta critique contre mon Prométhée?

— Dieu m'en garde! répondit le copiste; vous connaissez mon dédain pour les fades images : ce que vous faites là sera très beau dans le sentiment de l'horreur... Chacun obéit à son tempérament... On ne peut vous demander de créer de suaves figures comme celles que le maître fait tout naturellement éclore sous son pinceau... Ce n'est pas à Madrid que vous devriez étudier, Pedro, mais à Naples.

— Pourquoi?

— Un seul maître vous comprendrait.

— Lequel?

— Cet homme pâle, maigre, chétif, payant si peu de mine que ne voulant pas, par respect pour l'Espagne, la première nation du monde, le reconnaître pour l'un de ses fils, on l'appelait par dérision l'*Espagnolet* : le petit Espagnol! Je l'ai vu, moi qui vous parle, tandis qu'il traînait sa misère et trouvait difficilement du pain pour sa faim, rêvant déjà des œuvres grandioses, mais dont l'aspect devait traduire aux yeux de tous les secrets tourments et les angoisses de Ribeira pauvre... Aujourd'hui, riche comme un duc et puissant comme un roi, ayant ses poètes, ses flatteurs, ses caudataires, il n'oublie pas les mauvais temps qui le virent errant dans les rues de Naples... Sa peinture est le reflet de sa vie. Il traduit sur ses toiles son cœur ulcéré. Le fiel se mêle aux couleurs qui donnent une incroyable vie à ses œuvres; ayant souffert dans son esprit, dans son corps, dans son cœur peut-être, il s'est fait et il restera le peintre de l'angoisse intérieure et de la torture physique. Il étale dans les oppositions de ses noirs épais et de ses lumières inattendues les secrets de son caractère. Il ne sait ni rendre une tête divine de Christ, ni peindre une céleste Madone. Il faut qu'il

Miguel se penchait anxieusement sur la rampe. (*Voir page 2.*)

étonné, frappe, bouleverse, effraie par un spectacle sanglant de chairs palpitantes et déchirées. Il n'est bien lui-même que lorsqu'il rend la lutte d'Ixion contre la roue éternelle, la Faim déchirant les entrailles de Tantale, les martyres de saint Laurent prêt à s'étendre sur le brasier et de saint Barthélemy dont les lanières de peau dé-

Miguel se penchait anxieusement sur la rampe. (*Voir page 2.*)

étonné, frappé, bouleverse, effraie par un spectacle sanglant de chairs palpitantes et déchirées. Il n'est bien lui-même que lorsqu'il rend la lutte d'Ixion contre la roue éternelle, la Faim déchirant les entrailles de Tantale, les martyres de saint Laurent prêt à s'étendre sur le brasier et de saint Barthélemy dont les lanières de peau dé-

chiquetées laissent voir l'épouvantable écorché... Vous êtes de son
école ; pourquoi restez-vous chez Alonso Cano ?

— J'admire le maître, répondit Pedro Castello.

— Eh ! mon Dieu, l'Espagnolet admira le Corrège ! Comprenez-
vous cela ! Le Corrège, ce peintre des Anges et des Vierges ! Mais
Ribeira avait trop la conscience de son génie pour ne pas être convaincu que l'influence de ce maître lui deviendrait fatale, sans être
décisive, et il s'empressa de retourner à la rude école du Caravage.

— Dieu me garde pourtant, bien que j'envie sa gloire, de ressembler à l'Espagnolet !

— Et qui vous dit qu'on ne l'ait point calomnié? demanda
Lelli.

— N'a-t-il pas abreuvé le Dominiquin de chagrins et de dégoûts?

— L'empêchait-il de peindre !

— Ne tenta-t-il point de faire assassiner Guido Reni?

Lello Lelli ne put se défendre d'un tressaillement.

— Cette accusation ne fut jamais prouvée.

— La crainte de Guido fut si grande, qu'il abandonna Naples.

— Il y pouvait rester.

— Non! non! dit Pedro, jamais je n'irai à l'école de ce maître...
Il ne prendra point d'élèves, car il ne souffrirait point de rivaux...
la peur et le trépas l'environnent... il compte plus de sicaires que
d'amis, et toute l'admiration qu'il excite ne vaut pas un peu de
l'estime que les rois et les peuples accordent à nos grands hommes...
Ribeira a beau être né en Espagne, il l'a reniée, et avec lui son
école, pour se faire Napolitain.

— Et pourtant, répondit Lello, vous faites du Ribeira. Oh! ne
pâlissez point de colère, vous serez comme ce maître fantasque,
impétueux, violent, mais d'une incontestable puissance dans les
grands partis pris d'ombre et de lumière... On ne distingue pas tout
de suite vos figures de la nuit dont elles émergent... Le fantastique de la vision se mêle sur vos toiles à la réalité... Votre
Prométhée est superbe, et cependant il conserve l'apparence
d'un homme vu au travers d'un songe... A part ce reproche
adressé à Ribeira lui-même, certains morceaux sont magni-

fiques, car votre puissance arrive à la puissance du scalpel.

— Ainsi, demanda Pedro, ce que je fais n'est pas original?

— C'est de l'Espagnolet...

Pedro s'assit, soucieux, devant sa figure.

— Le maître sera mécontent... pensa-t-il.

— Oh! oh! reprit Lello en s'arrêtant devant le tableau presque achevé de Bartholoméo Roman, voilà, par Notre-Dame del Pilar! une sainte Catherine habillée de brocart comme une infante... N'était la roue qui se dérobe à moitié sous les plis de son manteau, et le fil d'or qui semble lui faire une auréole, on la prendrait pour une grande dame espagnole venant de mettre la dernière main à sa parure... Vive Dieu! voilà des étoffes superbes! lourdes comme du cuir de Hongrie et ramagées d'or à faire plaisir! Où avez-vous trouvé ces anges au teint moresque, et de si belle allure, Bartholoméo? Il me semble, à regarder cette toile, voir une grandesse du paradis...

— Toujours railleur! dit Bartholoméo.

— Railleur, moi?... Où voyez-vous de la raillerie dans mes paroles? Ce que je constate a été signalé dans Zurbaran lui-même, et les sainte Cécile, sainte Ursule, sainte Lucie qu'il exposa dans nos églises sont fières comme des Castillanes...

— Ce qui n'empêche pas...

— Ce qui n'empêche pas Philippe IV d'avoir appelé Zurbaran « le peintre des rois et le roi des peintres ». Je suis de son avis; mais vous me permettrez de préférer les moines de Zurbaran à ses figures de martyrs...

— Ah! fit Pablo en voyant s'approcher Lello, c'est mon tour?

— Pas encore... répondit celui-ci en souriant du bout des lèvres. Il serait bien difficile de louer ou de blâmer ce qui n'existe pas...

— Mais l'esquisse?

— Me rappelle le procédé attribué à Herrera le vieux.

— Lequel? demanda Pablo.

— Pour économiser son temps, devenu fort précieux depuis que les commandes pleuvaient dans son atelier, il faisait préparer ses toiles par sa vieille servante. Elle couvrait le fond de couleurs, au hasard, frottait ensuite avec un torchon, et de ce chaos affreux Herrera faisait sortir des figures et des draperies.

— Eh bien ? demanda Pablo.

— Vous en êtes encore au coup de torchon, répondit Lello.

Pablo se mordit les lèvres jusqu'au sang.

Au moment où le Napolitain allait regarder une grande toile représentant une Ascension, l'élève qui venait d'y travailler jeta dessus un rideau avec promptitude.

— Ah ! fit Lello, vous ne me permettez pas de regarder ?

— Non, répondit Miguel d'une voix presque dure.

— Puis-je savoir pourquoi ?

— Parce que si vos avis sont justes, leur effet est mauvais... Vous avez une façon de louer qui laisse un involontaire découragement... Vos conseils cachent une sourde perfidie... Ce pauvre Roman est maintenant tout inquiet, et cependant sa composition est bonne, bien équilibrée, et le caractère de ses têtes est superbe... Pedro Castello, à qui vous faites l'honneur de le comparer à Ribeira, ne semble pas très heureux de vos conclusions... Quant à moi, qui suis passionné pour mon art jusqu'au fanatisme, je craindrais qu'un mot de blâme sévère ou une louange exagérée me jetât dans le trouble... Vous qui vous contentez de copier les figures du maître, vous pouvez ne point comprendre ce qu'il nous faut de recueillement, d'inspiration et de verve pour inventer et créer... Laissez-moi ne prendre qu'Alonso pour guide, et quelque talent que je vous reconnaisse comme critique.....

— Oh ! vous ne faites jamais faute de me reprocher la médiocrité de ma situation et le peu que je suis : un copiste ! Ne m'appelez-vous point entre vous « le pauvre » ? Qu'est-ce que cela peut me faire ? Croyez-vous que votre dédain m'humilie, Miguel ? Vous êtes dans l'erreur, et je préfère savoir tout de suite que vous me haïssez...

— Je ne vous hais pas, répondit Miguel, je vous redoute.

— Ai-je fait du mal à quelqu'un, ici ?

— Oui, répliqua Miguel, et ce qui vous semble de ma part une injustice au premier moment est cependant incontestable pour moi, comme l'existence du soleil... Vous avez autour de vous une atmosphère fatale, vous portez malheur, que vous le vouliez ou non...

La preuve de ce que j'avance est que vous n'exaltez jamais en nous aucun sentiment élevé... le découragement naît de votre contact comme certains poisons coulent de certaines écorces... Vous desséchez autour de vous... Mais si vous n'étiez ainsi, vous seriez artiste, et un véritable artiste... Seulement, Dieu vous a refusé les grandes sources qui alimentent le génie : la foi et la bonté ! Vous serez stérile pour n'avoir rien aimé en ce monde... Le châtiment de beaucoup d'êtres est dans leur impuissance à produire, et cette impuissance se communique... Le mancenillier tue les plantes à son ombre... Vous anéantiriez l'inspiration, la croyance, dans l'âme de ceux qui vous écoutent et seraient tentés de vous croire.

— Orgueilleux ! fit Lello Lelli.

— Moi? Non de ce que je suis, du moins, car je ne suis rien encore... fier peut-être de ce que je sens en moi de vivant, de noble et de pur ; heureux d'avoir l'Espagne pour patrie, le ciel pour espoir et Philippe IV pour maître... heureux de tenir ma palette et d'étudier sous Alonso Cano ; heureux enfin d'espérer que mon nom s'ajoutera peut-être un jour à celui des hommes dont la pléiade fait la gloire de notre pays! Si vous trouvez tous ces orgueils et tous ces bonheurs mesquins, c'est vous qu'il faut plaindre et non pas moi qu'il faut blâmer.

— Miguel, répondit Lello d'une voix âpre, ce que vous dites aujourd'hui tout haut, vous le pensez depuis longtemps tout bas...

— Peut-être.

— Pourquoi attendre si tard à me l'apprendre?

— Parce que jamais vous n'aviez pris à tâche de me railler ainsi, moi et mes compagnons... Parce que jamais je n'ai mieux compris l'influence fatale que vous exercez sur nous...

— Il eût été franc de le dire.

— Il était respectueux de se taire.

— Pour quelle raison?

— La protection du maître vous couvre.

— Voulez-vous dire que je m'abrite derrière?

— Je constate, je n'apprécie pas !

— Et s'il dépendait de vous?... ajouta Lello Lelli.

— S'il dépendait de moi, vous ne resteriez pas une heure de plus dans cet atelier.

— Enfin vous levez le masque !

— Se taire n'est pas de l'hypocrisie.

— Après ce que vous venez de dire, il ne peut y avoir entre nous aucun rapport... Je vous gêne... Sachez-le donc : vous m'êtes odieux !

— Eh bien ?

— J'en conclus que l'un de nous est de trop ici...

Miguel devint pâle.

— Achevez donc !... Vous me proposez ?...

— De me céder votre place ou de vous laisser sur le carreau.

— Un duel ! s'écria Miguel.

— Un duel, ici, tout à l'heure...

— Est-ce à l'italienne ? demanda Miguel avec une sanglante ironie.

— A l'italienne ou à l'espagnole ; pourvu qu'il se termine par la mort de l'un de nous...

— Miguel ! Miguel ! s'écria Bartholoméo Roman, que vas-tu faire ?

— Vous débarrasser de cet homme, qui fut trop l'ami de Ribeira pour ne pas avoir mis son épée à son service.

En ce moment, Lello Lelli arracha le stylet qu'il portait à sa ceinture.

— Quand je vous disais ! fit Miguel.

Pedro Castello se jeta au-devant de son compagnon.

— Laissez ! laissez ! disait Lello : il faut que je le tue !

— Loyalement, au moins ! répliqua Bartholoméo.

Il enleva deux épées de la panoplie garnissant un des panneaux de l'atelier, et en tendit une à chacun des adversaires.

Miguel affermit sa main sur la poignée à coquille de la sienne, tandis que Lello tourmentait la garde de son arme et en faisait siffler la fine lame comme une couleuvre.

— En garde ! en garde ! cria Miguel.

Lello se fendit, les deux glaives se heurtèrent.

En ce moment s'ouvrit toute grande la porte de l'atelier.

— Le Maître ! dit Bartholoméo, d'une voix étouffée.

Alonso Cano venait de paraître sur le seuil.

Il fut laissé pour mort par son adversaire (*Voir page* 15.)

II

LE MAITRE

En apercevant Alonso Cano, les deux adversaires se reculèrent subitement ; Miguel, avec l'expression du regret et du respect,

Il fut laissé pour mort par son adversaire (*Voir page* 15.)

II

LE MAITRE

En apercevant Alonso Cano, les deux adversaires se reculèrent subitement ; Miguel, avec l'expression du regret et du respect, regarda son maître, tandis que Lello laissa échapper une sourde imprécation.

Alonso, pâle comme un mort, s'avança vers les deux jeunes gens.

— Malheureux! dit-il, malheureux! qui peut vous avoir poussés à ce crime d'attenter mutuellement à votre vie? L'existence d'un homme n'est-elle pas sacrée? Avez-vous le droit, pour un mot, pour un signe, de verser le sang comme un misérable assassin?... Oh! je ne retire pas le mot : un assassin! Tout duelliste adroit est un meurtrier... et, croyez-le, tôt ou tard le châtiment du ciel retombe sur sa tête.

Miguel se courba profondément devant l'artiste, mais Lello Lelli continua à le regarder en face avec une fixité railleuse.

— Qui a commencé la querelle? demanda Alonso d'une voix brève.

Tous les élèves s'écrièrent à la fois :

— Lello! Lello!

L'Italien bondit comme si une vipère l'eût piqué.

— Non, dit-il, vous mentez, vous mentez tous! Je n'ai insulté personne; vous me haïssez dans cet atelier, et vous vous réjouissez à la pensée que la sévérité du maître vous débarrassera pour jamais d'un rude compagnon...

— Silence! fit Alonso Cano, je vous ai pardonné bien des fautes, Lello, et mon indulgence a souvent dépassé les bornes... Cette fois, je resterai impitoyable aux prières que vous pourriez m'adresser, à toutes les excuses que vous tenteriez de me présenter pour diminuer l'horreur que votre action m'inspire... Des bretteurs dans ma maison, je n'en souffrirai jamais! Vous chercherez un autre atelier, Miguel, pour y apprendre les secrets de la peinture... Je vous regretterai, car je vous chérissais presque comme un fils... Vous, Lello, dans trois jours vous aurez quitté cette maison.

Miguel s'approcha d'Alonso Cano et lui dit d'une voix suppliante :

— Ne me chassez pas, maître, ne me chassez pas! Vous savez quel respect je professe pour votre caractère, quelle admiration m'inspire votre génie... Qui fera de moi un grand artiste comme je gardais l'ambition de le devenir, si vous me privez de vos le-

çons ?... Je reconnais mes torts, et je m'humilie devant vous...
Mais pouvais-je entendre railler d'une impitoyable façon mes camarades, mes frères ?... Mon orgueil d'Espagnol s'est révolté sous les
ironies perpétuelles de cet Italien maudit qui semblait prendre à
tâche de méconnaître les plus pures de nos gloires, et dont les per-
fides avis décourageaient mes compagnons... Maître, il faut pardonner quelque chose à l'ardeur de la jeunesse, aux mouvements
impétueux du sang... la leçon que je viens de recevoir me servira,
je vous jure !... Faites-moi grâce, maître !...

— Oui, oui ! répétèrent les jeunes gens, grâce pour Miguel !

— S'il s'agissait d'une offense personnelle, j'aurais déjà pardonné ; mais j'ai, vous le savez, une trop terrible crainte du sang
répandu pour tolérer cette manie de bataille qui change en spadas-
sins des amis de la veille... Non, Miguel, je ne reviendrai pas sur
ma parole ; mais, tout en refusant de vous garder comme élève, je
puis vous dire que je vous regrette sincèrement.

— Je ne demanderai point grâce, moi ! dit Lello d'une voix farouche ; je sais trop bien pourquoi Alonso Cano éprouve pour le
duel une secrète horreur.

L'artiste changea de visage et s'appuya contre un meuble.

Le Napolitain reprit, en le regardant fixement :

— Je me suis laissé conter une singulière aventure arrivée à
Grenade en 1637, je crois...

En entendant cette date, Alonso pâlit encore davantage et, incapable de se soutenir, il tomba sur un siège.

Les élèves s'élancèrent vers lui avec anxiété ; mais l'artiste les
repoussa de la main avec douceur et dit au Napolitain :

— Tu as raison, Lello, c'était en 1637.

L'Italien reprit :

— A cette époque, un jeune homme, Sébastien de Llano y Valdez, étudiait la peinture chez le premier artiste de la ville, tandis
que le maître composait les merveilleux rétables dont nous voyons
ici le plus magnifique modèle... Sébastien était doux, modeste et
bon... et cependant, un jour, la colère lui mit l'épée à la main, et
il fut laissé pour mort par son adversaire...

D'une main se cramponnant à son fauteuil, et l'autre étendue vers Lello Lelli, Alonso Cano se souleva :

— J'ai tué! fit-il, j'ai tué! mais ce que cette mort m'a coûté de larmes, nul de vous ne le saura jamais! Oui, vous dites vrai, Lello, et votre méchanceté, que j'essayais de nier jusqu'ici, a trouvé la partie la plus vulnérable de mon cœur... Eh bien! c'est parce que j'ai souffert l'angoisse, les remords qui sont la conséquence d'un crime que je veux vous les épargner... je veux que vos mains soient plus pures que les miennes du sang répandu... Je ne veux pas qu'un semblable malheur assombrisse vos jeunes vies! Vous avez révélé la faute et la douleur de mon passé, Lello, j'accepte ce châtiment; mais je veux que vous le sachiez tous, depuis l'heure où Sébastien tomba la poitrine traversée par mon épée, j'ai à peine connu le sommeil... Vous me trouvez souvent sombre, rêveur... c'est que je songe alors à cette jeune vie fauchée... Je tressaille souvent à un souvenir, en présence d'une ressemblance due au hasard... le son d'une voix me trouble, la vue d'un couteau me fait pâlir, et je détourne la tête quand une tache de sang frappe ma vue... Le fantôme du mort me poursuit... je vois sans cesse les lèvres rouges de sa blessure... le cri que poussa Sébastien en tombant frappe toujours mes oreilles... je l'entends le jour au milieu des entretiens de nos amis; je le distingue tandis que l'orchestre de la cour exécute ses plus savantes mélodies; il m'arrive jusque dans les rires joyeux de la jeunesse. — Souvent, vous vous êtes demandé pourquoi je semblais courbé sous le poids d'un chagrin, quand tout me sourit... Vous le savez, maintenant, Lello vient de vous le dire... Je me suis battu en duel, et mon adversaire a succombé...

L'artiste s'arrêta, un rauque sanglot monta à sa gorge.

— Pardon, maître, pardon! dit doucement Miguel.

Bartholoméo Roman s'avança vers Lello Lelli :

— Honte à toi, dit-il, pour avoir réveillé dans la mémoire du maître ce douloureux souvenir!... Si tu gardais un peu de cœur, ce ne serait pas dans trois jours que tu quitterais cet atelier, ni demain, mais sur l'heure... tant ta vue nous inspirera désormais d'horreur et de dégoût.

— J'ai dit trois jours... répondit Alonso Cano; jusque-là, il est libre de continuer son travail et de garder la chambre qu'il occupe dans cette maison.

Il me plaît d'en sortir tout de suite! dit Lello.

Le Napolitain assujettit son poignard à sa ceinture, puis regardant tour à tour les élèves qui avaient été ses condisciples :

— Adieu! fit-il, priez le ciel de ne pas me trouver sur votre route. Je retourne rejoindre l'Espagnolet.

Nulle main ne se tendit vers l'Italien qui, blême et tremblant de rage, quitta l'atelier dont il ne devait plus franchir le seuil.

Quand la porte se fut violemment refermée sur lui, Alonso Cano regarda Miguel avec tristesse :

— Je te regretterai, lui dit-il, je t'aimais bien! mais sois tranquille, je m'occuperai de toi... Grâce à Dieu, l'Espagne possède plus d'un maître, et demain même je te recommanderai au roi.

— Au roi! répéta Miguel.

— Oui, reprit Alonso avec effort, à Philippe IV lui-même... Je revenais ici le cœur plein de joie et d'un légitime orgueil... ce matin, l'infant Balthazar prenait sa leçon de dessin, quand Sa Majesté est venue s'informer des progrès de mon royal élève... Elle a daigné en paraître charmée et m'a promis pour demain sa visite...

— Le roi viendra à l'atelier! dit Bartholoméo.

— Fera-t-il faire son portrait? demanda Pedro Castello.

— Je l'espère, répondit Alonso Cano.

— Ah! cette récompense vous était bien due, maître! dit Miguel. Si rigide que vous soyez pour moi, je me réjouis de ce qui vous arrive d'heureux. Vous m'avez témoigné une bonté paternelle jusqu'à ce jour, et si jamais, ce dont le ciel vous garde! vous avez besoin de l'aide du jeune Miguel, soyez sûr qu'il se ferait tuer pour vous...

L'artiste tendit la main au jeune homme :

— Tu seras là, lors de l'entrée du roi, dit-il.

Le jeune homme porta la main d'Alonso à ses lèvres; puis il se détourna pour cacher une larme qui monta lentement à ses yeux.

Mais la triste scène qui venait de se passer ne s'effaça point du

souvenir des jeunes gens : la pensée du grand honneur que Philippe IV faisait à l'artiste né suffit pas pour leur faire oublier le
renvoi de Miguel et chasser de leur esprit le souvenir des paroles
de l'artiste.

Jusqu'à ce jour, les élèves d'Alonso avaient rejeté sur les préoccupations de son art la tristesse persistante du maître ; ils en connaissaient maintenant la cause, et ressentaient pour lui une affection d'autant plus grande qu'ils le trouvaient en réalité moins
heureux. Que de fois ne l'avaient-ils point envié, autrefois? Et,
maintenant, lequel d'entre eux eût consenti à échanger sa jeune
pauvreté et ses incertaines espérances de gloire contre la fortune
princière d'Alonso, la jouissance d'une grande renommée et l'at-
tente de royales faveurs.

Peut-être ces jeunes gens avaient-ils légèrement traité jadis cette
question des regrets suivant un malheur accompli, des remords
éternisant en quelque sorte la faute... Mais, pour donner à leur
inexpérience une impérissable leçon, le remords prenait une voix,
un corps, il se faisait vivant et palpable ; et Alonso Cano racontant
ses douleurs poignantes à ses élèves leur donnait à tous une leçon
d'autant plus terrible et plus salutaire qu'ils éprouvaient pour lui
un plus sincère respect.

Dans cette vie, si belle en apparence, la douleur avait sa part.

Les triomphes d'Alonso s'expiaient par de secrètes larmes.

Quand l'artiste comprit l'impression produite sur tous par ses
douloureuses confidences, il tenta de la dissiper en donnant à chacun d'eux un encouragement.

Il n'était pas difficile de soutenir le zèle des jeunes hommes groupés autour d'Alonso Cano ; chacun d'eux devait, un jour, avoir sa
place dans l'histoire de l'art. Ils écoutaient ses leçons avec défé-
rence, ils peignaient avec enthousiasme. L'autorité morale exercée
sur eux par le maître n'avait d'égale que leur dévouement. Alonso
mettait dans son enseignement une lucidité merveilleuse, soutenue par des démonstrations dont il leur fournissait les preuves. Il
complétait pour eux le dessin par la sculpture ; il les forçait comme
lui à ne négliger aucune des branches de l'art, et généralisait leur

instruction autant que le permettait leur intelligence. Dans son atelier régnait d'ordinaire un calme recueilli. Si le silence était rompu de temps à autre, c'était par la voix d'un des jeunes artistes, récitant avec enthousiasme les passages des pièces nouvelles de Calderon et de Lope de Vega.

Quelquefois la visite d'un homme considérable troublait la régularité du travail.

Tantôt, un riche marchand venait demander, pour les emporter aux Indes orientales, des tableaux de prix ; tantôt, des moines attirés par la double réputation de Cano le priaient de décorer une chapelle.

Sa prodigieuse facilité lui permettait de fournir des œuvres à tous ses admirateurs.

Il travaillait sans repos ; les uns disaient pour la gloire, d'autres pour la fortune, quelques-uns afin de satisfaire aux fantaisies de sa femme Mercedès.

La vérité est qu'Alonso travaillait afin d'oublier.

Tandis qu'il peignait ses admirables Vierges, il perdait la vision du cadavre sanglant de Sébastien Llano y Valdez.

Chacun des jeunes gens se remit à sa tâche, et ce fut seulement à l'heure où le jour baissa que les élèves fermèrent leurs boîtes et sortirent lentement de l'atelier.

Quand il se trouva seul, Alonso cacha son front dans ses mains.

— Mon Dieu ! dit-il, je n'ai point assez pleuré, assez expié sans doute... j'avais espéré que vous accepteriez favorablement et comme le rachat de ma faute, non pas seulement mes larmes secrètes, mes insomnies, mais encore cette série de toiles, de statues, que les hommes qualifient de chefs-d'œuvre et que j'essayais d'empreindre d'un ardent sentiment de foi et d'amour, afin que les prières qui se seraient élevées en face des images sorties de mes mains plaidassent éternellement ma cause... J'essayais d'apaiser les troubles de mon cœur, les angoisses de mon esprit pour laisser rayonner une divine mansuétude sur les figures de mes vierges et de mes martyres...

« Il me semblait que chacune d'elles, se faisant mon avocate, vous demandait alors le repos de mon âme plongée dans les terreurs de l'angoisse... Je me trompais ! l'expiation n'est pas suffisante, et la verge dont vous vous servez pour me frapper deviendra plus terrible que jamais... Comme vous avez réveillé en moi le souvenir de ma faute !... Un moment de plus, et je trouvais peut-être un cadavre dans cet atelier. »

Alonso Cano cacha en frémissant son front dans ses deux mains.

La porte de l'atelier s'ouvrit doucement ; le bruit d'un pas léger se fit entendre, et Mercédès vint s'appuyer sur le haut fauteuil de son mari. C'était une jeune et charmante créature, frêle, nerveuse, dont la physionomie, d'une mobilité extrême, devait réfléchir avec une vivacité soudaine les impressions d'une nature ardente et mobile. Il restait en elle beaucoup de l'enfant. Peut-être était-ce la faute de Cano, qui, la trouvant mignonne et séduisante, ne lui demandait rien de plus que la grâce de son visage et les éclats de sa gaieté. Mercédès était restée futile, et la vanité se greffant sur une grande légèreté, son caractère ne présentait rien de stable. Faute d'occuper son esprit de choses sérieuses, elle l'avait rempli de choses inutiles. Son cœur restait étourdi comme son caractère. Sa jeune âme, dont rien ne réglait, ne pondérait les mouvements, s'emplissait de tumulte. Mercédès aimait son mari, mais elle ne lui offrait pas cette sécurité dans l'affection qui fait le charme de la tendresse. Maintes choses la distrayaient de ses devoirs, qu'elle effleurait sans les approfondir. Elle montrait dans ses caprices la vivacité et l'entêtement d'une enfant. Alonso cédait à ses désirs, par affection d'abord, par amour du repos ensuite, car lorsque son mari lui refusait quelque chose, Mercédès ne manquait jamais de lui dire que la fille de Pacheco, son vieux maître, la femme de Diégo Velasquez, était mille fois plus aimée, puisque son mari lui donnait de plus magnifiques parures. Le grand défaut de Mercédès était de rapetisser la vie de son mari, de lui montrer trop les côtés puérils de l'existence, de le tourmenter par d'incessants caprices, comme si son unique occupation avait dû être de lui commander des

ceintures d'orfèvrerie, des pendeloques et des agrafes. Elle calcu-
lait, comme un juif, la valeur d'une toile, et en dépensait le prix
pour une fantaisie qui la distrayait une heure, et à laquelle elle ne
songeait plus le lendemain.

Certes, elle n'était point à la hauteur du mari que le ciel lui avait
donné ; ses légèretés, ses coquetteries inquiétaient parfois Alonso ;
mais elle le raillait si gentiment de sa jalousie, elle l'apaisait avec
tant de grâce, qu'il finissait toujours par avouer qu'il avait tort, et
par lui promettre ce qu'elle demandait.

Si, par hasard, Alonso lui refusait quelque chose, Mercédès faisait grand tapage de son chagrin; elle se jetait en pleurant dans les
bras de sa nourrice, et s'écriait qu'elle était la plus malheureuse des
femmes.

Sans doute, les domestiques ne le croyaient point d'une façon
absolue ; mais la tristesse d'Alonso, si opposée à la gaieté de sa
femme, ses fréquentes absences pour aller à la cour, où l'appe-
laient ses différentes charges, pouvaient servir de base à des accusations mensongères.

Dans son entourage, Mercédès ne passait donc point pour être
parfaitement heureuse avec Alonso Cano.

Cependant, il faut convenir que l'artiste se montrait parfait pour
elle, et que le seul reproche qu'on pût lui adresser était de rester
trop faible et de manquer de courage pour refuser de satisfaire ses
désirs.

Mais enfin ces reproches n'étaient pas journaliers, les scènes ne
se répétaient pas sans trêve; quelquefois il s'écoulait toute une
semaine sans que Mercédès demandât une chose déraisonnable.
Puis cette nature vive, légère, fantasque, plaisait à son mari par
certains côtés. Combien de fois Mercédès avait-elle appelé le sourire sur les lèvres d'Alonso; combien de fois son chant harmonieux
et léger avait-il chassé les sombres pensées qui le dévoraient! Il
lui pardonnait ses enfantillages en faveur de sa grâce, de sa beauté,
de son babil enfantin. Si elle manquait de la dignité d'une compagne,
elle gardait du moins toute la grâce de l'enfant. Lorsqu'il se sentait triste jusqu'au découragement, Alonso se consolait au contact

de cette jeunesse pleine d'illusions et dont l'entretien charmait ses visions noires.

Au moment où Mercédès entra dans l'atelier, Alonso avait plus que jamais besoin de son sourire.

En voyant qu'il ne s'apercevait point de sa présence, Mercédès posa sa petite main sur son épaule.

Alonso tressaillit, puis levant les yeux :

— Toi! fit-il, toi!

— Je suis la bienvenue, il paraît?

— Toujours!

— Oh! toujours, répondit Mercédès, c'est de l'exagération.

— Non, je te jure; seulement, il faut faire la part de mes préoccupations, de mes soucis; et parfois...

— Parfois je commets l'injustice de faire deux parts de votre vie.

— Comment?

— Je vous laisse la mauvaise, Alonso, et je prends la bonne... Oh! je l'avoue, c'est mal, c'est égoïste, tant que vous voudrez... Je crois même qu'il n'existe pas de mots assez forts pour qualifier une semblable façon d'agir... Mais que veux-tu?... il n'est pas dans ma nature de souffrir... Je suis faible, légère, si enfant! Les larmes me terniraient les yeux et je veux y voir bien longtemps, pour regarder tes chefs-d'œuvre...

— En es-tu fière, Mercédès?

— Je le crois bien! je serai la plus heureuse femme de Madrid; quand tu gagneras autant d'argent que ton ami Velasquez.

— Bon! tu deviens avare?

— Au contraire! tu le gagneras, moi je le dépenserai! Tiens, avant-hier, la fille de Pacheco...

— Ne va pas plus loin, Mercédès, je connais la fin de la phrase.

— Je ne crois pas!

— Tu me l'as répétée cent fois... je la termine de mémoire...

— Voyons?

— La fille de Pacheco portait une robe de brocart.

— C'est cela! oui, c'est cela même, Alonso... une robe de brocart superbe et un collier, un collier royal...

— Alors tu as envié la robe?

— Naturellement.

— Et jalousé le collier?

— Comme tu le dis.

— Seulement, oh! seulement, tu as grand tort, Mercédès, tu as grand tort de prendre pour point de comparaison la femme de Velasquez, l'ami, le compagnon du roi plutôt que son peintre et son maître de chambre... Je ne gagne pas autant que lui...

— C'est ta faute.

— Je ne le crois pas.

— Ton talent égale le sien, Alonso, il le dépasse même. Velasquez ne sait que peindre des tableaux, et toi, tu sculptes le marbre, tu édifies des rétables, tu fais jaillir de terre des églises... Vends plus cher tes toiles, tes statues, tes plans!

— L'art n'est pas une question de monnaie, Mercédès.

— Pour toi, sans doute, mais...

— Mais cette gloire doit payer tes parures, voilà ce que vas tu dire...

— Justement.

— Allons, rassure-toi! la robe de brocart, le collier d'or, tu auras tout cela

— Quand?

— Avant peu.

— Tu recevras beaucoup d'argent?

— Une somme énorme.

— De qui?

— Du roi, dont je vais faire le portrait, et qui vient demain dans notre maison.

— Sa Majesté Philippe IV visitera ton atelier!

— Oui, Mercédès. Aussi, comme la munificence du roi est connue, je puis à l'avance t'assurer que tous tes vœux seront remplis.

— Oh! je n'ai pas tout dit, Alonso.

— Achève, alors! Que faut-il?

— Me conduire à la fête donnée après-demain par le comte d'Olivarès, ton protecteur.

— Est-ce tout, cette fois?

— Oui, mais j'y tiens beaucoup. C'est promis?

— Promis de la façon la plus absolue, la plus grave.., Tu peux, dès demain, t'occuper de ta parure, qui te prendra bien deux jours, n'est-ce pas? demanda en riant Alonso.

— Au moins, répondit gravement la jeune femme.

— Enfant! dit Alonso, tu es bien heureuse de n'avoir besoin, pour sourire, que d'une robe et d'un collier... Souvent je te souhaiterais plus grave ; d'autresfois je t'envie, moi qui, sans toi, ne sourirais plus jamais! jamais!

— Et pourquoi? demanda Mercédès.

— Ne me le demande pas... Les jeunes mémoires ne doivent point s'emplir de tristes pensées... Tout ce que je puis te dire, c'est que, tout à l'heure, j'étais plongé dans ces mélancolies noires qui m'oppressent jusqu'à la plus cuisante douleur, et que ta présence a dissipé quelque peu le poids que je gardais sur le cœur... Je crois que, si tu le voulais, tu pourrais tout à fait me guérir...

— Et que faudrait-il pour cela?

— Me plaindre parfois; je redoute souvent que ma tristesse n'effraie tes vingt ans, et que tu refuses par indifférence de prendre une toute petite part de l'autre moitié de ma vie, à laquelle tu restes étrangère.

— Allons ! dit Mercédès, je me corrigerai de mon égoïsme... plus tard... En attendant, quitte l'atelier, repose-toi, et viens me parler de la visite que tu attends; tu me donneras ensuite ton avis sur la parure que je dois choisir.

— Que Dieu te préserve de toute douleur, dit Alonso en embrassant sa femme sur le front, car la force te manquerait pour souffrir; tandis qu'il me l'a donnée.

Tous deux sortirent de l'atelier et gagnèrent l'intérieur de l'appartement.

Alonso s'inclina profondément devant Leurs Majestés. (*Voir page* 27.)

III

LA VISITE DU ROI

Rien ne saurait donner une idée du mouvement qui régnait, ce jour-là, dans la maison d'Alonso Cano ; de riches tapis venus

d'Orient s'étalaient sur les marbres du vestibule ; l'escalier garn
de fleurs présentait une double rampe odorante ; de tous côtés, les
serviteurs s'empressaient d'obéir aux ordres d'Alonso. Juana,
nourrice de Mercédès, surveillait le détail des dispositions inté-
rieures, tandis que la pétulante Jacintha, devenue folle de joie à la
pensée du bonheur survenant à ses maîtres, mettait la dernière
main à la parure de la jeune femme.

Les élèves disposaient l'atelier, plaçant dans leur meilleur jour
les toiles lumineuses, faisant tourner les statues sur leurs piédestaux, afin qu'elles présentassent une ligne harmonieuse. De
grands bustes de marbre s'enlevaient sur des draperies rouges,
tandis qu'au milieu d'un buisson de grenadiers en fleurs une Vierge
de bois, peinte avec une merveilleuse finesse, semblait monter au
ciel dans une brillante assomption.

Un seul nuage jetait son ombre sur cette fête.

Les élèves de Cano aimaient trop Miguel pour ne point se sentir
profondément affligés de son départ. Mais, après la terrible confi-
dence du maître, ils avaient compris qu'il serait inutile et même
imprudent d'insister pour obtenir sa grâce : la présence du jeune
homme eût perpétuellement rappelé au grand artiste la scène de
violence dont il avait été témoin, et n'eût pas manqué de raviver
sa propre douleur.

Quant à Miguel, la générosité de son caractère le portait à trouver juste le châtiment imposé par Alonso Cano.

— Je suis seul malheureux ! disait-il à ses camarades... En par-
tant, je vous rends du moins un énorme service ; je vous débarrasse
de cette vipère de Lello.

— A-t-il quitté la maison ?

— Hier dans la soirée, à ce que m'a dit Juana la nourrice.

— Bon voyage ! dirent en chœur les élèves.

— Mais toi, Miguel, que vas-tu faire ?

— Essayer mes ailes et chercher ma voie... Quelque talent que
je trouve à Velasquez, je n'entrerai point dans un atelier rival de
celui de mon maître. Ce procédé discourtois ressemblerait presque
à une vengeance... Alonso Cano a promis de me présenter au roi.

Protégé par Sa Majesté, j'espère bien me faire une place au soleil des Espagnes. Et quand, le travail fini, vous vous souviendrez de votre camarade, venez dans son modeste atelier : nous y viderons quelques coupes à l'art espagnol, la plus spiritualiste des écoles, et nous formerons une phalange prête à la bataille et digne de la victoire.

— Oui, Miguel, répondirent les jeunes gens en tendant la main à leur camarade.

En ce moment, le bruit lointain d'un carrosse se fit entendre.

Alonso Cano descendit l'escalier d'un pas rapide, tandis que la gracieuse Mercédès, éblouissante de jeunesse et de beauté sous sa robe de brocart noir ramagée d'or, traversait d'un pied léger le vestibule, embaumé comme un parterre.

Rangés sur deux lignes et formant la haie, les élèves d'Alonso, tête nue, le poing sur la hanche, respectueux et graves, attendaient.

Les mules piaffèrent devant la porte, le carrosse s'arrêta et le roi et la reine en descendirent. La porte se trouva soudainement toute grande ouverte, et Alonso Cano s'inclina profondément devant Leurs Majestés.

Philippe IV salua Mercédès avec la courtoisie qui lui était habituelle. Même à la cour, il avait vu peu de femmes aussi belles que la coquette compagne d'Alonso ; aussi lui adressa-t-il un compliment qui la fit rougir de plaisir.

— Nous vous verrons prochainement à la cour, doña Mercédès.

La jeune femme salua en souriant, et répondit au roi avec une bonne grâce parfaite.

Alors Alonso, nommant successivement au monarque ses jeunes élèves, lui dit avec un respect mêlé d'un légitime orgueil :

— Pedro Castello, Sire ; un nom dont Votre Majesté se souviendra, car Pedro, s'il annonce dans sa manière la fougue emportée et presque brutale de Ribeira, ne quittera du moins jamais le pays où vous daignez protéger l'art d'une façon si royale.

— Pedro Castello... répéta le roi ; vous avez raison, je me souviendrai.

— Celui-ci, Bartholoméo Roman, étudia chez Herrera avant de

venir dans mon atelier ; c'est vous apprendre, Sire, qu'il possède
sur l'art de grands et merveilleux principes.

— Et ce tout jeune homme? demanda Philippe IV en s'arrêtant
en face de Pablo.

— Sire, répondit celui-ci d'une voix vibrante, un élève, un ad-
mirateur d'Alonso Cano, qui, fier des leçons d'un tel maître, ne
franchira jamais le seuil d'un autre atelier, parce que nulle part il
n'entendrait disserter sur l'art d'une façon plus haute, ni vanter
mieux et apprécier davantage le bonheur de vivre sous le règne de
Philippe IV.

— Déjà flatteur ! dit en souriant le roi.

— Reconnaissant, Sire, voilà tout.

Alonso Cano prit la main de Miguel.

— Celui-ci s'en va; non qu'il soit indigne, Sire. C'est un noble
cœur, un grand esprit... Il parviendra... Je vous demande pour lui
la commande des premières *sargas* que vous ferez peindre pour les
étaler sur le passage de la procession du *Corpus Dei*.

— Il est bien jeune ! dit Philippe IV avec bienveillance.

— Sa manière de peindre est large, il groupe habilement les personnages. Un jour, Votre Majesté daignera me remercier de lui
avoir présenté Miguel.

— Accordé ! dit le roi.

Successivement, Alonso Cano nomma ses élèves, et lorsque
chacun d'eux eut salué le roi, ils s'éloignèrent, laissant seuls dans
l'atelier le roi Philippe IV et le grand artiste.

Mercédès elle-même s'était retirée et, toute ravie, contait à
Juana et à Jacintha qu'à la première fête donnée à la cour, et à
laquelle elle ne manquerait pas d'assister, elle comptait bien
éclipser, par sa parure, la belle et orgueilleuse femme de Velasquez.

Pendant ce temps, le roi faisait lentement le tour de l'atelier
d'Alonso Cano.

Philippe IV, le plus artiste des rois, l'intime ami de Velasquez,
dont l'atelier communiquait avec le palais, bien qu'habitué aux
merveilles de la peinture espagnole, dont son règne vit le complet
épanouissement, était loin de s'attendre à l'aspect présenté par

l'immense atelier, ou plutôt la série d'ateliers d'Alonso.

Quand il aperçut, tout au fond, élevé comme une chapelle, le rétable grandiose peuplé d'un monde de saints, de vierges et d'anges, il ne put retenir un cri d'admiration. Rien de si beau n'avait encore frappé son regard.

— Quand vous me demanderiez la moitié d'une province, dit Philippe, il me faut ce rétable; je ferai bâtir, pour lui donner un cadre digne de sa perfection, une église plus élégante, plus hardie que la plus belle de mes Espagnes. Je veux que les palais de Grenade et les beautés de Séville pâlissent devant cette création, qui devra donner aux fidèles une idée de la Jérusalem céleste décrite par le grand apôtre. L'or y ruissellera sur les sculptures; les murailles disparaîtront sous des fresques grandioses. S'il se peut, le Saint-Pierre rêvé par Michel-Ange sera dépassé! Soyez tranquille, l'écrin vaudra le joyau.

L'artiste ouvrit un grand carton, et montrant tour à tour au roi, aussi émerveillé que surpris, les détails d'une cathédrale, il lui dit avec l'accent d'une noble assurance:

— Que Votre Majesté me permette de ciseler moi-même l'écrin de ce rétable, qu'elle daigne appeler un bijou... Regardez, Sire, ces portes majestueuses dont les voussures semblent vivantes à force d'être peuplées. Loin de nous l'architecture grenadine qui rappelle des temps d'oppression; on ne saurait bâtir la maison de Dieu sur le plan du Généralif! Si le Créateur a répandu dans la nature des grâces exquises, nous devons, à la vérité, les faires servir à l'ornementation de ses temples; comme elles sont l'enchantement du regard dans le tableau présenté par l'univers, elles ajoutent à la beauté des édifices le sentiment d'une grâce nouvelle; mais je veux joindre, aux éléments fournis par la magnificence des forêts, l'élégance des plantes, la grâce des fleurs, l'imposante beauté de la figure humaine. La création entière doit concourir, en quelque sorte, à réaliser le rêve de l'architecte chrétien. Il faut, à mon sens, pour donner une idée complète de la nature servant à l'ornementation des églises, que l'artiste y joigne ces trois éléments de décoration fondus dans un harmonieux ensemble: les créatures inintelligentes, mais vivantes, servant à varier les motifs de sculpture des chapelles, les chapiteaux des colonnes, les étages des façades; l'homme représenté par les saints, les héros, sombres statues endormies dans leurs armures, moines ravis par l'extase, jeunes vierges couronnées de roses, martyres les bras chargés de palmes; et, plus haut encore, dominant toute l'œuvre, les figures divines du Père Tout-Puissant planant du haut des cieux, du Christ vainqueur de la mort, de la Vierge immaculée souriant à la terre rachetée par les armes et par le sang de son fils...

Philippe IV saisit la main d'Alonso Cano.

— Cette église, dit-il, cette église que tu décris avec un enthousiasme si vrai qu'il me semble la voir surgir de terre répondant à l'évocation de ton génie, tu l'élèveras à Madrid, Alonso, et dès demain, si tu le veux, tu commenceras tes travaux. Tous les marbres de l'Italie et de la Grèce viendront ici chargés sur des vaisseaux; et, des Indes Orientales, je te ferai apporter assez d'or pour réaliser tes rêves.

— Vous comblez le plus ardent de mes vœux, Sire!

Philippe IV se retourna encore pour voir le magnifique rétable, puis il passa en revue les statues de marbre se découpant sur les tentures sombres.

— Doña Mercédès n'a-t-elle point posé pour cette figure?

— En effet, Sire.

— Un visage expressif, une taille charmante, une grâce enfantine, en quelque sorte... Vous êtes heureux, Alonso?

— Oui, Sire, très heureux, répondit l'artiste.

— Peu d'hommes savent comme vous apprécier ce qu'ils possèdent.

— Il n'y a pas de mérite à n'être point ingrat.

— L'on doit savoir gré aux hommes de leur reconnaissance.

— Sire, la première faveur dont je dois remercier le ciel est de m'avoir donné pour mère une femme accomplie. Ses lèvres m'apprirent à la fois le baiser et la prière... le lait dont elle m'abreuva était pur comme la doctrine sainte qu'elle versait dans mon âme d'enfant... elle ne m'imposa rien de difficile, elle m'inspira tout de suite le désir de l'imiter, et mon enfance s'écoula comme un jour sans nuage ; la bonté semblait en quelque sorte l'atmosphère du foyer domestique : on y respirait un air sain et pieux qui rendait à la fois robuste de corps et d'âme...

— Continuez, dit le roi, vous m'intéressez vivement.

— Pardon, Sire, mais c'est mon histoire que Votre Majesté me demande ?

— Certes, et complète...

Le front d'Alonso perdit la joie qui rayonnait tout à l'heure sur son visage, et il reprit avec effort :

— Que Votre Majesté daigne regarder ces toiles ; tandis qu'elle se reposera, je lui raconterai ma vie, puisqu'elle daigne s'y intéresser.

Philippe IV admira tour à tour les toiles lumineuses d'Alonso Cano ; il ne pouvait assez contempler la *Vierge et l'Enfant*, ce chef-d'œuvre de grâce tendre et ingénue. Quand il se trouva en face du tableau représentant l'*Ane de Balaam*, il s'arrêta :

— Cet ange est vivant, bien vivant ! Quel dessin, quel coloris ! Je croyais connaître vos œuvres, Alonso ; d'aujourd'hui seulement, je les apprécie à leur valeur... Et voilà pourquoi il me semble que le récit de votre vie doit présenter un si grand intérêt. Il n'est jamais indifférent d'apprendre par quelles phases passa l'homme qui, dans l'âge de la force, de la puissance, et entrant à peine dans la maturité, possède d'une façon aussi complète les trois arts dans lesquels vous excellez.

Alonso Cano s'inclina, tandis que Philippe IV prenait place dans un vaste fauteuil.

— Puisque je suis ici, dit le roi, commencez mon portrait, Alonso ; ce me sera une promesse de revenir.

— Oh ! Sire, vous êtes généreux... comme un roi, et un roi d'Espagne, qui ne voit point le soleil se coucher sur ses vastes États !

Alonso remonta rapidement la vis d'un chevalet, dressa une toile de moyenne dimension, passa son pouce dans une palette, prit une poignée de pinceaux et commença à esquisser largement son auguste modèle.

— Peignez-vous debout, d'ordinaire? demanda le roi.

— Non, Sire... Mais le respect...

— Reprenez votre tabouret d'artiste, Alonso Cano.. Les grands d'Espagne se couvrent devant moi, et bon nombre d'entre eux ne vous valent pas... je le jure! En vérité, en voyant tout ce qui frappe ici mes yeux, il me prend envie de vous donner la grandesse...

— Vous humilieriez de fiers gentilshommes.

— Sans vous grandir... Vous avez raison, ajouta le roi.

— Vous me croyez trop d'orgueil, Sire.

— Plus de bon sens que de vanité, ce qui est rare... Maintenant, je suis prêt à vous entendre... et vous savez d'avance avec quel intérêt.

Alonso Cano reprit son récit :

— Je vous disais donc, Sire, que la maison de mon père était une maison bénie. Jamais on ne commençait la journée de travail sans avoir assisté à la messe. De retour au logis, ma mère s'occupait de l'intérieur, tandis que mon père et moi nous nous renfermions dans l'atelier. Sans doute pour flatter mon orgueil, on répète que mon père était architecte; ce n'est pas absolument exact : il se bornait à monter, à meubler des rétables, dans le genre de celui que vous daigniez admirer tout à l'heure... Je me livrais à l'étude de la sculpture et de l'ornementation avec un goût passionné; dans les détails d'un tabernacle, je trouvais en petit ce que je rêvais d'élever plus tard. Mes progrès furent si rapides, et donnèrent à mon père des espérances si grandes, qu'il songea dès lors à m'envoyer étudier à Séville. Ma mère pleura... Avec l'insouciance et la curiosité ardente de la jeunesse, je me réjouis de la résolution de mon père... Mes baisers, mes promesses consolèrent un peu ma mère alarmée, et mon départ fut résolu... Ce fut mon père lui-même qui m'accompagna. Il voulait me présenter à mon maître de peinture, Francesco Pacheco, qui venait d'ouvrir un atelier dans cette ville, que l'on appelle la merveille de l'Espagne... Ai-je besoin, Sire, de vous faire l'éloge de Pacheco?... Ne suffit-il pas de dire que Velasquez fut son élève, que Murillo et Zurbaran recevaient ses leçons savantes... Mais Pacheco n'était pas seulement un maître dans l'art

de peindre; sa maison ressemblait à une véritable académie. Les
lettres, les arts s'y coudoyaient. Rien ne donnera jamais une idée
des réunions quotidiennes d'hommes éminents qui venaient chez le
grand artiste chercher un aliment à leurs inspirations et réchauffer
sa verve de leur propre génie...

— Mais, demanda le roi, je croyais qu'avant d'étudier chez Pacheco vous aviez été au nombre des élèves de Herrera *le Vieux*.

— Cela est exact, Sire; mais je traversai son atelier sans y sé-
journer.

Ah! les doux souvenirs que ceux laissés sur le temps où je
poursuivis mes études chez Pacheco!... Quel charme garde dans ma
mémoire cette demeure que nous appelions la « prison dorée de
l'art »! Là j'ai entendu, livre par livre, la spirituelle satire qui s'appelle *Don Quichotte*; là se trouvaient les orateurs sacrés, les princes
de la science, les poètes, les prélats. Pacheco, à la fois peintre, poète
et littérateur, attirait chez lui une triple pléiade. Et quel enseignement !

— Vous avez gardé, dit le roi, bien bon souvenir de Pacheco. Et
vos premiers succès datent de cette époque? demanda le roi.

— Oui, Sire, mes premiers succès comme peintre ; mais bientôt
ils ne me suffirent plus. Je voulus pétrir la glaise, modeler la cire,
sculpter le marbre et, sans abandonner complètement l'atelier de la
« prison dorée de l'art », j'étudiai la sculpture avec Martinez Man-
tanez, le premier sculpteur d'Espagne.

— Et vos progrès furent rapides, sans doute?

— Si rapides, ou du moins jugés avec tant d'indulgence, que l'on
me commanda trois rétables au collège Saint-Albert où je travail-
lais alors en qualité de peintre avec Zurbaran et Pacheco, puis deux
pour le monastère de Sainte-Paule. Ces rétables furent complètement
mon œuvre : architecture, modelage, peinture, je me chargeai de
tout.

— Étaient-ils aussi beaux que celui-ci? demanda le roi.

— On voulut bien les louer, Sire... Je venais de les achever quand
j'eus le malheur de perdre mon père...

— Eh bien? demanda le roi.

— J'espère que Votre Majesté sera satisfaite... Mais je crains que
ce récit...

— Continuez-le, Alonso, je ne le trouverai jamais trop long.

— Il devient sombre, Sire.

— Il n'en sera que plus humain.

L'artiste secoua la tête, saisit sa palette, et reprit d'une voix troublée :

Avec mon père s'enterra ma jeunesse. Mais j'ai promis de tout
raconter, Sire ; mon malheur ne se borna pas là. Aussi bien, vous
connaissez déjà la moitié du secret dont le souvenir m'accable
encore aujourd'hui.

— Ah ! demanda le roi, vous voulez parler de ce duel malheureux?...

— Oui, Sire... Il n'eut point une cause futile, ce fut une question
d'art qui me mit l'épée à la main. Sébastien Llano, doux, timide et
pieux, ne comprenait d'autre école que celle de ce Moralès, qui mé-
rita d'être surnommé *le Divin*. Il peignait, comme lui, non pas seulement avec talent, mais avec piété, des Vierges le cœur transpercé
de glaives, des Christs évanouis dans les bras des anges. Ses œuvres lui valaient moins d'estime encore que son caractère... Et
cependant un jour, à la suite d'une discussion sur la peinture,
j'exaltai Herrera *le Vieux*, tandis qu'il vantait Moralès... De cette
question nous fîmes le sujet d'une querelle personnelle et directe...
Nous la défendîmes l'épée à la main, et ce fut Sébastien qui tomba...
Je me précipitai vers lui désolé, versant des larmes de regret sin-
cères, lui demandant pardon de sa mort... Il me pardonna avec
une douceur angélique et se contenta de me dire :

« — Je laisse Inès sans protecteur, sans appui ; que ma sœur
trouve en toi un frère. »

Je jurai de remplacer pour Inès celui qui allait mourir, et Sébastien s'oubliant lui-même ajouta :

« — Maintenant, quitte Séville sans perdre un jour, une heure ;
tu connais la sévérité des lois sur le duel... Si je survis, oublie-
moi ; si je meurs, souviens-toi d'Inès. »

Je fis transporter le malheureux dans son logis, je suppliai sa sœur de me pardonner mon crime et de se souvenir en même temps qu'à quelque heure que ce fût Alonso Cano se trouverait obligé, sur son honneur et son salut, de répondre à son appel ; puis je quittai Séville et je vins à Madrid.

Velasquez y demeurait ; je connaissais assez son caractère généreux et chevaleresque pour être certain qu'il ne me refuserait pas son appui... Je ne lui déguisai point la gravité de ma situation ; il me rassura, parla de moi au comte d'Olivarès, et vous daignâtes, Sire, prendre sous votre protection un homme plus malheureux encore que coupable... Oui, bien malheureux ! car jamais, jamais je n'ai pu oublier le regard mourant de Llano y Valdez, et je sais qu'un jour je devrai chèrement expier cette faute de ma jeunesse. Quelque malheur qui me frappe, et ce malheur me frappera, j'en ai la conviction, ce sera le châtiment de ce duel fratricide. On m'a parfois accusé de bizarreries d'humeur que rien ne semble devoir justifier ; mes amis me reprochent des tristesses soudaines, sans cause apparente ; ce qu'ils ne peuvent deviner, c'est que je songe alors à Sébastien tombé sous mon épée, à la triste orpheline dont jamais depuis je n'entendis parler... »

Philippe IV dit à l'artiste d'une voix presque affectueuse :

— Velasquez est un ami pour moi, et l'une des choses dont je lui sais le plus de gré est de vous avoir gardé à Madrid... Il ne me fallut pas longtemps pour vous apprécier à votre valeur... Dès que j'eus contemplé le monument de la Semaine-Sainte fait par vous au couvent de San-Gil, et surtout le merveilleux arc de triomphe érigé à la porte de Guadalaxara pour l'entrée de la reine Marie-Anne d'Autriche, je trouvai en vous cette vigueur tempérée par la grâce qui rend vos œuvres si différentes des autres peintres... Je vous confiai l'éducation artistique de l'infant don Balthasar, et...

— Ah ! Sire, fit Alonso, en venant aujourd'hui visiter l'atelier de l'artiste, en le chargeant de faire votre portrait, vous avez fait plus qu'il n'eût jamais osé rêver.

Philippe IV se leva.

— Je sais tout ce que vous valez, lui dit-il ; votre manière à vous ne ressemble à aucune autre ; dans votre façon de peindre, on retrouve le statuaire, et vous devez aux arts multiples dans lesquels vous excellez une supériorité incontestable sur vos rivaux.

Le roi regarda l'esquisse faite par Alonso.

— C'est vivant, dit-il, vivant !

— Vous me comblez, Sire.

— N'oubliez pas ma cathédrale, ajouta le roi. Je la veux digne du roi d'Espagne qui la fait élever, puisque, quoi que vous fassiez, vous ne pourrez la rendre digne du Roi du ciel ! Allons ! courage, Alonso ! essayez de triompher des souvenirs qui vous affligent : souvenez-vous que votre maître vous estime, que votre souverain vous aime... A partir d'aujourd'hui, l'Espagne ne saurait plus être jalouse de l'Italie, car l'Espagne aussi a son Michel-Ange.

Et Philippe IV, ajoutant un sourire à cette royale flatterie, quitta l'atelier de l'artiste, laissant Alonso Cano rayonnant de joie et de fierté.

Mercédès se pencha sur l'épaule de son mari. (*Voir page* 39.)

IV

UNE LETTRE

Le soir de ce jour, Mercédès se montra d'une gaieté charmante ;
elle voyait son rêve dépassé. La veille, la pensée d'un bal chez le duc

Mercédès se pencha sur l'épaule de son mari. (*Voir page* 39.)

IV

UNE LETTRE

Le soir de ce jour, Mercédès se montra d'une gaieté charmante ;
elle voyait son rêve dépassé. La veille, la pensée d'un bal chez le duc

Mercédès se pencha sur l'épaule de son mari. (*Voir page* 39.)

IV

UNE LETTRE

Le soir de ce jour, Mercédès se montra d'une gaieté charmante ;
elle voyait son rêve dépassé. La veille, la pensée d'un bal chez le duc

d'Olivarès suffisait à son bonheur; cette fois, le roi lui-même venait de l'inviter aux fêtes de la cour. Quelle plus belle occasion pouvait-elle avoir d'étaler la parure promise par Alonso? Elle ne songeait pas à autre chose. Tandis que Philippe IV s'entretenait d'art, en posant dans l'atelier, Mercédès s'occupait de son costume et en combinait les divers ornements avec sa vieille nourrice Juana. Il ne s'agissait plus que de savoir combien Alonso sacrifierait pour cette fête; mais la jeune femme le savait généreux, et, d'ailleurs, il fallait, à tout prix, éclipser la fille de Pacheco, dont l'amour pour la parure était connu de tout Madrid.

— Oh! ma fille, prends garde, lui disait la vieille Juana, Alonso n'est pas riche. Ne le pousse pas à l'abîme par un excès d'orgueil.

— Bah! il est bien en cour, nourrice et sa magnificence égalera bientôt le luxe de Velasquez.

Alonso, touché plus qu'il ne le pouvait exprimer lui-même de la bienveillance du roi, oubliait en ce moment le malheur qui avait été une ombre si fatale sur sa vie. Il écoutait le babillage de Mercédès en souriant.

— Voyons, lui demanda la jeune femme, tu me donneras bien quatre cents ducats pour ma parure?

— Oh! oh! fit Alonso, c'est une grosse somme!

— Tu gagnes tant d'argent!

— Je mène une vie de prince, Mercédès.

— Je vais pour la première fois à la cour.

— Ce qui est un grand malheur.

— Pourquoi?

— Tu voudras y retourner.

— Tant mieux! ta faveur s'accentuera davantage.

— Oui, mais si tu me demandes chaque fois quatre cents ducats...

— Non, fit-elle, non! je te promets d'être raisonnable.

— En te cédant, c'est moi qui suis un peu fou.

— Comment cela?

— Ces quatre cents ducats sont tout ce que je possède en réserve. Tu connais assez mon caractère pour savoir qu'à aucun prix je ne recourrais à l'obligeance de Velasquez ou de tout autre de mes amis... Or, il faut toujours, dans la vie, compter avec l'imprévu.

— L'imprévu, c'est la fête du roi.

— Je suis bien faible, Mercédès.

— Tu n'es que bon... Est-ce promis ?

— C'est promis. Cependant...

— Oh ! je sais ce que tu vas dire : Attendons à demain !... La nuit porte conseil !... Tu as donné ta parole... Tu comptes la tenir en noble Espagnol, en mari affectueux... Ce soir même, tout à l'heure, tu me donneras tes quatre cents ducats...

— Despote !

— Est-ce convenu ?

— Il le faut bien.

Mercédès se pencha sur l'épaule de son mari pour l'embrasser dans un remerciement.

— Je ne me suis jamais sentie plus joyeuse, dit-elle.

— Tant pis ! dit Alonso d'une voix grave.

— Pourquoi ? demanda la frivole jeune femme.

— Mais parce que, mon enfant, il faut se garder comme d'un grand danger de placer son bonheur dans des choses aussi futiles qu'une parure et une fête, même à la cour... Tes vingt ans ont beaucoup d'inexpérience, Mercédès.

— Et la sagesse m'effraye parfois, dit la jeune femme. Ces vingt ans, je ne les aurai qu'une fois ; permets-moi d'en jouir... Tandis que je suis jeune, laisse-moi à ma joie... Ne me quitte pas ce soir... Nous causerons, tu me liras des vers de Soto Rioja, je te chanterai les airs que tu préfères... Si frivole que je sois, je t'aime sincèrement, Alonso... plus que tu ne crois peut-être, car si je ne savais pas avoir ton cœur tout entier... je serais jalouse, oh ! mais jalouse à mourir.

— Est-ce qu'on dit de semblables choses ? reprit Alonso doucement. Ne pas savoir profiter de son bonheur est une ingratitude ; prends garde de ne pas comprendre le tien !

— Tu as raison ! toujours raison ! fit Mercédès.

Alonso et la jeune femme passèrent dans un retiro meublé avec un goût bizarre, et la jeune femme, détachant une guitare, se mit à en jouer avec une verve charmante.

Elle lançait une roulade fine comme celle d'un oiseau, quand un valet parut et présenta une lettre à l'artiste.

Celui-ci fit signe au serviteur de se retirer, puis il décacheta la missive.

En la lisant, une grande pâleur couvrit son visage et une puissante émotion gonfla sa poitrine.

Mercédès remarqua le trouble de son mari et lui demanda d'une voix inquiète :

— Est-ce une mauvaise nouvelle?

— Mauvaise, non, pas précisément... mais il s'agit d'une affaire pressante, et tu m'excuseras si je te quitte...

— Tout de suite, comme cela... après m'avoir promis ta soirée?

— J'aurais préféré te la consacrer ; mais je suis obligé de sortir.

— Obligé! répéta Mercédès d'une voix singulière.

— Il s'agit d'un devoir imprévu, impérieux...

— Et ne puis-je savoir au moins...

— Rien, Mercédès ; ce devoir renferme aussi un secret.

— Il est au moins bizarre de me le taire ! Le parfum de cette lettre, la qualité du papier, je ne sais quoi, mes pressentiments, que sais-je ?... Enfin je veux savoir de qui vient cette lettre...

— Aie la générosité de ne point m'interroger... On s'en remet à mon amitié, à mon honneur, à mon souvenir.

— Cette lettre est d'une femme? demanda froidement Mercédès.

— Oui, répondit Alonso, je ne sais pas mentir.

— Et je ne puis la lire?

— Tu ne le peux pas ! Je te l'ai dit, c'est une question d'honneur.

— Nous n'avons qu'un honneur à nous deux, dit Mercédès.

— Chère enfant, je te le disais tantôt, ne gâte pas volontairement ton bonheur.

— Je ne veux pas être comptée pour rien... fit la jeune femme.

— Assez, Mercédès, assez! dit Alonso d'une voix impérieuse, vous voyez que je souffre, n'ajoutez rien à cette souffrance. Si le secret renfermé dans cette lettre pouvait vous être confié, ce serait déjà fait...

L'artiste se leva pour sortir.

— Ne me quitte pas! dit la jeune femme avec une sorte d'angoisse dont l'artiste fut impressionné malgré lui, ne me quitte pas!.. Si tu sors ce soir pour aller... où tu vas, j'ai le pressentiment d'un malheur...

Alonso Cano fut au moment de s'abandonner à la colère que suscitait en lui l'injustice de sa femme. Les veines de son front se gonflèrent, ses narines frémirent, ses lèvres se froncèrent, et Mercédès se recula avec une sorte d'épouvante qui rappela plus vite l'artiste à lui même que ne l'auraient fait les plus justes observations. Il ressentit de cette involontaire impression une humiliation profonde.

— Quoi! pensait-il, presque à l'heure où je viens de raconter au roi les terribles suites de ma querelle avec Sébastien, je suis de nouveau la proie de ces colères fauves dont j'affirmais être guéri! Le mal est plus grand que je ne le croyais, et, après tout, cette pauvre femme ne doit pas être responsable de mes folies.

L'artiste s'approcha doucement de Mercédès.

— Aie confiance, lui dit-il; peut-être me sera-t-il possible de t'avouer plus tard où je vais ce soir... Jusqu'à ce jour, je t'ai rendue heureuse, ne refuse pas d'en convenir. Il n'y a qu'un instant, je te promettais, avec la sincérité la plus grande, de tout faire pour ton plaisir, pour tes caprices... Ce qui survient à cette heure ne dépend ni de toi ni de moi... La Providence le veut ainsi, soumets-toi à la Providence... Je te demande un sacrifice bien grand si je me reporte à l'instance de ta prière... je sors et je ne puis te dire quand je reviendrai...

— Il s'agit d'un voyage?

— Peut-être...

— Quoi! tu ne sais si tu vas partir?

— En vérité, je l'ignore.

— Mais la personne qui te mande près d'elle?

— A sur moi des droits absolus.

— Et ces droits elle les tient?...

— D'un mort, ajouta Alonso d'une voix basse et tremblante.

Mercédès tenta de se contenir, elle reprit cependant :

— De sorte que, si tu ne revenais pas ce soir...

— Ne veille pas pour m'attendre, Mercédès, et, avant de te coucher, prie Dieu pour ton mari.

— Mais si tu pars, fit Mercédès, je n'irai donc ni au bal du comte d'Olivarès, ni à la fête du roi ?...

— Non, Mercédès; mais sois tranquille, je compenserai cette privation plus tard...

Alonso fit un effort et il ajouta :

— Renonce tout de suite à la pensée de ces plaisirs, Mercédès, ce sera plus sage... Une raison impérieuse m'oblige à disposer ce soir même de la somme que j'avais mise à ta disposition.

— Vous pouvez partir, Alonso, dit Mercédès d'une voix glaciale; seulement, à votre retour, vous ne me trouverez plus ici.

— Grand Dieu! que veux-tu faire?

— Me réfugier chez ma mère, jusqu'au jour où vous m'estimerez assez pour me mettre de moitié dans vos secrets.

— Oh! cela est cruel, réellement cruel! dit Alonso d'un accent plein de tendresse et de douleur. Tu me soumets à une impitoyable torture. Avec tes caprices de femme et tes jalousies d'enfant, tu espères m'amener à trahir ma foi, ma conscience, à te livrer un secret qui ne m'appartient pas, à devenir le Judas d'êtres qui ont mis en moi leur confiance... Tu regretteras un jour ce que tu me fais souffrir. Dieu veuille qu'il ne soit pas trop tard!

— Reste ! cria sa femme.

— Adieu ! répondit Alonso.

Et sans regarder derrière lui, dans la crainte de faiblir à la vue des pleurs de sa femme, l'artiste s'élança hors de l'appartement.

Il gagna rapidement une pièce meublée d'une façon sévère, tira de sa poitrine une clef d'acier doré, et s'en servit pour ouvrir un meuble incrusté d'ambre et d'ivoire. Dans un des multiples tiroirs de ce meuble se trouvaient des ducats, dont il remplit ses poches sans compter, puis il referma le meuble et s'éloigna rapidement.

Quand il traversa le vestibule, il dit à un valet qui se leva respectueusement :

— Il est inutile de m'attendre, Juan. Je ne rentrerai pas, ou je rentrerai fort tard ; d'ailleurs, j'ai la petite clef.

Un instant après, Alonso se trouvait dans la rue et s'éloignait à grands pas.

Pendant ce temps, Mercédès, restée seule, s'abandonnait à l'accès d'un double désespoir : le regret de ne pas connaître le secret que refusait de lui confier Alonso ; la pensée de ne point assister à la fête donnée par le roi.

Nous l'avons dit, Mercédès avait une nature faible et frivole. Élevée par une mère plus occupée de sa parure que de son intérieur, son éducation avait été faussée dès l'enfance.

Alonso Cano, trop occupé de grandes œuvres et loin de devenir le maître affectueux, l'éducateur de cette créature emportée et légère, la laissa dans son ignorance et, tout à l'abstraction de ses occupations, pressé par l'exécution de ses œuvres, il oublia que cette âme était remise entre ses mains comme un dépôt précieux, et qu'il devait en tenir compte à Dieu.

Les orages qui survenaient dans son ménage lui semblaient comme ceux de l'été, qui naissent et meurent entre deux rayons de soleil.

Ne savait-il point d'ailleurs que les plus ardentes colères de Mercédès s'apaisaient par le don d'une parure?

Sans se rendre compte qu'en agissant de la sorte il abaissait le mariage et sa propre dignité, il se fiait en la légèreté de Mercédès, et quand ce jour-là il quitta sa maison, Alonso Cano, tout en sachant sa femme sous le coup d'une sourde irritation, était loin d'en comprendre toute la portée.

Une sorte de folie cruelle et jalouse venait de s'emparer de Mercédès.

Pour la première fois de sa vie, elle se sentit capable d'une action honteuse et, sans hésitation comme sans remords, elle chercha les moyens de l'accomplir.

Alonso avait coutume de renfermer ses papiers importants et son or dans un meuble italien placé dans une pièce voisine. Jamais Mercédès n'avait eu en sa possession la clef de ce meuble. En ce moment, surexcitée par la colère, elle résolut de voir ce qu'il pouvait renfermer de mystères.

Sans se demander quelles seraient les suites de son action, Mercédès prit un poignard d'acier fin, s'enferma dans le cabinet d'Alonso, et introduisit la pointe de son arme dans la serrure. Elle était petite et fine, Mercédès possédait en ce moment une étrange force nerveuse. La serrure céda, et la jeune femme enfonça rapidement ses petites mains dans les tiroirs.

Quelques heures auparavant, Alonso lui avait assuré posséder quatre cents ducats; tout à l'heure, en affirmant qu'il leur donnerait une destination mystérieuse, il disait vrai, car cette somme avait disparu.

Hors quelques papiers insignifiants, Mercédès ne trouva rien qui pût l'éclairer sur ce qu'elle désirait connaître et la mettre au courant des secrets de cette soirée. Elle allait essayer de refermer le meuble, quand une lettre roulée, déformée, frappa ses regards dans l'enfoncement d'un tiroir. Mercédès prit ce papier et crut le reconnaître; elle regarda l'écriture qui, évidemment, appartenait à une femme, puis, d'un regard sec et brûlant, elle parcourut la missive.

Voici ce qu'elle contenait :

« Vous avez juré qu'à quelque heure que ce fût je pouvais vous demander un service, dût ce service vous coûter la fortune et la vie... J'ai besoin de vous ; venez ce soir... Vous trouverez à cent pas de la porte du palais un guide chargé de vous amener près de moi... Apportez tout l'or dont vous pouvez disposer... J'espère en vous seul pour mon salut.

« INÈS. »

En achevant cette lettre, Mercédès tomba comme foudroyée.

Le cri qu'elle poussa, le bruit de sa chute attirèrent près d'elle Juana, sa vieille nourrice.

Celle-ci l'enleva dans ses bras comme une enfant, et la porta sur son lit ; puis elle tenta de la faire revenir à elle, mouilla doucement ses tempes, lui fit respirer de l'eau de la Reine de Hongrie, et lentement la jeune femme ouvrit les yeux.

Un flot de larmes en jaillit, et elle cacha sa tête dans ses mains, sans répondre aux questions de Juana désolée, qui ne comprenait rien à cette explosion de douleur.

En vain la dévouée créature parlait à Mercédès avec une tendresse maternelle, elle n'en recevait aucune réponse, et les sanglots de la jeune femme devenaient de plus en plus douloureux.

Enfin, épuisée par l'excès même de la souffrance, Mercédès reprit un peu de calme, ou du moins ses larmes de désespoir s'apaisèrent; elle s'essuya les yeux d'un brusque mouvement, se redressa sur son lit, et serrant dans les siennes les mains de Juana :

— Tu m'aimes bien ? lui demanda-t-elle.

— Ah ! chère enfant, le pouvez-vous demander ?

— Tu as promis à ma mère mourante de ne me quitter jamais ?

— Je suis prête à tenir cette promesse.

— Merci ! oh merci ! fit Mercédès, je ne serai pas seule dans la vie, avec ma douleur et le souvenir de mon offense...

La jeune femme jeta ses deux bras autour du cou de la vieille Juana et resta un instant silencieuse. Un moment après elle descendit de son lit et, avec une tranquillité que la nourrice était loin d'attendre, Mercédès ouvrit ses coffres, en tira ses robes de brocart, ses mantilles de dentelle et les jeta sur les hauts fauteuils. Ensuite, prenant une cassette, elle en vida sur la table les nombreux écrins.

— Aide-moi, dit-elle à Juana.

— Mais à quoi ? demanda la nourrice, plus effrayée maintenant du calme de sa maîtresse qu'elle ne l'était, tout à l'heure, de l'explosion de ses larmes.

— Ne comprends-tu pas que je veux partir ?

— Vous, Mercédès, quitter cette maison !

— On m'y abreuve d'outrages.

— Abandonner votre mari !

— Il a cessé de m'aimer, répondit Mercédès d'une voix sourde.

— Oh ! ce serait une folie, une folie et une honte ! Mercédès ! vous ne ferez pas cela, ma chère maîtresse ; vous ne le ferez pas, quand ce

ne serait que pour empêcher la vieille Juana de mourir de chagrin...
Que pouvez-vous reprocher au seigneur Alonso? Jamais mari ne
se montra plus tendre... Il cède à tous vos caprices... Pour vous,
il montre l'indulgence d'un père et la bonté du meilleur compagnon... Son génie vous rend l'objet de l'envie de toutes les femmes.

Son génie! répliqua Mercédès avec amertume; ah! c'est peut-
être au talent d'Alonso que je dois mes cuisants chagrins. Si j'étais
la femme d'un homme obscur, on ne m'envierait pas ce que tu ap-
pelles mon bonheur... Oui, sans doute, je me suis trouvée heureuse,
j'ai cru l'être, car ce bonheur était une fiction, un mensonge! Je
m'applaudissais de mon choix, et j'étais l'objet du mépris et de la
risée... Mais si j'ai, jusqu'à ce jour, été aveugle et insensée, je me
relève sous l'outrage, et, bravée en face, je m'enfuis en maudissant
celui qui s'est avili par une perfidie.[1]

— Alonso Cano capable d'une perfidie? C'est impossible !

— Te faut-il des preuves? demanda Mercédès.

— Oui, il m'en faudrait, Mercédès ; il m'en faudrait de palpables,
de plausibles, pour me faire douter de l'honneur d'un maître que
j'estime autant que je vous aime.

La jeune femme prit la lettre qui avait roulé sur son lit, et la lut
à Juana d'une voix frémissante de colère.

— Eh bien? demanda-t-elle avec une sorte de joie triomphante.

— Les apparences accusent peut-être Alonso, mais je vous
affirme...

— Cette lettre ne te paraît pas une preuve suffisante?

— Non, Mercédès! Qui sait si un bienfait ne se cache pas sous
ce mystère ?... Rappelez-vous les témoignages de tendresse d'A-
lonso. Avant de le croire méchant et lâche, souvenez-vous de la
noblesse et de la générosité de son caractère.

— Il avait l'hypocrisie en plus de ses autres vices.

— Non, fit Juana avec feu, non, Mercédès!... Si Alonso n'avait
pas la foi, je pourrais le suspecter peut-être; mais mon maître est
un chrétien, un chrétien fervent et sincère... C'est dans le sentiment de sa croyance qu'il puise son génie, et quand je m'agenouille
devant ses madones, il me semble que je prie avec une ferveur nou-

velle. Mon enfant, vous n'avez pas le droit de le quitter sans l'avoir
interrogé, de l'accuser sans l'entendre... Ce serait injustice et
cruauté, et vous êtes née bonne, équitable... Quand il reviendra, vous
lui ouvrirez votre cœur blessé; vous lui exprimerez vos craintes,
vos angoisses...

— Ne l'ai-je pas questionné déjà?

— Ce secret n'est pas le sien, sans doute... N'agrandissez pas
votre blessure, mon enfant! Quelques heures de trêve ne chan-
geront rien à la situation... Laissez Alonso revenir dans sa maison...
Ne précipitez rien! Remettez à demain ces projets, dont l'exécution briserait deux vies.... Et si le courage vous manque en ce
moment pour boire votre calice, agenouillez-vous, Mercédès, et
priez!...

La jeune femme ne répondit rien, elle continuait à pétrir dans
ses mains la lettre accusatrice.

Avec une affectueuse violence, Juana prit ce papier dangereux,
le lança à l'extrémité de la chambre, puis joignant les doigts de
Mercédès :

— Quand tu étais toute petite, lui dit-elle, j'unissais tes mains
ainsi, et tu répétais après moi d'une voix docile les prières que
j'aimais à t'apprendre... Encore une fois, Mercédès, la dernière
peut-être : suis les conseils de ta vieille nourrice... Appelles-en à la
bonté du ciel qui guérit nos blessures et sèche nos larmes! Adresse-
toi à la Vierge Marie dont le cœur fut percé de sept glaives, et
demande-lui le courage dont tu as besoin pour supporter ton
épreuve... Elle sera courte, je t'en donne l'assurance... Mon esprit
n'est pas prévenu comme le tien... Je raisonne quand tu t'abandonnes à la violence d'une inquiétude jalouse... Et quand le
malheur que tu redoutes serait vrai?... N'es-tu pas restée bien faible,
bien enfant, en présence de cet homme si grand par le talent et la
puissance? Ah! Mercédès, si tu faisais l'examen de ta conscience,
tu en arriverais peut-être à trouver que Dieu t'envoie cette épreuve
pour te ramener à lui d'abord, ensuite pour te rappeler au sérieux
de tes devoirs.

Mercédès resta immobile et silencieuse.

— Prie, dit Juana, prie ce soir, et demain tu seras consolée.

— Me promets-tu, si je persiste dans mon projet de départ, de m'accompagner ?

— Je te le promets, ma fille.

Juana commença à haute voix une prière à laquelle Mercédès ne s'unit pas d'abord ; mais bientôt, entraînée par de pieux souvenirs et aussi par le besoin impérieux de se sentir consolée, elle répéta l'invocation sainte. Sans doute, elle n'y mit pas la ferveur de son enfance, mais lentement les sentiments de foi, d'espoir et d'amour exprimés dans cette prière s'imposèrent à son âme ; l'apaisement gagna son cœur, le calme se fit dans son esprit, et quand elle prononça le dernier mot elle colla ses lèvres sur le crucifix que lui tendait sa nourrice.

La chrétienne acceptait son épreuve.

Alors, doucement, Juana lui enleva sa parure, défit ses longues tresses et lui passa ses vêtements de nuit. Une faible veilleuse fut allumée devant la statue de la Vierge, et Mercédès, consolée par les mots d'espoir dont sa nourrice la berçait, s'endormit paisiblement.

Alors Juana se retira sur la pointe du pied, en poussant la porte sans la fermer, dans la crainte que le bruit ne réveillât sa jeune maîtresse.

Singuliers personnages, fit l'hôtelier en désignant la route. (*Voir page* 58.)

V

LES CONSPIRATEURS

Durant la nuit du 14 juin 1644, un jeune homme et une jeune
femme, couverts de vêtements trahissant leur mauvaise fortune,

Singuliers personnages, fit l'hôtelier en désignant la route. (*Voir page* 58.)

V

LES CONSPIRATEURS

Durant la nuit du 14 juin 1644, un jeune homme et une jeune femme, couverts de vêtements trahissant leur mauvaise fortune, étaient assis dans le galetas d'une vieille maison délabrée.

Le jeune homme semblait absorbé par une cruelle pensée, et sa compagne suivait d'un regard inquiet les mobiles expressions de ce visage énergique et fier, sur lequel se peignait à cette heure un violent désespoir.

— Inès, dit-il, vous devez m'accuser dans le fond de votre cœur d'une imprévoyance coupable. Devais-je vous entraîner, vous, jeune, inexpérimentée, dans les hasards de ma vie? N'aurais-je pas dû trouver dans ma tendresse même des raisons puissantes pour m'interdire de lier votre existence à la mienne? Vous aviez pour vous la jeunesse, et qui dit jeunesse dit espérance. Votre caractère, vos goûts vous faisaient souhaiter des heures calmes, passées dans une maison modeste, entre des enfants et un mari, et, au lieu de cela, je vous jette au milieu de mes aventures qui peuvent devenir des périls...

— José, répondit doucement la jeune femme, quand j'acceptai votre nom, quand je vous jurai devant Dieu fidélité et obéissance, je m'engageai à accepter ma part de votre mauvaise fortune... Ne vous exagérez rien; d'ailleurs, jusqu'à ce jour, elle ne m'a jamais semblé dure ni pénible, et, dût-elle le devenir, j'en voudrais encore la moitié... Vous avez raison peut-être de dire que je me crois faite pour la vie paisible; mais vous savez mieux que personne combien peu ce vœu de mon cœur fut exaucé... J'avais douze ans quand je perdis ma mère; trois ans plus tard, mon père la suivait dans la tombe, et je restais seule avec mon frère, mon cher Sébastien... Si la douleur causée par des pertes si cruelles se pouvait apaiser, le dévouement de mon frère m'eût consolée... Il se fit mon protecteur, mon gardien, mon ami...

Dieu me l'a repris brusquement, d'une façon terrible, et c'est à l'heure où je me trouvais complètement abandonnée que vous êtes venu m'offrir votre dévouement... La triste orpheline pouvait-elle espérer davantage? En vous donnant ma main, je cédai à un élan spontané dont je n'ai point eu à me repentir.

— Vous êtes généreuse, Inès! Et cependant vous voilà forcée de vous cacher comme une criminelle... Vous fuyez de ville en ville, proscrite par ma faute, menacée peut-être ! Dieu veuille au moins que je n'aie pas attiré sur votre tête des dangers plus sérieux.

Je tremble à chaque instant que l'on soit sur nos traces... Si l'on me découvrait, ne vous regarderait-on pas comme ma complice, et pourriez-vous échapper plus que moi au châtiment qui ne manquerait pas de m'atteindre ?

— Cette maison nous protège mieux que toute autre, José... Le messager que vous avez envoyé tantôt est un homme sûr, et ce n'est pas de son côté que viendra jamais la trahison.

— Mais le secours que vous attendez vous sera-t-il donné ?

— Oui, José, j'y compte, car j'ai fait appel à une promesse sacrée.

— Les hommes oublient vite.

— Celui-là est un grand cœur, José... les violences de son caractère ne le rendent pas méprisable... la douleur qu'il ressentit de la mort de Sébastien fut trop sincère pour qu'aujourd'hui il n'accoure pas à l'appel de la sœur.

— Dieu le veuille, Inès ! Sans son aide, que deviendrions-nous à Madrid !

En ce moment, une modulation bizarre monta de la rue jusqu'à la chambre occupée par José y Florès et sa jeune femme.

Celle-ci prit la lampe et s'avança vers la porte.

— Non ! dit José ; laisse-moi descendre d'abord.

— Alonso Cano ne te connaît pas, répondit Inès, la maison est suspecte... il pourrait se demander, en voyant d'abord un étranger, si on ne l'a pas attiré dans un piège.

D'un pas rapide et léger, la jeune femme descendit l'escalier en spirale, et se trouva en bas au moment où Alonso Cano franchissait le seuil de la porte.

Alors elle éleva la clarté de la lampe, afin que l'artiste vît bien son visage.

Alonso Cano s'inclina avec respect.

— Venez, dit-elle, et merci !

— Vous ne me devez point de grâces, Inès Valdez. Je voudrais, s'il se peut, acquitter ma dette, et je bénirai Dieu s'il me permet de me dévouer pour vous.

Passant la première dans la pauvre chambre où se trouvait José, Inès le désigna à l'artiste.

— José y Florès, mon mari, dit-elle.

— Voulez-vous me serrer la main, demanda Alonso : vous êtes mon frère comme je suis le frère de votre femme.

José tendit la main à l'artiste, et quand celui-ci eut pris un siège, Inès dit à Alonso :

— Vous me disiez tout à l'heure que vous béniriez le ciel, s'il vous était permis de me rendre service; je le crois, et je vous l'ai prouvé en vous appelant ici... Mon mari et moi, nous sommes en péril.

— En péril! répéta Alonso Cano.

— Avant d'aller plus loin, je dois vous prévenir que si vous étiez surpris avec nous dans cette maison, votre crédit pourrait grandement s'en trouver ébranlé.

— Doña Inès a d'imprescriptibles droits sur ma vie, dit Alonso Cano... Le jour où, dans un duel malheureux, je la privai d'un frère, je lui jurai de me tenir à sa merci... Ne me parlez donc pas des dangers que je puis courir en partageant votre mauvaise fortune, et dites-moi tout de suite ce que vous attendez de moi.

— Encore un mot! ajouta José. Ce que j'ai à vous confier froissera peut-être vos susceptibilités, vos opinions...

— Le devoir d'expier ma faute passe avant tout autre.

— Vous jurez le secret?

— Quand ma vie en devrait dépendre.

— Vous êtes brave, nous le savons!... Mais, souvent, il est des sacrifices plus cruels à faire que celui de la vie.

— Vous avez raison... Tenez, tout à l'heure, avant de venir ici, j'ai désespéré ma femme en refusant de lui montrer votre lettre, madame, et je l'ai laissée en pleurs.

— Oh! fit Inès, je lui écrirai toute la vérité plus tard, afin que jamais elle ne vous soupçonne.

José reprit :

— Donc, si votre probité, votre honneur, tout ce qui vous est le plus cher au monde, se trouvaient compromis par notre entrevue de cette nuit, vous cacheriez notre secret?

— Oui.

— Il s'agit de la vie de plusieurs hommes, de la vie d'Inès elle-même.

— Je jure donc, quoi qu'il advienne, de garder le silence sur ce que je dois apprendre, sur ce que je ferai pour votre salut, et je le jure sur la mémoire de Sébastien Llano y Valdez, que j'ai vu tout sanglant à mes pieds.

Inès, frappée par ce triste souvenir, cacha son front dans ses mains, et Alonso devint d'une pâleur de marbre.

José regarda l'artiste bien en face.

— Nous avons conspiré, dit-il.

— Vous?

— Oui, moi, bien d'autres!

— Contre Sa Majesté Très Chrétienne?

— Philippe IV est un grand prince, loyal, ami des arts, secourable aux faibles, plein de piété et de justice.

— Et vous haïssez le gouvernement d'un prince semblable?

— Philippe IV a un grand défaut.

— Lequel?

— Son ministre.

— Le comte d'Olivarès?

— Vous l'avez dit.

— Le comte d'Olivarès, marquis de San Lucar, est mon protecteur, dit Alonso Cano d'une voix grave.

— Il suffit à votre conscience de ne point partager nos opinions, dit José. Permettez-moi de continuer et de vous expliquer que, si je me suis fait l'ennemi d'Olivarès, c'est moins par esprit d'intrigue, par haine personnelle, que pour travailler au bien du roi et à la grandeur de l'Espagne.

— La grandeur d'un pays ne naît jamais des troubles des partis.

José reprit :

— Comme homme, Gaspard de Gusman, comte d'Olivarès, a des

qualités; vous-même en fournissez la preuve, puisque vous vous
déclarez son ami... Or, on n'est l'ami d'un homme que si cet homme
vaut quelque chose, soit par l'esprit, soit par le cœur... Cependant,
votre reconnaissance ne doit pas aller jusqu'à l'aveuglement... Olivarès est en train de ruiner la monarchie... Si nous le laissions au
pouvoir, dans un temps plus ou moins prochain, l'Espagne pronon-
cerait la déchéance d'un roi trop faible pour savoir résister aux
volontés de son ministre.

— Toutes ces accusations sont bien vagues.

— Voulez-vous que je les précise ?

— N'espérez pas me convaincre !

— Il me suffira de m'excuser à vos yeux.

— Je vous écoute, dit Alonso avec plus de condescendance que
de curiosité.

Inès, les deux coudes appuyés sur la table boiteuse, regardait
José avec une attention soutenue. On devinait par son attitude, par
l'expression de son visage, que l'âme même de son mari avait
passé en elle.

Alonso se sentait profondément affligé. En accourant à l'appel
de la sœur de Sébastien, il avait cru pouvoir acquitter, au prix d'un
service, la dette contractée jadis; mais il ne s'agissait plus seulement, à cette heure, de risquer sa vie ou de vider ses coffres : on le
faisait, presque malgré lui, complice d'une conjuration contre le
repos, le pouvoir, la vie d'un homme à qui il devait tout. D'un côté,
le serment fait à Sébastien mourant l'obligeait à protéger Inès ; de
l'autre, la reconnaissance lui interdisait de nuire à un ministre à qui
il devait son crédit, sa fortune et la faveur du roi.

Un sinistre pressentiment gagna le cœur d'Alonso. Cette nuit sombre, cette maison lugubre, le souvenir des plaintes de Mercédès, tout
concourait à lui emplir le cœur d'un trouble involontaire.

Il lui fallut un grand effort pour écouter plus longtemps le mari
d'Inès Llano.

José reprit lentement :

— La famille d'Olivarès était pauvre. Or il y a deux moyens de
faire son chemin dans le monde : ou, se trouvant riche, de se servir

de sa fortune pour arriver aux honneurs; ou de commencer par l'ambition, pour arriver à l'opulence. C'est à ce parti que s'est arrêté d'Olivarès... Mais quand il s'est vu premier ministre, marquis de San Lucar, investi de toute la confiance du monarque, il a pensé que si le malheur voulait que le souverain catholique de toutes les Espagnes vînt à mourir, son fils pourrait bien ne pas lui conserver la même autorité... Un ministre déchu, qui ne garde pas le prestige de la richesse après celui du pouvoir, est un homme que l'oubli, souvent le mépris ne tarde pas à couvrir... D'Olivarès ne voulut pas être pauvre... Sans consulter le roi, ou tout au moins sans lui expliquer assez les moyens dont il voulait se servir pour arriver à son résultat, il a doublé les impôts en Espagne. On a d'abord gardé le silence. Le respect pour le roi est grand; mais enfin des remontrances très humbles sont montées jusqu'au trône, ou du moins ont essayé d'y monter... Le duc a intercepté les plaintes, les prières... le roi ne sait, n'entend rien, et la révolution éclatera avant même qu'il se doute du danger.

— La révolution, dites-vous?

— Elle commence en Andalousie; dans peu de temps la Catalogne sera en feu, et Dieu sait où s'arrêtera l'incendie! Mais ce n'est pas tout : je pardonnerais presque à Olivarès ses exactions s'il ne s'attaquait à la personne même de son maître.

— D'Olivarès trahirait le roi!

— Il le trahit... En ce moment, le Portugal est prêt à se soulever contre l'Espagne.

— Et cette rébellion?...

— Est l'œuvre du ministre lui-même... Elle a pour but de mettre sur la tête du duc de Bragance la couronne de Lusitanie. Philippe IV, étant dans l'impuissance de l'empêcher, n'exercera d'autres représailles que celles de s'emparer des possessions du duc en Espagne...

— Mais que peut gagner d'Olivarès à l'appauvrissement du royaume?

— Une fortune personnelle.

— Comment?

— Les propriétés du duc de Bragance sont immenses... En ré-

compense de ses nombreux services, d'Olivarès les demandera au
roi qui, ne sachant rien refuser à son favori, le fera de la sorte le
plus riche seigneur d'Espagne.

— Et vous croyez?...

— Que le comte fera perdre au roi le Portugal pour les châteaux
et les terres de Bragance... Le marché est conclu, et Judas attend
ses trente deniers.

— Oh! ce serait affreux! dit Alonso.

— Affreux, comme tout ce qui est ingrat et lâche.

— Mais il ne suffit point d'accuser un homme d'une infamie!...
Cette infamie, il faut la prouver...

— Il me serait impossible, à cette heure, de vous fournir les pièces
à l'appui de ce que j'avance... L'avenir vous prouvera, mieux que
moi, que j'ai dit la vérité... Le complot à la tête duquel je suis a
pour but de contrecarrer la trahison du premier ministre au profit
de la royauté... Mais, jusqu'à ce moment, la chance nous a été dé-
favorable... Un faux frère nous a-t-il vendus? Nous l'ignorons;
mais la police d'Olivarès nous poursuit, et nous sommes, en ce
moment, obligés de nous séparer dans la crainte de voir découvrir
le secret de nos conciliabules... Venu à Madrid avec Inès pour
surveiller les derniers agissements de mes amis, j'ai été prévenu,
ce soir même, que l'on me cherchait dans la ville... Il nous faut
partir sans retard... aller Dieu sait où!... J'ai, sans regret, épuisé
mes ressources pour soulager de plus pauvres que moi; mais, à
cette heure, il nous faut des chevaux, de l'argent. Dans notre dé-
tresse, Inès a songé à vous.

— Merci! madame, merci! dit Alonso. Je commence à comprendre ma tâche. Comme conspirateur, José, je vous promets le secret
sur l'honneur; et comme ami, comme frère, comme époux d'Inès
Lano y Valdez, je vous supplie d'accepter mes services.

L'artiste tira de son pourpoint la lourde bourse qu'il y avait mise
avant de sortir, et il ajouta :

— Le plus sage parti à prendre est de quitter la ville sur l'heure.
Je vais vous accompagner; madame s'appuiera sur mon bras; une
mantille cachant son visage, on la prendra pour Mercédès, ma

femme. Quant à vous, enveloppé dans votre manteau, vous nous suivrez ; si quelque alguazil curieux nous interroge, laissez-moi faire et laissez-moi dire.

— Oh ! merci ! merci ! dit Inès. Vous nous sauvez tous les deux.

— Quoi que je fasse, dit Alonso, je ne serai jamais quitte.

La jeune femme jeta sur sa tête une mantille voilant ses traits d'une façon complète, et José s'enveloppa d'un manteau couleur muraille.

Un moment après, la maison noire de la ruelle était redevenue sombre, et trois personnages, parlant à voix basse, se glissaient dans les rues de Madrid.

De temps à autre, le refrain d'une sérénade arrivait à leurs oreilles, ou bien le pas lourd des alguazils faisant une ronde leur causait une sourde frayeur.

— José, dit Alonso, je vous conduirai au delà des portes ; et je ne me sentirai tranquille qu'après vous avoir procuré le moyen de fuir à toute vitesse : croyez-moi, renoncez à une œuvre qui, en dépit des accusations que vous portez contre d'Olivarès, vous deviendrait préjudiciable et, quand vous serez sauvés, apprenez-moi où vous vivez, afin que je puisse vous écrire, et me rapprocher de vous par le souvenir.

Au moment où Alonso Cano passait devant une sorte d'hôtellerie, il entendit des piaffements de chevaux dans la cour.

— Dieu vient peut-être à notre aide, dit-il.

Il heurta à la porte de l'hôtellerie.

Une servante à demi ensommeillée vint leur ouvrir.

— Que faut-il à Vos Seigneuries ? demanda-t-elle.

— Deux chevaux, répondit Alonso.

— Pour une longue course, señor ?

— Si longue que tu ne verras pas revenir tes bêtes.

— Vous ne les louez pas, alors ?

— Non, je les achète.

— Ils sont bons coureurs, fit la femme, le maître les vendra cher.

— Et tu demanderas quelques maravédis pour avoir aidé au marché... Prends ce ducat, et fais vite.

— Généreux comme un roi, señor... Ils seront chers... surtout à cette heure-ci... Mais, pour vous rendre grâce de votre générosité, je vais m'informer tout de suite.

La servante grimpa lestement jusqu'à la chambre du maître.

— Une bonne affaire, dit-elle, si vous voulez vendre deux chevaux... Deux cavaliers, une jeune dame... cela sent le mystère... Acheter des chevaux à quatre heures du matin, sans consentir à avouer où l'on va...

— Ils les paieront ie double! fit l'hôtelier en s'habillant rapidement. Cent ducats, pas un de moins.

— Et pour moi, maître?

— Un habit neuf pour la fête du *Corpus Dei*; va dire que je te suis.

Un instant après, l'hôtelier descendait dans la cour et, malgré tous ses efforts pour reconnaître les acquéreurs de ses chevaux, il lui fut impossible de mettre un nom sur leurs figures, tant les grands plis de leurs manteaux leur enveloppaient le bas du visage.

José ne marchanda point les montures, et une minute après il se trouvait en selle, ayant en croupe sa femme Inès, tandis que l'artiste montait le second des chevaux.

— Singuliers personnages, fit l'hôtelier en désignant à la servante la route qu'ils avaient prise. Emmantelés jusqu'au front, généreux comme des princes, je crois que j'ai été maladroit. J'aurais pu, si j'avais réfléchi, tirer meilleur parti de la situation.

Aux premières clartés de l'aube, les trois voyageurs se trouvaient dans la campagne.

Alors Alonso Cano descendit de cheval et, tandis qu'Inès sautait à terre, il ploya le genou afin d'aider la jeune femme à s'élancer sur le dos de la plus douce des montures.

Quand elle s'y trouva bien en équilibre, le peintre souleva son feutre :

— Dieu vous garde! leur dit-il. *Vaga con Dios*!

— Nous n'oublierons pas! répondirent les deux époux.

Les fugitifs donnèrent de l'éperon et Alonso Cano, se trouvant seul sur la route, les suivit du regard, jusqu'à ce qu'il les eût perdus de vue.

Alors, brisé par cette veille, par les émotions soulevées en lui par la rencontre de la sœur de Sébastien, il s'assit sur les marches de pierre d'un calvaire colossal et resta longtemps perdu dans une profonde rêverie.

Il tressaillit en voyant monter le soleil, et, se levant, il se dirigea sans hâte vers la ville.

Le devoir qu'il venait de remplir était impérieux, mais Alonso s'effrayait un peu à la pensée de ce qu'il allait dire à Mercédès, pour calmer sa colère et sa jalousie de la veille. Quelle raison opposerait-il à ses soupçons? Quelle excuse lui présenterait-il? Emploierait-il pour l'apaiser ce moyen vulgaire, mais souvent heureux, qui consiste à satisfaire une fantaisie coûteuse de la créature frivole? Non. Alonso venait de remettre au mari d'Inès les économies destinées à l'achat de la parure de Mercédès. Elle l'accuserait de trahison, d'indifférence et d'avarice à la fois; et, pour la calmer, il se voyait dans l'impossibilité de lui apprendre ce qu'il venait de faire, et de lui expliquer l'impérieux emploi des quatre cents ducats qu'elle comptait si bien, la veille, dépenser pour sa toilette de bal.

D'un autre côté, Alonso se sentait le cœur soulagé à la pensée d'avoir payé à Inès la terrible dette contractée avec Sébastien.

Lentement, il gagnait la ville, s'attardant aux menus détails de la vie bourgeoise et populaire, comme s'il les voyait pour la première fois. Les poltrons hésitent de la sorte avant de s'aventurer dans une voie dangereuse.

Les marchands d'herbes et de fruits ouvraient leurs boutiques, de frais visages se montraient à l'abri des miradors. La vie affluait dans les rues. On y voyait passer des moines à longues robes sombres, des femmes se rendant aux offices, des marchands d'eau promenant leurs outres, des bouquetières à l'éventaire garni de grenades et d'œillets qu'elles offraient aux coquettes matinales.

Et tandis que l'artiste semblait prêter une attention complète au tableau vivant qui s'animait sous ses yeux, sa pensée se reportait sur sa jeune femme, qu'il avait laissée dans les pleurs.

Enfin il atteignit son quartier.

Au moment où Alonso y pénétrait, une sorte de rumeur sourde se faisait entendre à quelque distance. Plus il avançait, plus cette rumeur grandissait et prenait les proportions d'un orage populaire.

Évidemment, une scène grave se passait aux environs de sa demeure.

Alonso pressa le pas.

Comme il tournait la rue en face de laquelle apparaissait son logis, il fut surpris de voir sur la petite place un rassemblement tumultueux.

On parlait haut, des cris de compassion et d'horreur s'échappaient des groupes de curieux, et, quand on reconnut Alonso Cano, un mouvement rapide s'opéra dans les masses, et la foule, se séparant en deux, s'ouvrit devant l'ami du comte d'Olivarès.

Mais ce n'était point seulement en témoignage de respect que le peuple s'écartait de la sorte, et l'artiste se sentit le cœur serré comme à l'approche d'une effroyable catastrophe. Il avançait, le visage pâle, l'œil inquiet, la bouche crispée, et, sur son passage, il saisit ces deux mots :

— C'est un affreux, un incompréhensible événement !

Vous vous nommez? demanda le juge. (*Voir page* 65.)

VI

LE CRIME

Au moment où l'artiste franchissait le seuil de son logis, Miguel

Vous vous nommez? demanda le juge. (*Voir page* 63.)

VI

LE CRIME

Au moment où l'artiste franchissait le seuil de son logis, Miguel se détacha du groupe d'élèves réunis près de la porte de l'atelier, et courut au-devant de son maître.

— Du courage ! lui dit-il, du courage !

L'artiste blêmit.

— C'est donc vrai, demanda-t-il, un malheur est arrivé chez moi ?

— Un grand malheur ! ajouta Bartholoméo Roman.

Alonso Cano passa la main sur son front couvert d'une sueur froide, puis poussant soudain un grand cri :

— Mercédès ! dit-il.

Il se précipitait dans l'escalier, quand Miguel le saisit à bras-le-corps.

— Ne montez pas ! dit-il, ne montez pas, pour l'amour de Dieu ! c'est trop horrible...

— Horrible ! répéta Alonso avec une sorte d'égarement ; Mercédès !...

Il resta chancelant, appuyé sur la rampe de l'escalier, comme s'il ne trouvait plus dans son cerveau paralysé la force de réunir ces deux idées : un malheur épouvantable mêlé au nom de sa femme.

— Venez à l'atelier, dit Miguel en insistant... plus tard, dans un moment... quand vous serez plus fort...

Bartholoméo se joignit à son camarade ; mais Alonso, les repoussant tous deux avec une extrême violence, gravit les marches de l'escalier et s'élança comme un fou dans l'appartement de Mercédès.

Il présentait un horrible aspect.

Sur le lit défait, bouleversé, dont les draps étaient marqués de taches rouges, se trouvait étendu le corps de la jeune femme.

Ses vêtements de nuit, lacérés, laissaient voir en partie la poitrine, couverte de plaies béantes. L'assassin s'était acharné sur le corps de sa victime ; il ne l'avait pas seulement tuée, mais massacrée. Le visage de Mercédès, immobilisé par la mort au milieu des convulsions de l'agonie, exprimait une épouvante sans nom. Un de ses bras semblait repousser encore le meurtrier, tandis que l'autre se repliait vers la poitrine comme si elle eût tenté d'arrêter le sang qui s'en épanchait.

Les oreillers froissés, les courtes-pointes de soie maculées par des doigts sanglants prouvaient que la victime s'était défendue. Une des colonnes du lit portait également des traces de sang.

Dans la chambre, des robes de velours et de brocart couvraient les hauts fauteuils ; sur une table, des écrins vides étaient ouverts ; des fourrures et de nombreux objets de toilette étaient éparpillés, dans un affreux désordre, froissés, piétinés, souillés dans un long ruisseau de sang coulant des plaies de la jeune femme. Une cassette brisée gisait en morceaux près d'un cabinet dans le goût italien, dont une partie des nombreux tiroirs semblaient avoir été ouverts avec violence.

Les fenêtres de la chambre de Mercédès, garnies de vitraux d'un ton de grisaille, laissaient transpercer une lumière douce sur cet horrible tableau.

Jamais clarté plus délicate ne baigna de ses tons d'argent un spectacle plus épouvantable.

Du seuil de la chambre, Alonso Cano embrassa les moindres détails de cette scène.

Appuyé contre un des montants, il semblait pétrifié dans sa douleur.

Enfin, trébuchant, se cramponnant aux meubles, il gagna le lit de Mercédès et tomba lourdement sur les genoux.

Il ne pleurait pas, il ne criait pas, il regardait...

La torture de son cœur ne lui permettait pas de laisser jaillir le cri de son angoisse.

Il tremblait, à cette heure, de devenir complétement fou.

Un bruit de sanglots lui fit tourner la tête.

Juana, accroupie sur ses talons, la tête cachée sous son tablier noir, pleurait avec une amertume dont rien ne saurait rendre le désespoir.

Non loin d'elle, Jacintha roulait dans ses doigts les grains de son chapelet.

— Mercédès ! chère Mercédès! dit enfin Alonso d'une voix brisée, est-ce ainsi que je devais te retrouver?... Pauvre belle créature ! t'avoir quittée si vivante et te revoir roide, glacée, sanglante... Te trouver morte et ne pas savoir le secret de ta mort !... Mon Dieu ! et j'ai pu te faire souffrir, et je t'ai quittée en larmes... et je ne te reverrai plus jamais ! Et toi qui songeais au bal du roi, tu n'ouvriras plus jamais tes grands yeux... Oh! je suis fatal à tous! je suis maudit ! j'ai du sang sur les mains !

Alonso se recula pris d'une sorte d'hallucination.

— Du sang ! reprit-il, du sang partout, toujours!... celui de Sébastien, celui de...

Un cri sourd sortit de sa gorge contractée, puis subitement il se leva en répétant :

— Tu seras vengée ! vengée ! vengée !

— Oui, la victime sera vengée, dit d'une voix grave un homme au visage austère qui venait d'entrer dans la chambre de Mercédès.

La justice faisait son apparition sur le théâtre du crime, en les personnes de Gaspardo del Roca.

Derrière Gaspardo del Roca, Juan Rosalès adjoint au juge et quatre hommes, graves et sombres comme lui, marchaient silencieux. L'un d'eux tenait à la main une écritoire et une feuille de parchemin.

En un coup d'œil rapide, ils constatèrent, en voyant les écrins et les cassettes vides, que le vol était probablement le mobile du crime.

— Et ce devait être un voleur de taille, dit le médecin penché sur le corps de Mercédès. Quinze blessures dont trois mortelles...

Rosalès se pencha et releva une arme tachée de sang.

— C'est avec cela que l'on a tué, dit-il.

Le docteur compara l'arme avec les blessures.

— Vous avez raison, dit-il, c'est cela.

— A qui appartenait ce poignard? demanda le juge.

— Je vois sur le manche un chiffre enlacé... difficile à distinguer sous la couche de sang coagulé qui le recouvre...

— Laissez le sang, dit vivement le juge, et poursuivons.

Le docteur, qui venait d'essayer de replier le bras étendu de la morte, poussa un cri étouffé.

— Qu'avez-vous? demanda Gaspardo.

— Tenez, répondit le médecin, voici un indice...

Et, soulevant le bras de Mercédès, le docteur montra entre ses doigts crispés une touffe de cheveux roux.

— Évidemment, pendant la lutte suprême, elle s'est cramponnée à la chevelure de l'assassin... dit le docteur.

— En effet, répondit le juge, ceci est grave, très grave même, et nous voici sur une voie... C'est peu de chose, mais c'est quelque chose... Avant d'interroger Alonso Cano que sa douleur accable en ce moment, nous pourrions commencer l'instruction de l'affaire en recevant la déposition des élèves... L'un d'eux nous fournira sans doute quelque détail... Une porte ouverte sans effraction... Une chevelure d'un ton étrange... Voyez, Rosalès, à faire venir dans la chambre voisine, l'un après l'autre, les élèves d'Alonso Cano.

Un moment après, Miguel entrait dans un petit salon où le señor Gaspardo se trouvait, entouré du docteur et des scribes.

— Vous vous nommez? demanda le juge.

— Miguel.

— Et vous êtes élève de maître Cano depuis?...

— Trois ans, environ.

— Pouvez-vous fournir quelque renseignement sur le crime?

— Aucun, répondit le jeune homme... Si je me trouve ici ce matin, c'est presque par hasard... je ne fais plus partie de l'atelier du maître depuis deux jours.

— Vous quittez l'enseignement d'Alonso Cano?

— Non, señor, c'est le maître qui ne veut plus me le continuer. Et il raconta dans tous ses détails la scène violente survenue quelques jours auparavant entre Lello Lelli et lui et leur renvoi de l'atelier.

Le juge prit alors la mèche de cheveux arrachée par le docteur des mains de la morte.

— La chevelure de Lello était-elle de la nuance de celle-ci?

— Exactement, répondit Miguel.

Le juge saisit sur la table le couteau ayant servi à la perpétration du crime.

— Connaissez-vous cette arme? demanda-t-il.

— Je la reconnais, dit Miguel : elle appartient au maître.

— C'est bien. Vous pouvez vous retirer, dit le juge à Miguel ; si votre présence est de nouveau nécessaire, je vous rappellerai ; ne quittez pas la maison.

Les élèves d'Alonso, mandés l'un après l'autre, racontèrent, en termes identiques, la scène de la querelle, et rejetèrent les torts sur Lello.

— Savez-vous ce qu'il est devenu? demanda le juge à Pedro Castello.

— Le soir même, il quittait Madrid, monté sur un maigre cheval ; je l'ai rencontré pendant que je faisais une promenade avec mes amis.

— A quelle heure?

— Vers huit heures du soir.

— Le crime a été commis dans la nuit, dit le juge.

— Et à une heure facile à préciser, ajouta Rosalès en posant sur la table, près du juge, une montre de doña Mercédès.

Le verre en était brisé et les aiguilles marquaient deux heures et demie du matin.

Elle venait d'être trouvée à côté du lit, près d'un guéridon renversé.

— Vous avez raison, Rosalès.

Gaspardo del Roca resta un moment silencieux.

— La boucle de cheveux est presque une preuve, dit-il.

— Et l'heure à laquelle le señor Castello a rencontré l'Italien présente un alibi... ajouta Rosalès.

Quelques instants plus tard, Juana fut introduite.

La vieille femme était méconnaissable. Ses yeux, rouges et gonflés, témoignaient des larmes versées; des traces de pleurs se voyaient sur ses joues luisantes ; ses lèvres pâles s'agitaient d'une façon machinale et nerveuse, ses doigts se crispaient, et tout son corps tremblait.

— Vous êtes, lui dit Gaspardo del Roca avec bonté, la nourrice de doña Mercédès, et la douleur que vous ressentez est une preuve de l'attachement qui vous liait à votre jeune maîtresse...

— Ma fille! dites ma fille! s'écria Juana dans un sanglot.

— Malgré votre légitime chagrin, vous sentez-vous assez forte pour répondre à mes questions, et la présence d'esprit ne vous fera-t-elle point défaut?

— Votre Seigneurie peut m'interroger, je rassemblerai mes souvenirs et mon courage pour lui répondre.

Gaspardo fit un signe à Rosalès et au scribe qui se disposa à écrire les réponses de Juana.

— A quelle heure, demanda le juge, avez-vous quitté doña Mercédès?

— A minuit, répondit la vieille femme.

— Votre maîtresse veillait-elle d'ordinaire aussi tard?

Une sorte de trouble passa sur le visage de Juana, elle parut hésiter.

— Souvenez-vous, lui dit le juge, que vous parlez au représentant de la justice, et que votre déposition a la valeur d'un serment.

Juana se signa.

— Je demande pardon à Votre Seigneurie, dit-elle, mais il est des faits qui ne semblent pas faire partie de la cause...

— Cette question est soumise à l'appréciation de la justice.

Juana poussa un long soupir.

— Je parlerai donc, dit-elle, bien qu'il m'en coûte... et gardez-vous, seigneur Gaspardo, de trouver dans mes paroles la moindre haine contre doña Mercédès que je pleure, et Alonso Cano, mon maître vénéré... Le ciel sait que je les aime! il connaît aussi le fond de leurs cœurs, et jamais une querelle ne passa pour une preuve de haine...

— Une querelle? dit vivement Rosalès; vos maîtres se sont querellés?

— J'ignore pour quel motif... Mercédès s'y trompait elle-même... Vous l'avez connue, seigneur Gaspardo, c'était une enfant, aimant les fleurs et les jouets... Accoutumée à se voir obéir, elle souffrait du moindre refus, de la plus légère opposition... Je le sais bien, moi qui l'ai bercée dans mes bras, qui aurais voulu pouvoir lui donner les étoiles du ciel quand elle tendait ses petites mains pour les

atteindre... Sa Majesté Philippe IV — à qui le ciel accorde un long
règne! — était venue hier à l'atelier... C'était un grand honneur
pour maître Alonso... oui, un grand honneur! Je ne sais guère
mettre d'ordre dans ce que je vous raconte... les vieilles femmes
divaguent, et le chagrin me rend folle... Ma pauvre belle Mercédès! Si vous saviez combien je l'aimais!

Juana s'interrompit et fondit en larmes.

Le regard perçant de Rosalès alla du juge à la vieille femme,
puis il frappa sur l'épaule de celle-ci :

— Courage! dit-il, courage! vous parliez de la querelle...

— Ai-je dit querelle, señor? c'est trop, beaucoup trop... discussion, tout au plus... ils s'aimaient beaucoup tous deux... mais la
pauvre Mercédès était jalouse... une enfant! une véritable enfant!
Elle sait à cette heure combien son inquiétude était mal fondée!
mais à dix-huit ans on est vive, et l'on ne raisonne pas... J'en étais à
la visite du roi... Il daigna inviter ma maîtresse à assister aux fêtes
de la cour et, quand je la revis après que Sa Majesté lui eut fait ce
royal accueil, elle me parla de sa parure, de la robe de gala qu'elle
ferait faire, des bijoux qu'elle comptait acheter... elle aimait les
bijoux comme jadis les fleurs. C'était jeune, bien jeune! Jacintha
discutait la nuance de la robe, et moi je souriais à la pensée de la
voir bien belle partir pour ce bal... Dieu! comme elle jasait durant
le dîner... Maître Alonso semblait plus grave, et nous savions
pourquoi... Il venait de chasser Lello Lelli, ce méchant Italien...

— Vous le haïssiez?

— Quand je voulais me représenter le démon, je regardais Lello
Lelli.

— Personnellement, vous avait-il fait du mal?

— Non, señor; mais on le devinait traître.

— Donc, votre maître paraissait moins gai que doña Mercédès?...

— C'est alors qu'un messager apporta une lettre.

— Ce messager, le connaissez-vous?

— Non, señor, il remit sa missive et s'éloigna sans attendre de
réponse... Une heure après, mon maître sortait... Alors je rejoi-

gnis Mercédès, que je trouvai dans les larmes... Elle ne raisonnait
pas ; elle parlait comme en rêve : « Alonso ne m'aime plus, disait-
elle ; il ne m'a jamais aimée !... » J'essayai de la tranquilliser, rien
ne put lui rendre le calme... Elle bouleversa les coffres, les ar-
moires, en tira ses habits, et me déclara qu'elle allait, le lendemain,
abandonner le toit d'Alonso.

— A quoi avez-vous attribué cette résolution soudaine ?

— A la lettre...

— Son mari la lui avait donc montrée ?

— Qu'importe ! elle l'avait lue... Elle devenait folle, vous dis-
je... Avec bien de la peine, je réussis à la décider à attendre, à
remettre à aujourd'hui son funeste départ... Il me semblait que
mon maître expliquerait cette lettre fatale ; qu'il apprendrait à sa
femme la vérité sur un mystère qu'elle s'obstinait à trouver coupable... Elle m'aimait bien ; elle avait confiance en moi... Je lui
conseillai de prier, l'apaisement se fit un peu dans son cœur, et
quand je la quittai elle était endormie....

— Savez-vous ce que cette lettre est devenue ?

— Vous la trouverez sans nul doute, señor, dans la chambre de
mon maître.

— On fera de nouvelles recherches... poursuivez...

— Ici ce que j'ai à dire n'a plus rien de positif, et j'hésite
même...

— Parlez, dit Gaspardo, parlez, au nom de la vérité !

— J'avais peine à trouver le repos, dit Juana, le souvenir des
larmes de ma maîtresse me troublait toujours... Avant qu'Alonso
en révélât la cause, je cherchais la clef de ce mystère... J'allais
m'assoupir, quand j'entendis marcher avec précaution au premier étage...

— Vous êtes sûre que vous n'étiez pas sous l'influence d'un
rêve ?

— D'autant plus sûre que, dans ma tendresse pour Mercédès,
je tentai de me rendre compte de ce qui se passait... Mon Dieu !
mon Dieu ! pourquoi le doute n'a-t-il point traversé mon esprit ?
Pourquoi suis-je restée dans ma chambre ? Mais quel pressenti-

ment fatal pouvais-je avoir? Alonso gardait une clef de la maison...
j'entendais monter l'escalier... Quel autre que mon maître pouvait
venir à cette heure?... Et cependant, c'est moi! oui, c'est moi qui
ai tué Mercédès! Si, entendant monter l'escalier, j'étais sortie pour
m'assurer que je ne me trompais point, j'aurais vu le voleur, le
meurtrier, et Mercédès eût été sauvée!

Juana se reprit à sangloter.

— Calmez-vous, lui dit doucement le juge Gaspardo del Roca :
nous avons plus que jamais besoin de vos renseignements.

— Ainsi, demanda Rosalès, vous êtes bien sûre qu'à deux heures
du matin ce n'était pas Alonso Cano qui rentrait?

— Mon maître a précédé de bien peu Vos Seigneuries dans la
maison.

Gaspardo regarda Rosalès d'un air surpris.

— Que voulez-vous dire? lui demanda-t-il.

— Rien! oh! rien! fit Rosalès; cette affaire est plus compliquée
qu'il ne nous semblait d'abord.

Le juge reprit en s'adressant à Juana :

— Avez-vous entendu beaucoup de bruit dans la chambre de
votre maîtresse?

— Quelque chose comme un meuble qui tombe, voilà tout. Je
m'expliquai ce tapage d'une façon bien simple... Mon maître pouvait avoir monté l'escalier sans lumière...

— Après? demanda le juge.

— Après, il se passa moins d'un quart d'heure, puis j'entendis
un bruit de pas dans l'escalier... l'œuvre de sang était accomplie...
le misérable meurtrier quittait la maison du crime... Et moi, moi!
poursuivant mon idée et rapportant tout au maître, je me faisais
ce raisonnement : « Alonso Cano ne pouvant se dispenser d'une
course, d'un voyage subit, mais voulant rassurer ma pauvre enfant,
est venu l'informer des raisons qui l'empêchent de rentrer encore. »

— Et, pensant cela, je m'endormis tranquille...

Juana éclata en sanglots.

— Tranquille! et dans ce même moment la gorge et la poitrine
traversée de quinze coups de poignard, Mercédès agonisait, sans

secours, n'ayant pour suprême refuge que la Vierge sainte sur laquelle elle fixait ses regards...

— A quelle heure entriez-vous d'habitude dans la chambre de doña Mercédès?

— Vers sept heures... Aujourd'hui, comme à l'ordinaire, j'ai rempli mon devoir, et vous voyez, messeigneurs, quel spectacle horrible a frappé mes regards...

— Vous ne savez rien de plus? demanda le juge.

— Rien, répondit Juana.

— Lello Lelli possédait une clef de la maison?

— Oui, señor : il me l'a rendue en quittant la maison.

— Ainsi, à votre connaissance, Alonso seul en a une; et vous gardiez ce soir-là les clefs du logis? ajouta Rosalès.

— Oui, monseigneur, dit Juana en s'essuyant les yeux.

— Pendant son séjour dans cette maison, dit Gaspardo del Roca, Lello Lelli a pu faire fabriquer une double clef...

— Avant d'aller plus loin, reprit Rosalès, et sauf le bon plaisir de Votre Seigneurie, il me semblerait utile de rappeler ici Pedro Castello, et de l'interroger plus longuement! Les détails qu'il nous fournira aideront sans nul doute à la constatation de l'alibi de Lello Lelli, ou le réduiront à néant.

Gaspardo del Roca regarda Rosalès avec l'expression d'une vive surprise; mais sa proposition était trop juste pour qu'il n'y fût pas fait droit immédiatement.

Un instant après, Juana avait quitté le cabinet dans lequel Gaspardo del Roca, ses assesseurs et ses greffiers continuaient l'enquête ouverte sur le crime commis chez Alonso Cano, et Pedro Castello était introduit de nouveau.

— Rappelez-vous, señor, lui dit le juge, que les moindres détails ont leur importance, et répondez avec autant de sang-froid que de sincérité.

— Interrogez-moi, monseigneur, dit Castello.

— Vous avez hier assisté à la querelle de Miguel et de Lelli; vous savez pertinemment à quelle heure ce dernier a quitté l'atelier?

— Il pouvait être cinq heures... Je sortis moi-même; un de mes

[...] ayant donné rendez-vous dans [...]
[...] france, je m'y rendis, et c'est la que [...]
[...] cheval maigre et vêtu de son éternel [...] au rang [...]
[...] Lelli qui demande [...] de vingt [...] ne vous [...]
[...] poursuivit son chemin [...] le reconnais sans qu'il [...] passé [...]
[...] mon visage [...] je ne devais pas [...]
[...] présenter sans cela [...] pesant auprès [...] notre sol [...]
[...] et cailloux

[...] donna le mot [...] la poste [...]
[...] porte l'intérieur [...]
[...] de suite [...]
[...] distraction [...]
[...] esse comprise [...]
[...] avant [...]
[...] dépôt sera [...]
[...] inalsept [...]
[...] faisa [...]
[...] aussi tôt [...]
[...] ordre sa [...]
[...] Lelli [...]
[...] je [...]
[...] quand [...]
[...] toute la hauteur [...]
[...] vous expliquer [...]
[...] le pauvre [...] Nous [...]
[...]

— Non, répondis [...]
[...] peines

— Que voulez-vous dire

Que la constatation de l'état des lieux n'est pas complet
[...] cherchant mieux nous trouverons.

Une flamme rapide traversa le regard de Rosales qui se leva
[...] nouveau les membres de la justice passèrent dans la chambre
[...] porte

Aoute essaient de faire semblant de lire, loc. p. nue 83.

VII

LE SOUPÇON

Cette fois, les meubles furent fouillés avec un soin minutieux.

amis m'ayant donné rendez-vous dans une posada située sur la
route de France, je m'y rendis, et c'est là que je vis arriver, monté
sur un cheval maigre et vêtu de son éternel pourpoint rougeâtre.
Lello Lelli qui demanda un verre de vin, le but sans s'arrêter et
poursuivit son chemin... Je le reconnus sans qu'il lui fût possible
de voir mon visage... Et je suis convaincu qu'il ne devina point
ma présence ; sans cela, il n'eût pas manqué de m'adresser quelque
parole acerbe et railleuse...

Castello donna le nom du maître de la posada où Lelli s'était un
instant arrêté ; l'interrogatoire de ce dernier n'étant pas indispensable tout de suite, on appela l'un après l'autre les serviteurs de la
maison. Jacintha ne savait rien, sinon qu'elle avait quitté, la veille,
sa maîtresse souriante et ravie à la pensée d'une fête, et que le
matin elle l'avait vue morte.

Juan déposa que, la veille, son maître lui avait défendu de l'attendre, en lui disant : « Sois tranquille, je garde la clef ! » Nulle
lumière ne se faisait dans cette mystérieuse cause. Gaspardo del
Roca paraissait très abattu ; Rosalès, au contraire, se frottait les
mains d'un air satisfait.

— Ce Lello Lelli est un habile homme ! fit le juge ; toutes ses précautions ont été prises en vue de dépister la justice.

— Et qui vous prouve la culpabilité de Lello ?

— Tout : la haine contre Cano, motivée par son renvoi ; le vol
des bijoux expliqué par la pauvreté de celui que les élèves appe-
laient «le pauvre ». N'êtes-vous point de mon avis, seigneur Rosalès ?

— Non, répondit celui-ci, et ce n'est point si bas que je cherche
les coupables.

— Que voulez-vous dire ?

— Que la constatation de l'état des lieux n'est pas complète, et
qu'en cherchant mieux nous trouverons.

Une flamme rapide traversa le regard de Rosalès qui se leva, et
de nouveau les membres de la justice passèrent dans la chambre de
la morte.

Alonso s'assit devant son chevalet. (*Voir page* 83.)

VII

LE SOUPÇON

Cette fois, les meubles furent fouillés avec un soin minutieux,

Alonso s'assit devant son chevalet. (*Voir page* 83.)

VII

LE SOUPÇON

Cette fois, les meubles furent fouillés avec un soin minutieux,

On inspecta les moindres coins de la chambre mortuaire ; on cher\-
cha dans les cassettes, partout où se pouvait cacher le plus petit
indice. Rosalès explorait un angle de la pièce dans laquelle la mort
laissait son épouvante, quand il releva un papier froissé, chiffonné,
brisé, non avec négligence, mais pétri sous l'impression d'une vio\-
lente colère. Il le déplia avec un soin tout particulier, le lissa sur son
genou et le parcourut du regard. Un cri de surprise mêlé d'une sorte
de joie lui échappa, et, allant vers Gaspardo del Roca, il lui dit avec
un rictus ressemblant presque à un sourire :

— Je croyais être sur la voie ; maintenant, j'en suis sûr.

— Qu'avez-vous donc trouvé ? demanda le juge.

— Les trois lignes nécessaires pour faire pendre un homme.

— Voyons ? fit Gaspardo.

— Laissons ceux-ci achever leur besogne d'inventaire et
compléter leurs pièces dans cette chambre funèbre. Ce que j'ai à
vous dire ne doit être entendu que de vous.

Et Rosalès passa au juge la missive apportée à Cano dans la
soirée de la veille, et qui avait motivé sa visite chez l'infortunée
sœur de Sébastien Llano y Valdez.

Gaspardo la lut attentivement, passa la main sur son front à
plusieurs reprises, et demanda d'une voix tremblante à Rosalès :

— Que concluez-vous ? Que pouvez-vous conclure de ce bil\-
let ?

— Ceci : la jalousie, les défauts de caractère de Mercédès avaient
aigri le caractère d'Alonso. Juana vous a dit elle-même que, hier
au soir, une scène assez violente avait eu lieu entre eux... Mercédès
en gardait tant de rancune, qu'elle songeait à se retirer dans sa
famille... Alonso est rentré chez lui vers deux heures et demie du
matin... Une explication avec sa femme a été suivie d'un emporte\-
ment furieux. Alonso a frappé. Le premier coup, sans nul doute, a
été mortel, car Juana n'a pas saisi le bruit d'une lutte... Épouvanté
de son horrible action, et comprenant quelles suites elle ne man\-
querait pas d'avoir, Alonso a fait main basse sur les diamants de
sa femme, afin de détourner les soupçons et de mêler une affaire de
vol à la question d'assassinat... Il est ressorti après son crime ; pen\-

dant une partie de la nuit, sans doute, il a couru dans la campagne : la poussière couvrant ses chaussures et ses habits l'atteste suffisamment... Et c'est après avoir recouvré une partie de son sang-froid qu'il est revenu dans ce logis, où tout l'accuse, tout! depuis la lettre signée *Inès*, que je viens de vous montrer, jusqu'au poignard à l'aide duquel la malheureuse Mercédès a été assassinée...

— C'est horrible! horrible! dit le juge; vous entassez là, Rosalès, mille détails choisis avec art, et qui, rapprochés, finissent par former...

— Des preuves, dit Rosalès d'une voix incisive.

— Eh bien! quand il serait vrai que certains indices puissent fournir contre Alonso, je ne dis pas des preuves, moi! car Dieu me garde d'accuser d'une façon téméraire, mais des apparences ; tout en moi se révolte, depuis le cœur de l'homme jusqu'à la conscience du juge, contre l'accusation que vous portez! Alonso, un homme si doux! si bon!

Rosalès avait paisiblement écouté Gaspardo; quand le juge se tut, l'assesseur releva son front qu'il avait tenu baissé :

— Cet homme dont vous vantez la douceur, dit-il, a cependant déjà du sang sur les mains.

Le juge se troubla, l'insistance de Rosalès le froissait; il ressentait comme une blessure en entendant rappeler ce vieux souvenir.

— Il s'agissait d'un duel, et non d'un meurtre...

— Ce n'est pas vous, señor del Roca, qui excuserez les duellistes? Les lois humaines et les lois divines les condamnent.

— Il faut pardonner quelque chose, cependant, à l'effervescence de la jeunesse.

— Peut-être, si Alonso eût été l'insulté; mais n'oubliez pas qu'il se fit l'insulteur.

— Il en fut cruellement puni.

— Sans doute; mais enfin vous n'avez pas la prétention de le plaindre plus que son adversaire?

— On dirait que vous haïssez Alonso Cano? dit le juge en regardant bien en face l'assesseur?

— On pourrait penser, si l'on vous connaissait moins, señor, que vous souhaitez retarder, sinon entraver l'œuvre de la justice.

Le visage de Gaspardo refléta une noble indignation.

— Ce que je ne veux pas, dit-il avec force, c'est que la prévention ait part à l'œuvre de cette même justice... Vous débutez dans une difficile carrière, Rosalès... et votre ambition se réjouirait d'avoir à diriger une affaire assez importante pour mettre en lumière la perspicacité de votre esprit et votre habileté sans conteste... Mais, croyez-moi, il est des jours où le magistrat le plus austère, le plus intègre, interroge sa conscience en se demandant : « Ai-je assez protégé l'innocence? Ai-je mis mon mandat au-dessus de mon ambition personnelle? » Quels regrets, quels remords ne doivent pas assaillir le malheureux qui, sans être prévaricateur et criminel, ne se sent pas assez d'énergie pour suivre sa route, non pas insensible, mais courageux et loyal! Je ne veux pas souffrir de semblables angoisses... Je cherche la vérité partout, sans trêve, mais cette vérité unique... je ne veux pas seulement la soupçonner, il faut qu'elle m'illumine, qu'elle m'aveugle!

— Soyez tranquille! dit Rosalès; la lumière se fera.

Cette dernière partie de l'entretien des juges avait eu lieu dans un angle de la pièce, et tous deux avaient baissé le diapason de leur voix pour qu'il fût impossible aux scribes de distinguer leurs paroles.

Ce qu'ils remarquèrent, ce fut la pâleur de Gaspardo del Roca, et l'expression triomphante du visage de Rosalès.

Celui-ci se rapprocha de la table, s'assit et demanda froidement à Gaspardo :

— Ne croyez-vous pas qu'il serait temps d'interroger Alonso Cano ?

— Oui, répondit Gaspardo, il est temps.

Et se tournant vers le plus jeune des secrétaires :

— Priez Alonso Cano, dit-il, de venir me rejoindre ici.

Un moment après, l'artiste entrait.

Il se soutenait à peine ; une fatigue excessive se lisait sur ses traits; la douleur avait, en une heure, ravagé complètement cette belle et noble physionomie; les yeux étaient rouges de larmes, et les lèvres s'agitaient avec des tressaillements nerveux.

Certes, comme l'affirmait le juge, ce n'était point là un criminel, et le premier mouvement de Gaspardo eût été de le prendre dans ses bras comme un frère et de tenter non pas de le consoler, mais d'apaiser au moins son désespoir, si la présence de Rosalès et le souvenir du mandat qu'il devait remplir ne l'eût maintenu dans les limites de la réserve.

Alonso regarda tour à tour Rosalès et Gaspardo.

— Eh bien! leur demanda-t-il, avez-vous des indices sur le coupable?

— Nous cherchons, répondit Gaspardo d'une voix émue; rappelez en ce moment tout votre sang-froid; oubliez si vous le pouvez pendant une heure le malheur qui vous frappe, et venez-nous en aide...

— Que vous dirai-je? s'écria Alonso, j'ai la tête perdue et le cœur brisé.

Rosalès prit sur la table le poignard ayant servi à la perpétration du meurtre.

— Connaissez-vous cette arme? demanda-t-il.

Alonso la regarda avec une répugnance visible; la vue du sang de Mercédès lui rappelait la malheureuse créature.

— Mais cette arme est à moi! s'écria Alonso avec stupeur. Ce poignard fut ciselé par Balthasar Gonsalvez... Comment se trouve-t-il ici?... Comment l'assassin l'a-t-il choisi?... Ce poignard restait d'ordinaire sur la table de l'atelier.

— Êtes-vous sûr, demanda Gaspardo, de ne pas l'avoir changé de place?

— Très sûr.

— Cette arme est d'une trempe excellente, reprit Rosalès; les alguazils laissent encore l'occasion à chacun de faire un peu de police, ou tout au moins de se tenir sur ses gardes... Quoi d'étonnant à ce que, sortant hier au soir pour faire une longue course, vous ayez passé ce poignard à votre ceinture, ou que vous l'ayez caché dans votre poitrine?

— Je regardais cette arme, bijou de ciselure, comme un objet d'art, et non un moyen de défense; quand il m'arrivait de prendre les précautions que vous dites, seigneur juge, je me servais d'une miséricorde plus simple de manche et mieux faite à la main.

Gaspardo reprit doucement :

— Vous êtes sorti de bonne heure, hier?

— Vers la moitié de la soirée.

— Et, continua le juge — je vous demande pardon de m'inquiéter de certains détails de votre vie privée — mais la justice est lente dans son œuvre et ne doit rien dédaigner, vous avez prévenu la señora Mercédès que votre absence pourrait être longue?

Alonso tint un moment la main sur ses yeux.

— Pauvre enfant! dit-il, pauvre chère enfant! ce n'est pas seulement sa mort qui me navre, mais la situation de cœur, d'esprit et d'âme dans laquelle Mercédès se trouvait au moment où elle fut frappée... dans ce lit tout maculé de sang, on a trouvé un mouchoir trempé de larmes...

N'en pouvant dire davantage, Alonso, suffoqué par les sanglots, cacha son front dans ses deux mains.

— J'en prends pour preuve votre douleur, dit Gaspardo, vous chérissiez votre femme.

— Oh! Dieu sait que je l'aimais! c'était notre premier dissentiment... et pour une cause si futile!

Depuis un moment, Rosalès tournait et retournait dans ses doigts la lettre trouvée dans la chambre de la jeune femme. Il l'étala sur la table, sous les yeux d'Alonso, et fixant sur lui ses prunelles étincelantes :

— Le dissentiment dont vous parlez n'avait-il point pour cause la réception de cette missive?

D'un seul coup d'œil, Alonso reconnut la lettre écrite par la sœur de Sébastien.

— En effet, dit-il d'une voix douloureuse mais calme, il s'agissait de cette lettre.

— Elle vous obligeait à quitter votre maison, poursuivit Rosalès, votre jeune femme vous a prié de demeurer près d'elle; de là son angoisse, ses larmes...

— Oui encore; mais ce matin je les aurais séchées.

— Ainsi, vous avez suivi le messager mystérieux qui vous attendait à quelques pas de votre maison?

— Je l'ai suivi.

— Où vous conduisait-il?

Le visage d'Alonso s'empourpra, et il répondit d'une voix faible :

— Je ne puis le dire.

— Je vous en supplie, lui dit Gaspardo avec véhémence, pas de réticence, pas de crainte ni de ménagements, l'heure est solennelle... les questions sont précises, il faut que vous nous répondiez franchement... Parlez, parlez, Alonso! quel a été l'emploi de votre nuit?

— Encore une fois, répondit l'artiste, je ne saurais le révéler... un serment, un serment sacré clôt mes lèvres... et quand il s'agirait pour moi...

— Il s'agit de l'honneur! fit Gaspardo en se levant.

— Il s'agit de la vie! ajouta Rosalès.

Le malheureux artiste se cramponna des deux mains au siège sur lequel il était assis, et, la bouche frémissante, le visage d'une pâleur livide, l'œil injecté de sang, il demanda d'une voix pleine d'angoisse :

— J'ai mal entendu, n'est-ce pas? j'ai mal compris? Il s'agit pour moi de l'honneur, de la vie! Que prétendez-vous dire? qu'osez-vous soupçonner? De ce que je ne puis vous renseigner sur l'emploi de cette nuit, en concluez-vous que je sois coupable? Je me tais parce que deux existences sont liées à mon silence... J'ai prêté le serment de garder le secret, et je le garde. Je l'ai juré, quand il s'agirait pour moi de la mort et de la torture! et jamais, jamais je n'ai manqué à ma parole... Le déshonneur serait de me parjurer, et je ne me parjurerai pas!

— Mais, malheureux, s'écria Gaspardo, vous ne comprenez pas que votre silence vous accuserait?...

— De quoi? demanda presque tranquillement Alonso.

Le juge détourna la tête et n'eut point la force de répondre; Rosalès prit la parole à sa place et dit en accentuant chaque mot :

Il est une chose que vous oubliez de nous dire, señor, c'est que vous êtes rentré dans votre demeure à deux heures et demie du matin.

— Moi! moi! ce n'est pas! Je vous l'ai dit, toute cette nuit a été sacrifiée à une mission difficile et sacrée... Et pourquoi serais-je revenu... et à cette heure précise? Ou pourquoi, étant rentré, serais-je sorti de nouveau?

Rosalès continua en tournant la lettre dans ses mains :

— Vous êtes revenu parce que vous teniez à voir doña Mercédès, inquiète, comme vous l'avez dit... si troublée, si malheureuse, qu'elle parlait de se retirer chez sa mère... L'explication que vous avez eue avec elle, au lieu de l'apaiser, a dégénéré en scène violente... vous étiez armé de ce même poignard, et...

— Taisez-vous! taisez-vous! s'écria Alonso Cano avec une violence inouïe; vous allez dire, misérable, que j'ai assassiné ma femme!...

L'artiste tremblait d'une façon convulsive, ses yeux prenaient l'égarement de la folie, sa bouche se tordait et un spasme contractait son visage, d'une expression si noble d'ordinaire.

— Remarquez, dit froidement Rosalès, que vous avez prononcé ce mot le premier.

— C'est donc vrai! c'est vrai! s'écria Alonso Cano, on m'accuse! on m'accuse!

Gaspardo lui saisit les deux mains.

— Défendez-vous! lui dit-il, défendez-vous, je vous en supplie!

— Me défendre d'avoir commis un crime! d'être un meurtrier! Non! non! Dieu voit, Dieu juge.

— Mais si les hommes accusent?

— Ceci, dit Alonso, est l'affaire de leur conscience.

— Oh! le Seigneur Dieu le sait, dit Gaspardo, j'y crois, moi, à cette innocence; mais il faut qu'elle éclate devant tous... Révélez l'emploi de vos heures depuis votre départ de la maison jusqu'à votre rentrée matinale, et vous êtes sauvé.

— Alors je suis perdu, seigneur Gaspardo, car c'est impossible.

— Rien n'est impossible dans un moment semblable... On

promet le silence, on le garde, c'est élémentaire en point d'honneur dans les cas ordinaires... mais ici il s'agit d'une horrible accusation, aggravée par la suspicion que peut enfanter votre refus et appuyée peut-être...

Encore une fois, Gaspardo s'arrêta; le courage lui manquait pour ajouter le reste. Ce fut Alonso Cano qui termina sa pensée.

— Et appuyée par cette lettre signée *Inès,* par ce poignard...

— Oui, dit Rosalès.

— Mais enfin, dit Alonso, on n'a pas seulement tué, dans cette maison, on a volé...

Rosalès souligna de l'ongle une phrase de la lettre.

— Alors, j'ai non-seulement été capable d'assassiner Mercédès, mais de prendre ses diamants pour les remettre...

— Achevez ! dit Gaspardo en saisissant les mains de l'artiste; achevez !

Celui-ci releva son front. On ne voyait plus à cette heure sur son beau visage que l'expression d'une sérénité généreuse; l'infortuné s'élevait à la hauteur du martyre.

— Qu'allez-vous faire de moi? demanda-t-il.

— Gaspardo répondit doucement :

— Notre devoir rempli, nous nous adresserons au chef de la Cour suprême.

— Et jusque-là?

— Donnez-nous votre parole de ne point quitter cette maison.

— Je vous la donne.

— Restez-y donc, Alonso Cano !

Les juges et les scribes se levèrent, et l'artiste se dirigea d'un pas ferme vers la chambre de Mercédès.

Un grand calme avait succédé à son désespoir, à son épouvante. La grandeur du double désastre qui l'atteignait lui donnait, comme cela arrive souvent dans les terribles crises de la vie, une tranquillité profonde. Il avait accepté son sacrifice brusquement, subitement et, pour cela, il s'était souvenu de Sébastien Llano y Valdez.

— Les taches de sang ne s'effacent pas ! pensait-il; c'est la justice du ciel qui me frappe à son heure : je m'humilie et je l'accepte.

Il entra dans la chambre de la morte comme un condamné entrerait en chapelle. Il s'agenouilla près du lit funèbre et, après avoir longtemps prié, il se releva et ouvrit la porte. A ce moment, il aperçut Miguel.

— Tu ne m'abandonnes pas ? lui demanda-t-il.

— Ni moi ni les autres, maître ! Plus votre malheur sera grand, plus nous vous resterons fidèles.

— Alors, Miguel, descends à l'atelier, apporte-moi un chevalet, une toile, une boîte à couleurs...

— Que voulez-vous donc faire, maître ?

— Le portrait de Mercédès morte ! répondit Alonso.

Le jeune homme regarda son maître avec égarement.

— Va, répondit celui-ci, va vite ! Qui sait ce que j'aurai de temps pour l'achever !

Miguel descendit, prit à l'atelier les objets demandés par Alonso Cano et les apporta dans la chambre. Pendant qu'il s'était trouvé seul, l'artiste, ouvrant les fenêtres, avait laissé entrer à flots l'air et la lumière dans la chambre de mort et de deuil. Un rayon, passant sur le lit, parut et se reposa sur la figure tourmentée de Mercédès, et, par une illusion pieuse, il parut à Alonso que l'expression du visage de la morte s'adoucissait et se pacifiait.

— Vois-tu, dit Alonso Cano à Miguel qui le regardait avec stupeur, je veux, quoi qu'il arrive, garder ce souvenir de Mercédès... Si je meurs, je te le léguerai... Si je survis à cet épouvantable drame, dont les péripéties les plus lugubres ne sont pas sans doute finies, je trouverai, dans sa contemplation constante, la preuve du peu que vaut la vie ! Retiens cela, Miguel !... Hier, le roi des Espagnes, Philippe IV, s'asseyait dans mon atelier ; dans une heure, les juges lui demanderont ma tête...

— Oh ! s'écria Miguel, pouvez-vous parler de choses semblables avec un calme pareil ?

— J'ai ma conscience, répondit Alonso ; mais si elle est calme, comme le cœur se venge ! Seulement, à quoi me serviraient mes cris, mes pleurs et mon désespoir ?... Tout cela, je le ferai passer dans cette image... Mercédès morte me rappellera toujours, toujours, non pas seulement le malheur que je subis à cette heure, mais l'autre, l'autre...

— Quoi ! ce duel...

— Ce duel coûta la vie d'un homme, Miguel !

Alonso s'assit devant son chevalet, auprès duquel il demeura un long moment pensif ; puis l'artiste l'emportant sur l'homme, sur le mari, sur l'accusé, il se mit à copier les traits de Mercédès avec une sûreté de main, une inspiration qu'il n'avait jamais eues ; Miguel le regardait avec une admiration tenant de l'épouvante. Les pâleurs de la mort qui couvraient le visage de la jeune femme, ses cheveux répandus en désordre, les blessures saignantes ouvertes à sa gorge et qui semblaient toutes fraîches, étaient rendus avec une réalité terrible. La ressemblance de Mercédès tenait du prodige. Jamais Alonso Cano n'avait poussé si loin le génie, et ce fut à la surexcitation de la douleur qu'il dut sa plus magnifique page.

Le jour baissait quand le pinceau lui tomba des mains.

— Miguel, dit Alonso à son élève, je ne sais ce qu'il adviendra de moi... prends cette toile, garde-la fidèlement jusqu'au jour où je te la redemanderai... Si je meurs, qu'elle soit l'héritage de mon amitié.

Ce fut en couvrant de larmes la main de son maître que Miguel quitta la maison du crime.

Alonso lui avait dit, d'une voix qui ne souffrait point de réplique :

— Maintenant, laisse-moi seul : je veux prier.

Miguel ne pouvait désobéir à cet ordre : il quitta la chambre. Sur la dernière marche de l'escalier, il trouva Juana sanglotant à fendre l'âme.

— Vous partez, señor Miguel ? dit-elle ; vous abandonnez mon malheureux maître ?... Est-ce donc vrai, ce que disaient tout à l'heure vos compagnons ?... Hier, Alonso Cano vous interdisait sa demeure, et aujourd'hui...

Le jeune homme prit dans ses mains les doigts tremblants de la vieille femme.

— S'il fût demeuré ce qu'il était hier, professeur de l'infant,

favori du roi, j'aurais déjà quitté la maison qui m'était interdite...
Sévère ou non, l'arrêt du maître restait sacré pour moi... Mais un
immense malheur le frappe... un malheur plus grave encore que tu
ne le supposes...

Mercédès, ma fille, est morte; que peut-il y avoir de pire que
cette douleur?

— Il peut y avoir qu'on accuse Alonso de l'avoir assassinée.

— Notre-Dame de la Merci! s'écria Juana en levant au ciel ses
mains amaigries, cela ne se peut pas! Cela serait misérable, infâme,
parce que c'est une calomnie, un crime plus grand que le meurtre
même de Mercédès!

— C'est vrai, pourtant, dit Miguel; je le tiens de la bouche de ton
maître.

Tout à coup, Juana se frappa le front avec une sorte de délire.

— Rosalès! fit-elle, Rosalès!...

— Il est assesseur de Gaspardo qui témoigne une grande compassion à Cano.

— Tout est possible! tout est possible! répéta la vieille femme
en se parlant à elle-même... Moi seule je sais cette chose, le maître
l'ignore... Rosalès le perdra, il a intérêt à le perdre.

— Un intérêt! Lequel?

— Avant Alonso, il avait demandé Mercédès en mariage.

— Elle le refusa?

— Oui... Elle me l'avait confié.

— Et tu le supposerais capable...

— De tout! répondit Juana d'une voix sourde... de tout!

— Que faire? que faire? se demanda Miguel.

Il se souvint alors de ses camarades d'atelier, et, quittant rapidement Juana, il lui dit avec bonté :

— L'opinion, la justice sont, à cette heure, contre le Michel Ange
de l'Espagne ; mais il garde pour le protéger la vaillante jeunesse de
son école et rien, peut-être, n'est encore perdu.

Le prisonnier se pencha sur la feuille d'écrou. (*Voir page* 94.)

VIII

LES ALGUAZILS DE MIGUEL

Les juges, en quittant la maison d'Alonso Cano, se rendirent près

du chef suprême de la justice. Après avoir écouté leur rapport, les interrogatoires de l'artiste, les dépositions des témoins, il conclut à l'arrestation d'Alonso, accablé par des charges suffisantes. Cependant, en considération de l'importance dont jouissait l'artiste dans la ville de Madrid et de la protection dont le couvrait le roi, il ordonna de différer cette arrestation jusqu'à une heure avancée de la soirée, afin d'épargner au sculpteur l'humiliante curiosité de la foule : s'il le menait au calvaire, il daignait du moins lui éviter le prétoire.

Gaspardo del Roca tenta vainement d'atténuer les convictions du juge suprême. Celui-ci, criminaliste d'habitude, sut fort bon gré à Rosalès de sa perspicacité, et ne lui dissimula point que le procès d'Alonso Cano exercerait une grande influence sur son avancement.

— Pensez-vous que l'accusé oppose une résistance quelconque à la loi? demanda le grand-juge à Gaspardo.

— Nullement; fort de sa conscience, — car je persisterai à croire qu'il est innocent jusqu'à ce qu'on m'ait démontré le contraire d'une façon absolue, — Alonso se rendra où il vous plaira de le faire conduire.

Le grand-juge frappa sur un timbre.

Un officier parut.

— A dix heures, ce soir, lui dit-il, un carrosse se trouvera à la porte du señor Gaspardo.

Celui-ci se leva vivement.

— Votre Seigneurie daignerait-elle me dispenser de ce pénible devoir?

— Rosalès vous remplacera, señor Gaspardo del Roca ; mais, permettez-moi de vous le dire, ces sensibilités exagérées s'accordent mal avec l'impartial et rude mandat de la justice.

— Je me tiens à vos ordres, monseigneur, dit Rosalès.

Le grand-juge se tourna complètement vers celui-ci, comme s'il le chargeait à l'avenir de tout ce qui concernait cette affaire:

— La voiture sera à votre porte à dix heures ; vous y monterez, et vous vous rendrez à la demeure d'Alonso Cano... ensuite vous l'inviterez à vous suivre... S'il se décide aisément, il ne sera pas besoin d'employer la force... S'il essayait de résister, les douze alguazils qui vous accompagneront avec un alferez suffiront pour le dompter.

— Et une fois dans le carrosse?...

— Vous le conduirez à la prison, où vous le laisserez.

— Votre Seigneurie peut compter sur moi.

Gaspardo se leva :

— Le dossier de cette affaire mystérieuse reste-t-il entre mes mains?

— Oui, répondit le chef suprême : vous pouvez être abusé, mais je vous sais intègre.

Gaspardo se retira et laissa seuls Manoël Lascazaros et Rosalès.

Tous deux avaient dans cette affaire des intérêts bien différents.

Manoël Alcazaros aimait la justice pour elle-même, mais il en exagérait les devoirs, comme les privilèges. Il voulait faire du « sacerdoce » exercé par lui le premier des pouvoirs de l'Espagne. Esprit perspicace, méthodique et compassé, il convenait admirablement à la haute dignité dont on l'avait revêtu, pour tout ce qui en concernait les principales obligations. Mais l'étendue de son orgueil, l'importance qu'il donnait à sa personnalité nuisaient souvent à l'application de ces mêmes devoirs. Il ne voyait dans son rôle de juge que le côté imposant, mais implacable. L'habitude de se trouver en contact avec des criminels avait endurci son cœur, de telle sorte qu'il ne croyait plus à l'innocence.

Quant à Rosalès, la vieille Juana avait dit vrai en affirmant à Miguel que le légiste avait gardé au fond de son âme une profonde rancune du refus de Mercédès.

Trop hypocrite pour laisser deviner sa haine, il attendait, avec une sorte de certitude fatale, qu'Alonso tombât entre ses mains.

L'existence menée jusqu'à ce jour par Alonso Cano n'avait, il est vrai, donné aucune prise à son mauvais vouloir.

Le bouillant jeune homme qui tirait jadis si habilement l'épée, et dont le duel avec Sébastien Llano y Valdez avait eu des conséquences si terribles, était devenu, à la suite de cette catastrophe, doux et patient. Le caractère de ses œuvres inspirait, à la fois, la piété et l'admiration. Jamais son pinceau ou son ciseau n'avaient commis d'œuvre répréhensible, et ses mœurs étaient en harmonie avec les scrupules de son art pieux. Mais qu'importait à Rosalès? Il avait juré sa perte : il irait jusqu'au bout de sa haine. Dans son impatience de hâter les opérations de justice, il manda auprès de lui l'alfarez qui devait commander la troupe d'alguazils nécessaire à l'expédition.

— Vous m'avez bien compris, señor alferez? lui dit-il.

— Parfaitement, répondit l'officier.

— Veuillez donc me répéter mes propres ordres.

— A dix heures précises, un carrosse se trouvera dans la rue, en face de la maison d'Alonso Cano... Mes hommes l'entoureront afin d'empêcher la foule de le cerner, et de vous prêter main-forte en cas de besoin.

— Fort bien! J'espère que cette précaution sera inutile, mais enfin, munissez-vous de solides menottes.

— Nous aurons des menottes... Votre Seigneurie n'a plus rien à me commander?

— Rien.

L'Alferez se retira et Rosalès reprit sa promenade.

Quand l'horloge indiqua neuf heures et demie, il sortit de chez lui. Il aurait pu ordonner de venir le prendre dans la voiture qui devait conduire Cano à la prison, mais il préféra marcher. Sa tête bouillait, il avait la fièvre, une fièvre terrible, celle de la haine impatiente de se satisfaire.

Tandis que les juges, les officiers, les soldats songeaient au déploiement de forces qu'il faudrait peut-être employer pour arrêter Alonso, celui-ci était resté dans la chambre de Mercédès, agenouillé près du lit funèbre.

La vieille Juana, avec des précautions infinies et maternelles, sachant que les hommes de l'art et les représentants de la justice humaine avaient terminé leur œuvre de constatations et tracé sur parchemin leurs procès-verbaux, s'était appliquée à donner à la chambre de la morte un aspect moins effrayant. Elle avait remonté les draps blancs jetés sur le lit jusqu'au menton de la jeune femme, et voilé ses horribles blessures; un crucifix placé dans ses mains paraissait consoler cette agonie brutale ; les rideaux répandaient une ombre douce sur le front pâle des pâleurs glacées de la mort. Quelques grains d'une pâte odorante, jetés dans un brasero, chassaient l'odeur fade du sang, et Juana avait envoyé acheter dans les *huertas* voisines des branches d'oranger et de grenadier couvertes de leurs fleurs, et les avait jetées par brassées sur le lit funèbre.

Tandis qu'elle remplissait ces soins pieux, Alonso continuait de prier.

Le coup qui le frappait était si inattendu, si subit, qu'il restait écrasé, manquant d'énergie pour se défendre.

Nous l'avons dit, d'ailleurs, le souvenir de son duel avec Sébastien Llano y Valdez pesait si lourdement sur l'âme de l'artiste et lui semblait depuis si longtemps devoir attirer un châtiment sur sa tête, qu'il subissait cette terrible épreuve comme une expiation attendue. Quoi qu'il fît pour se défendre, il était persuadé qu'il échouerait. On le condamnerait. Si la justice humaine se trompait en l'accusant d'avoir assassiné Mercédès, la justice de Dieu accomplissait son œuvre lente, mais sûre, en lui faisant payer le sang de Sébastien, qui n'avait cessé de crier contre lui.

Quand dix heures sonnèrent, la porte du logis d'Alonso s'ouvrit devant deux groupes d'hommes.

L'un portait une châsse de cèdre, doublée de plomb, dans laquelle Mercédès devait être enfermée ; l'autre venait pour emmener Alonso.

Et de la maison désolée le cadavre et l'homme vivant qui devaient sortir à la fois se retrouveraient bientôt dans le même lieu : le trépas de l'un précéderait de si peu l'exécution de l'autre !

On devait emmener d'abord Alonso Cano ; la morte avait le temps d'attendre.

Au moment où Rosalès parut sur le seuil de la porte, l'artiste se leva ; il se pencha sur le lit, et ses lèvres, presque aussi froides que celles de la morte, se posèrent sur son front.

— Dors en paix, pauvre torturée ! lui dit-il.

— Une telle hypocrisie ne saurait en imposer à la justice ! s'écria Rosalès.

— Votre mission est de m'emmener, señor, répondit tranquillement Alonso. Je ne sache point que le tribunal, qui n'a pas encore prononcé sur mon sort, vous ait à l'avance chargé de m'infliger la torture de l'insulte.

D'un pas paisible et lent, Alonso se dirigea vers l'alferez.

— Je reste votre prisonnier, lui dit-il, mais je suis tranquille ; un soldat espagnol n'a jamais insulté un malheureux.

Juana se précipita vers son maître et lui baisa les mains.

— Écoute mes recommandations dernières, lui dit Alonso. Cette maison m'appartient ; je t'en confie la garde... Restes-y quoi qu'il arrive... Si j'y rentre, cela me consolera de t'y retrouver. Si je n'y reviens pas, conserve-la en souvenir de la chère morte et comme un témoignage de ma reconnaissance... Je t'enverrai, à cet effet, tous les pouvoirs dont tu peux avoir besoin... Ne pleure pas ! l'épreuve vient de Dieu ; c'est pour cela qu'elle est adorable.

La vieille femme regarda Alonso avec une expression mêlée d'affection et de respect ; puis, se relevant, elle retourna près du lit de Mercédès, sur lequel elle s'appuya en sanglotant.

L'alferez, Rosalès et Alonso descendirent l'escalier.

Quand il arriva au bas, l'artiste tourna la tête du côté de l'atelier. Il s'attendait à en voir sortir, sinon tous les élèves, du moins quelques-uns. Leur adresser un dernier adieu l'eût consolé. Il se croyait aimé de cette jeunesse enthousiaste, qui lui devait de précieuses leçons.

Mais l'atelier était vide. Ses portes, grandes ouvertes, ne permettaient qu'à peine de distinguer le profil de quelques marbres, et les minces filets d'or des cadres frappés par la lumière des torches de deux alguazils qui se tenaient près du seuil.

Au dehors, les mules secouaient la tête et faisaient sonner leurs grelots.

L'alferez se recula pour laisser passer l'accusé.

Celui-ci se tourna vers Rosalès.

— Est-il indispensable, lui demanda-t-il, que vous m'accompagniez dans cette voiture?

— Absolument indispensable. Je craindrais, si je ne vous sur-

veillais moi-même, que vous ne vinssiez à bout de corrompre à prix
d'or les hommes chargés de vous garder.

L'alferez entendit cette parole.

— Souvenez-vous, señor, observa-t-il, que l'armée tient à son
honneur autant que la magistrature.

— Je me soumets, dit Alonso Cano.

Il monta dans le carrosse; Rosalès y monta après lui, et les mules
prirent un trot allongé, pas trop rapide cependant, pour qu'il fût
possible aux soldats et à l'alferez de suivre la marche de la voiture.

Alonso gardait le silence, et Rosalès l'observait curieusement;
cet examen, provenant d'un homme qu'il devinait hostile à sa
cause, fatigua tellement le malheureux artiste, qu'il ferma les
yeux pour ne plus voir en face de lui les prunelles astucieuses de
Rosalès.

Au loin, on entendait un bruit de guitares. C'étaient les *novios*
donnant des sérénades à leurs fiancées.

Comme la voiture venait de s'engager dans une rue assez étroite
pour que le mot ruelle servît à la caractériser, une troupe de
jeunes gens arriva en sens contraire. Ils chantaient avec une
gaieté trop grande pour n'avoir point sablé beaucoup de vin d'Espagne. Plusieurs tenaient en mains des instruments : tambours de
basque, violons, guitares; ils jouaient bruyamment, accompagnant
avec une fantasia incroyable les paroles de dix chansons chantées
sur des modes divers.

Comme s'il était dit que le carrosse ne pourrait jamais se tirer
de ce passage difficile, une seconde voiture apparut, fringante et
habilement conduite ; elle se dirigeait dans le sens opposé au chemin suivi par le carrosse dans lequel se trouvaient Rosalès et
Alonso Cano.

Les alguazils s'avancèrent vers les donneurs de sérénades et leur
intimèrent l'ordre de se retirer.

Ceux-ci semblaient trop gris pour conserver la moindre idée du
respect dû à la loi et à la force armée. Ils répondirent aux conseils par un couplet, aux menaces par une ritournelle de guitare.
Et, malgré leur irrespectueuse désobéissance, ils semblaient si

rieurs, si innocents, pour ainsi dire, de leur faute, qu'en dépit de la situation difficile dans laquelle leur obstination joyeuse jetait l'alferez et ses soldats, l'officier hésitait à donner un ordre pouvant entraîner des suites terribles.

A cette époque, nul ne sortait sans épée, ou tout au moins sans dague, sans poignard. Les luttes sanglantes n'étaient point rares. Jamais la vie humaine ne fut moins respectée, en dépit des sévères lois qui semblaient la protéger. Pas une semaine ne se passait sans qu'on trouvât un cadavre dans les rues. Le roi s'irritait fort à la pensée du sang versé; et il avait fait faire la recommandation expresse d'éviter les querelles entre soldats et citadins.

Cette fois, d'ailleurs, la première lame tirée serait le signal d'une abominable lutte. Aucun de ces jeunes bacheliers ne céderait, et Dieu sait combien de poitrines seraient trouées au milieu de cette bagarre.

L'officier s'approcha de la portière de la voiture.

— Je n'ose prendre sur moi de rien décider, dit-il à Rosalès, et je demande les ordres de Votre Seigneurie.

Le juge restait fort perplexe.

— Le carrosse qui ferme le passage n'a point changé de place?

— Non, et reculât-il que nous serions encore en face de cette bande d'étudiants à moitié ivres, que mes hommes maintiennent à grand'peine et qui s'obstinent à soutenir qu'une señora voilée est enfermée dans cette voiture... Naturellement, ils offrent de la protéger.

— Prenez le parti le plus sage, alors; faites tourner notre carrosse, nous prendrons par la rue voisine.

— Je ferai remarquer à Votre Seigneurie que la rue est trop étroite pour qu'il soit possible de tourner.

— Avisez, monsieur, avisez! dit brusquement Rosalès.

Presque au même moment, le pas cadencé d'une troupe, composée d'une vingtaine de soldats, se fit entendre à l'autre extrémité de la rue.

— Voici du renfort! s'écria l'alferez.

La voiture dans laquelle se trouvaient Alonso Cano et Rosalès

se trouvait ainsi placée : en avant, protégeant les mules, le
véhicule et le cocher, les alguazils qui repoussaient avec une
difficulté toujours croissante le groupe des bacheliers tapageurs.
Plus loin, la voiture dont les mules faisaient grand tapage de
grelots, tandis que les conducteurs poussaient des jurons sonores
et qu'un jeune homme, mettant de temps en temps la tête à la
portière, ordonnait d'une voix impérieuse d'avancer quand même.
En arrière venaient avec lenteur les vingt hommes dont l'alferez
paraissait considérer l'arrivée comme un renfort pour la justice.

— Señor Alferez, dit Rosalès, il me semble, puisque grâce à ces
fous et à cet insolent, qui refusent de nous céder le pas, nous
sommes dans l'impossibilité d'avancer, que le plus simple est de
reculer... Tandis que vos hommes contiendront les chanteurs
nocturnes, nous allons descendre de voiture, et, escortés par vous,
entourés par ceux qui arrivent et dont je vais exiger le concours
au nom de la loi, nous ferons à pied le reste du trajet qui nous
sépare de la prison.

— Parfaitement, répondit l'alferez

Au moment où les portières s'ouvraient, les vingt alguazils se
trouvaient entourer le carrosse. Ils entendirent à peine les recommandations de l'officier ; [l'honneur castillan s'éveilla si puissam-
ment en eux, qu'ils déclarèrent qu'il serait honteux de reculer.
Tandis qu'ils entouraient en les poussant Alonso et Rosalès, une
bousculade sans nom eut lieu dans la ruelle ; les mules se cabrèrent, les instruments reprirent leur vacarme, les étudiants se
jetèrent à la tête des mules ; un coup de pistolet partit de la
foule.

Alors, chose étrange ! ce signal, qui aurait dû être celui de la
bataille, parut agir sur les tapageurs d'une façon tout opposée.
Avec des cris, des huées, des appels au meurtre, il se dispersèrent.
Sans qu'il se rendît compte de ce qui venait de se passer, Rosalès
vit le passage libre ; la voiture elle-même dans laquelle tempêtait
le jeune insolent s'était éloignée.

A côté de Rosalès, son chapeau rabattu sur son visage et son
manteau remonté presque jusqu'à ses yeux, se tenait un homme

immobile. Rosalès, au milieu de la bagarre, ne l'avait pas quitté des yeux ; c'était sa proie, sa vengeance.

Le juge monta le premier dans le carrosse, dont l'homme silencieux occupait la seconde place ; les derniers cris des tapageurs, le bruit causé par la poursuite des vingt soldats lancés sur leurs traces, et le piaffement des mules de la seconde voiture ne tardèrent pas à se perdre dans l'éloignement.

L'alferez se tenait à quelque distance.

Enfin la lourde masse de la prison s'ébaucha dans l'ombre.

Le marteau retentit sous la main d'un des soldats ; la porte tourna sur ses gonds, la voiture pénétra dans une cour plantée de grands sycomores.

Alors seulement Rosalès respira.

Une fois ces grilles franchies, son prisonnier ne pouvait plus lui échapper.

Il ne semblait, du reste, en avoir nulle envie. Perdu dans ses pensées, il restait immobile dans l'angle de la voiture. Il en descendit docilement quand on le lui ordonna et, lorsque le geôlier lui fit signe de le suivre, il n'opposa aucune résistance. Il poussa même le savoir-vivre jusqu'à faire le simulacre de porter la main à son sombrero.

— Vous me répondez de cet homme sur votre tête ! dit Rosalès au guichetier.

— Ce que l'on me confie, je le garde, répondit le geôlier.

Il prit une grande feuille de papier administratif et l'apporta devant le juge.

— Je dois inscrire, dit-il, les noms du prisonnier.

— Écrivez, dit Rosalès avec lenteur, comme s'il se fût complu dans la jouissance de prononcer le nom de son ennemi dans une semblable circonstance, écrivez :

« Alonso Cano, peintre du roi ! »

Un grand éclat de rire s'éleva et le prisonnier se pencha sur la feuille d'écrou.

— Accusé de quel crime ? demanda le geôlier.

— D'assassinat sur la personne de sa femme.

Le prisonnier fit entendre un deuxième éclat de rire plus sonore et plus narquois que le premier.

— Pourquoi ce rire inconvenant? demanda Rosalès, les lèvres blanches de colère.

— J'en demande pardon à Votre Seigneurie, répondit le prisonnier. Je ne me raille point de la justice, je constate qu'elle se trompe, voilà tout... Je ne m'appelle pas Alonso Cano, et je le regrette, car celui qui porte ce nom est une gloire de l'Espagne.

— Tu n'es pas Alonso Cano ! s'écria Rosalès d'une voix irritée en rapprochant son visage blême de celui du prisonnier.

Celui-ci jeta sur le sol le sombrero qui couvrait sa tête, et la lampe de la geôle éclaira une jeune et joyeuse figure de vingt ans.

— Je m'appelle Élio, dit-il, et je viens d'être pris en flagrant délit de tapage nocturne, avec aggravation d'accompagnement de guitare et de bruit de castagnettes.

Élio écarta son manteau, et Rosalès et l'officier purent voir, en effet, qu'il portait à sa veste deux paires de castagnettes d'ébène, et qu'une guitare était fixée à son dos par un ruban aurore.

— Misérable ! misérable ! s'écria Rosalès.

— J'en fais mille excuses à Votre Seigneurie, on n'est pas un misérable pour avoir bu une coupe de trop de vin d'Espagne et chanté des chansons sous les miradors discrets... J'exagère peut-être les privilèges de la jeunesse, mais, en somme, j'appartiens à une famille honorable qui se chargera volontiers de répondre de moi et de venir me chercher dans cette prison, au cas où vous jugeriez convenable de m'y garder jusqu'à demain.

Rosalès frappa du pied avec rage.

Sans qu'un muscle de son visage bougeât, l'alferez assistait à cette scène. Il n'était peut-être pas fâché, au fond, que cette mystification fût infligée au juge qui lui avait fait comprendre, en termes énigmatiques, qu'il ne le jugeait point capable de garder sûrement un prisonnier de la valeur d'Alonse Cano.

— J'avais raison de vous le dire tout à l'heure, reprit Rosalès, vous êtes un misérable. Je comprends maintenant le but de votre sérénade endiablée, je devine ce que faisait au bout de la rue le carrosse qui me barrait le chemin ; vous avez raillé l'exercice du pouvoir légal, tendu un piège à la justice, aidé à la délivrance d'un coupable.

— Alonso Cano n'était pas encore jugé, reprit Élio.

— Vous avouez donc ?

— Comment nier, en présence du témoignage...

— De l'alferez, de ses hommes ?

— Non ! de ma guitare et de mes castagnettes.

Rosalès mordait ses moustaches de rage.

— Que faire ? se demandait-il, que faire ? Si l'on a pris tant de précautions, usé de tant de subterfuges, improvisé une sérénade, une émeute, une conspiration pour délivrer l'assassin de Mercédès, il ne me servirait de rien de le poursuivre... Il m'échappe ! et la vengeance que je comptais lentement savourer est sans retour perdue... Garder ce jeune fou insolent qui me raille et se joue de moi n'est-ce pas m'exposer davantage ?... Les dépositions de l'alferez lui-même me rendraient plus ridicule... Allons ! autant l'avouer : j'ai perdu la partie.

Il se tourna vers Élio :

— Vous êtes libre, lui dit-il.

— Je remercie d'autant plus Votre Seigneurie de sa magnanimité que l'heure n'est pas assez avancée pour qu'il me soit impossible de reprendre ma sérénade.

Élio rejeta son manteau sur son épaule, attira devant lui sa guitare, posa crânement le sombrero sur l'oreille, et quitta la geôle en fredonnant. A peine eut-il franchi le seuil de la prison que, d'une main savante, il improvisa un accompagnement à une chanson inédite dont le refrain fit ouvrir plus d'une fenêtre.

Une heure après, il gagnait une des *fondas* de Madrid, et, après avoir dit à la porte un mot mystérieux au serviteur qui en gardait l'entrée, il pénétra dans une salle où l'attendaient les élèves d'Alonso Cano qui, en le reconnaissant, se mirent à pousser des cris d'enthousiasme.

Une violente bagarre se produisit. (*Voir page* 97.)

IX

LA COURSE

Au moment où les vingt alguazils entourèrent le carrosse dans lequel se trouvaient Rosalès et son prisonnier, une violente bagarre

Une violente bagarre se produisit. (*Voir page* 97.)

IX

LA COURSE

Au moment où les vingt alguazils entourèrent le carrosse dans lequel se trouvaient Rosalès et son prisonnier, une violente bagarre se produisit. Au milieu de la confusion générale, les portières furent ouvertes précipitamment, Alonso Cano se trouva pressé, poussé, enveloppé de telle sorte qu'il lui fut impossible de se rendre compte de ce qui se passait, jusqu'à ce qu'il se trouvât de nouveau dans une voiture solidement fermée. En avançant la tête, il pouvait voir encore une dizaine d'alguazils l'escortant en conscience. De temps en temps, aux angles des places, aux tournants des rues, la voix du conducteur du véhicule prononçait un mot dont Alonso ne comprenait pas le sens ; à ce signal, d'autres alguazils embusqués d'avance répondaient par un mot d'ordre, et la voiture continuait à courir.

La nuit était complète et, sauf les lampes allumées aux façades des maisons en l'honneur d'une madone, on n'apercevait aucune clarté dans les rues. De temps en temps, un refrain de sérénade arrivait comme une ironie du sort narguant la situation terrible de l'artiste.

Il devait à l'épisode des bacheliers turbulents d'avoir été délivré de la présence de Rosalès, et le regard de cet homme pesait sur lui d'une façon si énervante, si douloureuse, qu'il se réjouit d'être seul.

Depuis la veille, tant d'émotions diverses s'étaient succédé que l'infortuné avait subi les coups les plus cruels sans pouvoir s'en défendre ni même s'en rendre compte.

Le tourbillon de la douleur l'avait enveloppé. Tout saignait dans son cœur et dans son âme. Du faîte d'une prospérité enviée, il venait de rouler dans un abîme dont il ne pouvait voir le fond.

Si la droiture de Gaspardo del Roca le calmait et lui laissait quelque espérance, les sinistres regards de Rosalès, la façon dont il avait dirigé l'interrogatoire lui faisaient deviner dans cet homme un mortel ennemi, auquel il ne se souvenait pourtant d'avoir fait aucune offense.

Quoique ignorant des causes qui pouvaient exciter contre lui la haine de Rosalès, l'artiste constatait cette haine. Il ne pouvait non plus s'empêcher de reconnaître que son obstination à refuser de faire connaître l'emploi de la nuit précédente le mettait en grande suspicion. La seule consolation qu'il ressentît au sein de cette situation affreuse était de se dire qu'il avait rempli son devoir, et que, devant sa conscience, il se trouvait quitte envers la mémoire de Sébastien.

Alonso ne tarda pas cependant à se préoccuper de la route qu'on lui faisait suivre.

Évidemment, on ne le conduisait pas à la prison.

La voiture avait quitté les rues, dépassé les faubourgs de Madrid; elle roulait maintenant dans la campagne.

Où pouvait-on le mener?

S'il avait conspiré contre le roi, l'État ou même le premier ministre, il eût compris qu'on l'envoyât dans une forteresse éloignée; mais le crime dont on l'accusait était du ressort des tribunaux ordinaires et devait être instruit par les juges chargés de connaître des crimes de droit commun.

Pendant un des relais, baissant les glaces du carrosse, il appela.

Un alguazil s'approcha de la portière.

— Que désirez-vous, señor Cano? lui demanda-t-il avec une grande douceur.

— Apprendre où vous me conduisez.

— Vous ne tarderez pas à le savoir; en attendant, permettez-moi de vous offrir quelques aliments; vous n'avez rien pris de la journée, et vous devez défaillir.

— Merci, répondit Alonso; j'ai le cœur si gonflé dans la poitrine que je ne saurais rien prendre.

— Courage, señor! ajouta l'alguazil; tout ira mieux que vous ne pensez.

Il s'éloigna en saluant, mais une minute après il revint apportant un verre de vin de Malaga qu'Alonso ne put refuser.

Moins d'une minute après, la voiture repartait.

Sans qu'il s'en rendît compte, l'artiste éprouva une sensation de soulagement. Il lui semblait que la voix de l'homme avec qui il venait d'échanger quelques mots exprimait la sympathie.

Les malheureux sont plus que d'autres sensibles à la pitié.

Par la portière qu'il venait d'ouvrir, Alonso distinguait une belle et riche campagne; les plantations de maïs, les *huertas* d'orangers, de citronniers, de grenadiers se succédaient, envoyant leurs parfums sur l'aile de la brise faible et douce qui soufflait par cette magnifique nuit de juin.

Enfin une maison fut distinguée sur la gauche, le bruit d'un coup de sifflet se fit entendre et, un instant après, la voiture s'arrêtait en face de cette habitation.

Au même moment, deux alguazils, placés à droite et à gauche, du cocher, un troisième qui se tenait à l'arrière sautèrent légèrement à terre et furent rejoints par cinq hommes à cheval galopant derrière le carrose et qui, depuis Madrid, lui servaient d'escorte. Ils étaient armés jusqu'aux dents, et mal en eût pris à qui eût osé leur disputer le passage.

L'alguazil qui avait précédemment parlé à Alonso s'avança de nouveau.

Il ouvrit la portière et dit doucement :

— Señor Cano, voulez-vous descendre ?

L'artiste sauta hors de la voiture.

— Suivez-moi, ajouta le jeune homme.

— Vais-je apprendre au moins où vous me conduisez?

— Vous êtes arrivé.

Le jeune homme marcha le premier, Alonso le suivit, tandis que les cavaliers et les alguazils venaient à leur suite.

Deux vieux serviteurs, réveillés par le premier des soldats qui avait heurté à la porte, s'avancèrent sur le seuil, s'inclinant aussi bas qu'ils eussent fait devant leurs maîtres; puis ils ouvrirent un grand salon et y apportèrent deux lampes.

Ce premier soin rempli, ils se retirèrent, intrigués au dernier point par cette aventure, légèrement effrayés par les uniformes des alguazils, mais tout à fait rassurés par leurs manières, qui n'avaient rien de soldatesque.

Alonso Cano passa le premier dans la pièce à demi éclairée.

Huit hommes le suivirent.

Alors chacun d'eux rejeta sa coiffure, son manteau, et l'artiste crut faire un rêve en reconnaissant Miguel, Pablo, Bartholoméo

Roman, Pedro Castello et quatre autres de ses élèves.

— Vous! dit-il, vous! mais que signifie ?...

— Cela signifie, maître, répondit Bartholoméo Roman, que nous vous avons enlevé.

— Ah! malheureux enfants, qu'avez-vous fait?

— La seule chose raisonnable, ajouta Castello.

— Et dont l'idée est de Miguel, fit Pablo; une belle idée, que nous avons adoptée avec enthousiasme.

— Mais fuir devant la justice, c'est avoir l'air de la redouter!

— On redouterait moins que cela, maître, dit Miguel.

— N'importe! dit Alonso; accusé, je dois me présenter devant le tribunal.

— Maître, dit Miguel, voulez-vous me permettre de vous expliquer notre pensée à tous?

— Parle, mon enfant, parle!

Et, plus ému qu'il ne pouvait le dire, l'artiste serra dans ses mains les deux mains du jeune homme.

— Je comprends et je respecte la justice, dit Miguel; mais cependant elle a des précipitations dangereuses et, comme toute œuvre humaine, elle est sujette à l'erreur... N'en êtes-vous pas un frappant exemple, maître? En ce moment, de quelque nature qu'il soit, un serment vous scelle les lèvres...

— C'est vrai! murmura Alonso.

— N'est-il pas possible que vous en soyez relevé?

— Cela est possible.

— D'un autre côté, le misérable assassin de doña Mercédès ne peut-il être découvert?

— Cela se peut, sans doute.

— Réfléchissez donc, maître, que, placé entre deux chances favorables, vous allez cependant en perdre tout le bénéfice... La hâte avec laquelle le juge Rosalès mènera cette affaire, pour des motifs qu'il m'est impossible de deviner, vous empêchera soit de prévenir ceux qui tiennent votre vie dans leurs mains, soit d'attendre que l'on ait poursuivi, atteint et convaincu le vrai coupable... et ce coupable, pour moi, c'est Lello...

— Oui, Lello ! répétèrent plusieurs voix.

Miguel reprit :

— Ce que nous avons voulu, c'est non pas entraver la justice, mais la défendre contre une précipitation dont les suites seraient irréparables. A cette heure, nul ne peut à Madrid se douter de la direction que vous avez prise... Rosalès avait dans sa voiture un brave garçon portant une coiffure et un manteau semblables aux vôtres, et qui se sera laissé conduire en prison de la meilleure grâce du monde.

— Mais alors, demanda Cano, la sérénade ?

— Vous pourriez dire le charivari, maître... La sérénade, puisqu'il vous plaît d'être indulgent, était organisée par des camarades à nous, les uns élèves de Velasquez, les autres appartenant à l'atelier de Murillo.

— Ils attendaient donc le passage de la voiture ?

— Ils l'attendaient ; mais soyez tranquille, de bonnes armes se cachaient sous les guitares, et les tambours de basque ne faisaient pas tort aux poignards.

— Ainsi la voiture qui barrait une des extrémités de la rue...

— Est celle dans laquelle vous avez voyagé.

— Et le seigneur qui tempêtait si fort ?

— C'est moi, señor ! dit un beau jeune homme en s'inclinant avec respect devant Alonso.

Celui-ci lui tendit la main avec émotion.

— Enfin, les alguazils ? reprit l'artiste.

— Ceux-là, dit Bartholoméo Roman, c'étaient les alguazils de Miguel.

— Mes amis, mes enfants, dit Alonso, tout cela tient du prodige.

— Un prodige de reconnaissance, alors.

— Mais, enfin comment en si peu de temps avez-vous préparé un complot si merveilleux ?

— Oh ! ce n'a pas été long, grâce à Miguel, dit Castello.

— Vous aviez le droit de me punir d'une faute grave, répondit le jeune homme ; j'avais le devoir de me mettre entre vous et le malheur.

— Parle donc ! je veux tout savoir.

— Quand les juges quittèrent votre maison, reprit Miguel, la tristesse de Gaspardo del Roca et le mauvais sourire de Rosalès suffirent pour nous révéler quel danger vous couriez... Les larmes de la
brave Juana nous l'auraient appris, du reste... Je vous rejoignis et
je restai près de vous, tandis que vous esquissiez le portrait de la
malheureuse Mercédès... Dès que je pus quitter votre appartement,
je rejoignis mes camarades dans une *fonda* où souvent, le soir, nous
prenons des sorbets... Nous étions sous l'empire d'un même sentiment ; une volonté unique unissait notre esprit : il s'agissait de vous
arracher des mains de ceux dont, sans savoir pourquoi, nous redou-
tions la précipitation et la haine... Si nous vous avions consulté sur
les moyens à employer, vous les auriez refusés.

— Oui, répondit Alonso.

— Aux investigations, aux soupçons de la justice, vous auriez opposé votre innocence...

— C'est une force sublime! répondit Alonso.

— Elle ressemble souvent à celle des martyrs.

— N'est-il pas beau de souffrir?

— Oui, maître, pour une grande cause, en défendant son pays,
son roi et son Dieu ! Mais être torturé pour un crime dont on est innocent ; mais subir le collier de fer ou jouer sa tête sur un billot quand
notre conscience est pure, c'est horrible, non seulement pour celui
qui subit ce martyre mais, encore pour ceux à qui il lègue le remords
d'avoir répandu le sang d'un innocent ! Si la justice est boiteuse, elle
finit toujours par arriver... et quand elle déchire les derniers voiles,
quand elle montre le vrai coupable, avec quel sentiment de pitié et
d'horreur se souvient-elle du malheureux qu'elle frappa! Voilà ce
que nous ne voulions pas, ce que nous n'avons pas souffert... Nous
devions agir seuls, puisque rien n'eût pu vous décider à devenir notre complice... En moins d'une heure, tous les élèves des grands ateliers de Madrid furent réunis dans la salle de la fonda... Chacun étendit la main sur une relique et jura de garder sur ce qui allait être dit
le plus profond silence... Celui qui aurait trahi ce serment devait être
dégradé aux yeux de tous, de cette noblesse de l'art dont nous sommes si fiers... Nous exigeâmes ce serment, et cependant une pro-

messe aurait suffi... Ce fut Castello qui prit la parole et je vous assure qu'il fit, avec éloquence, non pas votre panégyrique, mais votre portrait...

Pas un des vaillants jeunes gens dont s'honore notre école ne refusa son aide; l'élan fut unanime; les élèves d'Alonso Cano, de Velasquez et de Murillo se sentirent frères à cette heure...

— Braves cœurs ! s'écria l'artiste.

Miguel reprit avec attendrissement :

— Vous avez raison, ce sont de braves cœurs. On ne pouvait songer à vous ménager une évasion quand vous seriez dans ces prisons dont il est si difficile de sortir !... Le trajet que vous deviez faire en allant de votre maison au cachot nous laissait seul quelques chances de réussite... Mais nous comprenions fort bien que la présence des donneurs de sérénade pouvait être d'un faible secours; la voiture servant de barricade ne présentait pas plus de sûreté. Nous ne pouvions songer à entamer une bataille à main armée... le sang répandu pour votre cause vous eût fait horreur, et, en cas d'échec, car dans les expéditions de ce genre il faut tout prévoir, même les échecs... ce sang aurait doublé le péril dans lequel vous vous trouviez déjà... Il fallait battre la justice avec ses propres armes, la force armée par la force désarmée, et à des alguazils sérieux opposer de faux alguazils... Il fait bon avoir des amis partout... J'ai tracé plus d'un decor pour le théâtre où Lope de Vega et Calderon font jouer leurs drames héroïques et religieux... Je me rendis chez l'entrepreneur de ce théâtre; je lui contai que nous devions jouer entre nous une comédie fort amusante ayant pour titre: *le Corrégidor*, et qu'une vingtaine de figurants devant représenter des alguazils, il serait fort aimable de nous prêter les costumes dont nous avions besoin; qu'en échange de cette complaisance je me mettais à sa disposition pour faire la maquette du premier décor qu'il aurait envie de me confier... Ce fut moi que l'on remercia... Une heure plus tard, nous avions à la fonda tout ce qu'il fallait pour improviser vingt alguazils pour rire, mais prêts à se faire tuer pour la sainte cause qu'ils voulaient défendre.

— Chers, chers enfants ! dit Alonso d'une voix entrecoupée.

— Il pouvait être neuf heures, reprit Miguel. Nous habiller dans la fonda eût été imprudent ; jamais ce digne hôtelier n'eût compris comment notre salle s'était changée en corps de garde... Chacun de nous mit sous son bras les habits d'uniforme que nos manteaux dissimulaient, et rendez-vous fut pris proche de votre maison !

— Et moi qui, en descendant et voyant l'atelier vide, vous accusais de m'oublier !

— Mais, dit Castello, notre conduite ressemblait fort à de l'ingratitude.

— Nous étions toujours sûrs de nous expliquer, ajouta Pablo.

— A peine fûtes-vous monté dans le carrosse, dit Miguel, que nous nous formâmes en colonnes. Il s'agissait de vous suivre, tout en restant invisibles ; quant à nous laisser devancer par le carrosse dans lequel se trouvait Rosalès, cela nous était fort indifférent, puisque nous savions que le passage vous serait coupé par des donneurs de sérénade endiablés... Nous devions arriver au plus fort de la bagarre, paraître aux yeux de Rosalès des sauveurs, des anges, sous l'uniforme d'alguazils, et l'alferez lui-même devait s'y tromper, grâce à l'obscurité des rues... Le reste, vous le savez... Après vous avoir forcé à descendre de voiture, nous vous avons enveloppé, fourré dans le carrosse où attendait notre ami, et tandis qu'Élio roulait vers la prison, sa guitare sous le bras, en compagnie de Rosalès, nous vous amenions ici...

— Où suis-je donc ? demanda Cano.

Un jeune homme s'approcha de l'entrée :

— Dans la maison de plaisance de mon père... Il m'en avait confié les clefs, et quand il apprendra que vous avez daigné vous y reposer, il en sera fier autant qu'heureux.

Alonso se leva et tendant les bras :

— Venez tous ! oui, tous, sur ce cœur que votre générosité console ! Si je meurs, je suis sûr que vous vengerez ma mémoire.

— Mourir, vous ! s'écrièrent les jeunes gens.

— Puis-je accepter la honte d'une accusation, fuir devant les juges ?

— Vous le devez, maître, répliqua d'une voix grave Bartholoméo Roman. Vous ne fuyez pas ; vous cédez à une nécessité impé-

rieuse... Si vous ne quittez pas Madrid, vous êtes perdu. La mort
de doña Mercédès a fait du bruit; le commencement d'enquête auquel elle a donné lieu, votre départ, en feront encore... Il arrivera
sûrement aux oreilles de ceux à qui vous vous sacrifiez....

— Oui, peut-être.

— De plus, dit Miguel, l'un de nous peut se mettre à la poursuite
de Lello Lelli... moi, si vous le voulez... Je traverserai l'Espagne
et la France; je fouillerai l'Italie ville par ville, et, j'en suis sûr, je
retrouvrai cet Italien maudit... Je l'amènerai à confession, j'en jure
par Notre-Dame du Pilier! Oh! ne détruisez pas l'œuvre accomplie
avec tant de peine! Ne repoussez pas l'aide de vos élèves, de vos
amis, de vos enfants! Cachez votre existence dans le plus profond
mystère, jusqu'à ce que le secret de votre innocence et de votre hé-
roïsme soit révélé au grand jour... Dieu n'a pas favorisé le miracle
d'une semblable évasion pour que vous en perdiez les chances.

— Vous avez raison, c'est un miracle.

— Acceptez-le donc du ciel, maître! dit Pablo.

—Ne nous désespérez pas par un refus, ajouta Bartholoméo
Roman.

— Au nom de Mercédès elle-même, dit Miguel avec une tendre
insistance, consentez à vous laisser sauver!... Cette femme que vous
aimiez et qui a subi une si cruelle agonie a dû prier le Seigneur et
invoquer la Vierge, sur laquelle se sont fixés ses regards expirants,
afin d'obtenir votre salut... C'est elle, n'en doutez pas, maître, c'est
elle qui nous a inspiré de vous sauver, qui nous en a fourni les
moyens.

La tête de l'artiste tomba dans ses deux mains. Il ne parla pas,
mais les jeunes gens l'entendirent pleurer.

Tous respectèrent cette grande douleur.

Émus et silencieux ils restaient debout, formant un groupe com-
pact, les mains mutuellement pressées, comme des hommes liés par
un même serment et dont une action héroïque avait fait désormais
d'inséparables amis. Longtemps Alonso s'abandonna au souvenir
de sa femme; longtemps aussi il pesa les raisons que faisaient valoir
ceux qui, pour lui, venaient de risquer leur vie. Sa conscience se

trouva enfin d'accord avec le sentiment dont chacun autour de lui se trouvait animé.

Il releva la tête.

Ses larmes étaient séchées; une noble flamme brillait dans son regard.

— J'accepte, dit-il; j'accepte tout ce que vous avez fait, et je vous bénis pour ce dévouement; il prouvera à tous ce que je valais, puisqu'il prouvera combien j'étais aimé...

— Qu'allez-vous faire? demanda Castello.

— Aller devant moi, et cacher ma vie.

— Soit! dit Miguel; pendant ce temps, j'irai en Italie! Ne me plaignez pas, maître, et ne m'admirez pas trop. Si la bourse est légère d'argent, vous avez bien voulu me dire que j'aurais du talent un jour...Dans chaque école, à Bologne, à Venise, à Rome, mon pinceau me donnera du pain... Soyez sûr que je n'oublierai point de visiter Naples; j'aurai grand plaisir à me trouver dans l'atelier de Ribeira et à comparer son luxe d'aujourd'hui avec sa misère d'autrefois! Qui sait même si je n'y trouverai point Lello?... Ces deux hommes sont faits pour s'entendre...

— Prends garde, Miguel! dit Alonso; Lello est un lâche...

— Je le sais bien, maître! mais je suis convaincu d'une chose, c'est que les honnêtes gens finissent toujours par gagner ces sortes de parties.

— Tu as raison, Miguel, répondit Castello; il faut compter sur la justice du ciel.

Les jeunes gens fouillèrent dans les poches de leur pourpoint et chacun d'eux en tira un certain nombre de pièces d'or.

— Maître, dit Roman, c'est bien peu de chose: l'obole des pèlerins de l'art; mais vous ne nous ferez pas le chagrin de la refuser.

— Non, répondit Alonso; je puis bien accepter votre or, puisque j'accepte votre vie.

Castello s'approcha, ému jusqu'aux larmes :

— Nous allons ici vous dire adieu, maître; avant le jour, nous devons être à Madrid et, ce matin même, nous assisterons à l'office célébré en l'honneur de Mercédès...

— Adieu ! adieu, chers et nobles enfants ! Nous nous retrouverons Dieu sait à quelle heure... Soyez heureux, vous en êtes dignes ; devenez célèbres autant qu'honorés, et croyez que, tant qu'il lui restera un souffle de vie, Alonso Cano se souviendra de vous.

Une longue étreinte rapprocha ces hommes si bien faits pour s'aimer et pour se comprendre, puis ils se séparèrent.

Alonso les vit monter dans le carrosse, les cavaliers s'élancèrent sur le dos de leurs montures, et lentement le bruit des roues et du galop des chevaux se perdirent dans l'éloignement.

Bientôt Alonso se trouva seul, tout seul. Il se jeta sur un siège, et le sommeil ferma un moment ses yeux.

A l'aube, il prit un léger repas, donna une de ses pièces d'or au serviteur de la maison dont il avait reçu l'hospitalité ; puis, traversant le petit jardin, il se trouva en face de la route.

Où menait-elle ? Il n'en savait rien. Mais, comme il venait de le dire, il s'en voulait fier à la Providence et aller tout droit devant lui, jusqu'à ce qu'il trouvât le repos, la solitude et l'oubli.

Il s'adressa à la servante. (*Voir page* 110.)

X

LA MAISON CLOSE

Un voyageur, prudemment dissimulé sous le capuchon de son manteau, s'arrêtait à quelque temps de là devant la *posada* du vil-

Il s'adressa à la servante. (*Voir page* 110.)

X

LA MAISON CLOSE

Un voyageur, prudemment dissimulé sous le capuchon de son manteau, s'arrêtait à quelque temps de là devant la *posada* du vil-

lage de las Cabañas, où plusieurs muletiers causaient en attendant
l'heure du repas.

L'étranger pénétra dans la salle, où se répandait une assez forte
odeur d'ail et de piment. Il commanda un menu modeste ; puis,
tandis qu'on le servait, il s'adressa à la vieille servante pour savoir
à qui il pourrait louer une maison isolée qu'il avait remarquée sur la
grève.

— On ne la loue pas, señor, répondit la vieille femme ; personne
n'oserait l'habiter : elle est hantée... il y a des taches de sang ineffa-
çables.

Le voyageur frissonna ; mais il ajouta cependant :

— La situation de cette cabane me plaît ; voulez-vous me dire à
qui elle appartient ?

Le vieux fou de Milagro est le propriétaire de la cabane. Il n'est
point nécessaire de lui offrir de la louer, il paierait plutôt pour qu'on
y demeurât... Il lui semblerait alors qu'on cesse de le croire coupable.

— De quoi fut-il donc accusé ?

— D'avoir assassiné sa femme.

Le voyageur se leva brusquement.

— Ah ! fit la vieille servante, je savais bien que l'horreur vous
prendrait comme aux autres... Tenez, voilà celui que vous demandez... Est-il assez pâle ? On dirait que le démon lui a soufflé sur la
face... Il vient s'informer, comme il le fait chaque jour, si j'ai trouvé
un locataire pour sa maison... Ce matin, vous lui répondrez vous-
même.

En effet, un vieillard courbé par l'âge s'avançait vers la posada.
Ses cheveux étaient blancs, sa taille courbée, son regard inquiet,
perçant et dur ; sa bouche, contractée, avait aux angles des lignes
amères. Une barbe pointue terminait cet étrange visage, anguleux,
farouche et presque repoussant.

En l'apercevant, le voyageur qui souhaitait louer une des caba-
nes du village de las Cabañas ne put s'empêcher de frémir. Une ins-
tinctive répulsion le porta à se reculer ; mais, comme si une pensée
de miséricorde eût surgi en lui tout à coup, il se leva et alla au
devant de Milagro,

Celui-ci avait si complètement perdu l'habitude de se voir traiter comme les autres hommes, qu'il s'avança vers l'étranger et que son visage refléta une sorte de joie.

— Vous n'êtes pas de Valence?... dit-il en prenant le gobelet que lui tendait le voyageur; vous êtes Grenadin, votre accent le prouve... Si vous étiez de Valence!... Enfin! je suis Milagro... Vous ne le savez pas, je suis le vieux Milagro...

— Vous vous trompez; je le sais au contraire.

Milagro recula craintivement son siège.

Cet humble mouvement toucha le voyageur; il prit le flacon d'alicante qu'il s'était fait apporter, remplit de nouveau le gobelet de Milagro, et lui dit :

— Après boire, nous parlerons affaires, si vous voulez...

— Affaires! Que pouvez-vous donc me proposer?

— D'habiter votre maison, si vous fixez pour son loyer un prix modeste.

— Louer la Maison-Close!..... répéta Milagro en tremblant de tous ses membres... Est-ce sérieux, ce que vous m'offrez là?... Vous n'êtes pas de Valence, sans cela... Habiter cette maison!... Les gens d'ici affirment que jamais, jamais, on ne pourra laver les taches...

— Formulez vos prétentions, dit le voyageur.

— Vingt ducats par an, señor... Si c'est trop, dites-le. Vingt ducats; vous ne m'en donnerez que dix-neuf, si vous trouvez que j'exagère... Je ne suis pas riche... On a saisi... Les procès coûtent cher...

— Soit! dit le voyageur, je paierai vingt ducats.

— Vingt ducats sans rien rabattre? vous êtes un véritable *caballero!* Et vous souhaitez y entrer?...

— Aujourd'hui même.

— C'est facile, très-facile... Si vous n'êtes pas exigeant, il y a des meubles dans la maison...

— Je ne suis pas exigeant, répondit le voyageur.

Il prit dans sa bourse vingt ducats d'or et les tendit à Milagro.

— Je ne me défiais pas, lui dit celui-ci; vous avez une figure qui

donne confiance... Je dois vous signer un reçu d'une année de
loyer... A quel nom dois-je le faire?

Un nuage passa sur le front de l'étranger.

— Au nom d'Alfonso Ridalto, dit-il.

Le vieillard se procura une feuille de parchemin, une plume, et
traça son reçu d'une main tremblante. Quand il l'eut remis au locataire de la Maison-Close, il ajouta lentement et non sans hésitation :

— Je vais vous conduire et vous ouvrir les portes... Les clefs ne
me quittent jamais ... Tout cela doit tomber en poussière, depuis...

Il n'acheva pas, et, précédant Alfonso Ridalto, il quitta la posada.

La servante Pepita se signa sur le passage de l'imprudent qui venait de louer la maison maudite du village de las Cabañas.

Trois mois s'étaient passés depuis l'arrivée de Ridalto au village
de las Cabañas; il avait vu plus d'une fois passer le vieux Milagro
devant les fenêtres, s'arrêter un moment en face du jardin, hésiter
comme s'il eût souhaité franchir le seuil de la maison et, retenu
par un sentiment intraduisible de timidité mêlée de souffrance,
s'éloigner à pas lents.

Un matin, Milagro passait ainsi sous les fenêtres de l'atelier où
Ridalto achevait une statuette de bois, qu'il peignait, selon l'usage
du temps, avec des délicatesses de miniature, quand un soudain
mouvement de compassion le prit pour ce vieillard délaissé.

— Après tout, pensa-t-il, la justice l'a renvoyé absous du crime
dont il fut accusé....Pour tous, cet homme doit être un innocent,
et se montrer sévère devient une cruauté... Si quelqu'un a le droit
de l'accuser, de le fuir, ce n'est pas moi! non, ce n'est pas moi!

Et, ouvrant la porte, il appela Milagro.

La glace était rompue.

A partir de ce jour, le vieillard ne manqua pas de venir, chaque
après-midi, passer quelques instants dans la Maison-Close. Il
admirait le talent de Ridalto. Comme presque tous les Espagnols,
il raisonnait bien des choses d'art, et le sculpteur ne tarda pas à
trouver dans la causerie de Milagro un repos à ses longs et incessants travaux.

Ce fut le vieillard qui lui indiqua le moyen de vendre ses statuettes à des hommes éclairés, généreux. En peu de temps, Ridalto obtint un grand succès; il eût doublé de moitié, si la sauvagerie avec laquelle il refusa de nouer des relations avec des marchands, des amateurs, ne lui eût donné la réputation d'être un homme insociable.

Pour se reposer de sculpter des statuettes, il se fit apporter des toiles et peignit des scènes d'intérieur, non pas réalistes, mais réelles; puis des saintes, des vierges, des martyres d'une incomparable beauté et auxquelles on ne pouvait reprocher qu'une certaine ressemblance entre elles : elles étaient bien toutes de la même famille, ces créatures terrestres que la foi soulevait jusqu'au ciel.

Les amateurs qui admiraient le plus sincèrement les peintures de Ridalto affirmaient que, possédant une grande fécondité de composition, l'artiste avait le tort de s'être créé un type de femme auquel se rapportaient tous les autres. Mais ce léger défaut n'empêchait point ses toiles de se vendre un fort bon prix.

Lentement, Ridalto s'accoutuma à la compagnie du vieux Milagro; chacun de ces hommes devinait que l'autre cachait un secret dans sa vie; mais chacun aussi respectait cette sourde douleur. Plus d'une fois le peintre-sculpteur se révolta contre les relations existantes entre lui et Milagro, mais il finissait toujours par se donner tort à lui-même en se demandant :

— S'il ne venait pas, qui donc visiterait cette maison?

Sans nul doute, grâce au succès général obtenu par ses œuvres, il eût été facile à Ridalto de nouer des relations à Valence; mais, aux avances qui lui avaient été faites d'une façon discrète, il avait répondu avec tant de froideur que ses plus chauds admirateurs le jugèrent atrabilaire et insociable.

Pendant un soir d'été, plus brûlant que les plus brûlants jours de l'Espagne, un orage d'une violence inouïe éclata.

Le ciel, assombri par les nuées, s'éclaira de blafardes lueurs; les roulements du tonnerre remplirent d'épouvante les habitants du village; les vagues de cette mer, si bleue d'ordinaire, se cabrèrent et bondirent sur le rivage, entre-choquant les barques et faisant courir péril de mort aux matelots qui se trouvaient en mer.

On eût dit qu'un cataclysme effrayant allait anéantir ce coin de terre. Les éclairs se succédaient sans relâche; les bruits sourds se répercutaient dans les sierras voisines; dans les maisons fermées, les pauvres gens priaient, et la petite chapelle du port de Grao était remplie de fidèles faisant des vœux à la Vierge.

Au moment où commença cet orage, Milagro se disposait à quitter Ridalto; celui-ci ne permit point que son hôte s'éloignât par un temps si dangereux, et il insista pour le garder en le priant d'accepter la moitié de son modeste repas. José, un pauvre malheureux, sorti du *presidio*, avait donné au sculpteur tant de preuves d'attachement, que celui-ci avait fini par le prendre tout à fait à son service.

Le pauvre garçon n'était pas né méchant; un accès de colère lui avait mis une *navaja* à la main, et le rude coup qu'il avait porté à son adversaire ayant laissé celui-ci pour mort, José fut livré à la justice. Par bonheur, le blessé revint à la vie et, sa rancune ne survivant pas à son mal, il fut le premier à demander d'abord des adoucissements à la situation de José, puis à implorer sa grâce entière en faisant appuyer sa demande par des maîtres influents chez lesquels il servait. La générosité, l'opiniâtreté de ses démarches obtinrent un heureux résultat, et José libéré put reprendre une vie honnête.

Il se trouvait parfaitement satisfait de son nouveau maître, Ridalto, et lui répétait souvent qu'il ne le quitterait jamais, à moins qu'il n'épousât Merced, la sœur de celui à qui il avait porté un si terrible coup de couteau.

José se multipliait à la Maison-Close, et, à voir l'ordre qui y régnait, on eût pu croire que trois serviteurs au moins se partageaient la besogne.

Milagro, après un faible refus, accepta l'hospitalité de l'artiste. Il semblait à la fois content et effrayé de rester dans cette maison. Était-ce l'orage qui le rendait si nerveux et si impressionnable? Son visage reflétait des émotions terribles, qui passaient sur sa face avec la rapidité des lueurs de la foudre. L'électricité de l'air tendait ses nerfs; les veines de son front se gonflaient, ses prunelles brillaient tantôt d'un feu sombre et tantôt s'éteignaient jusqu'à l'atonie. Il restait silencieux pendant de longs moments, ou brusquement il parlait avec une volubilité étourdissante, comme s'il redoutait de s'abandonner à ses pensées.

Le repas fut court; cependant Milagro, sans doute pour se donner du courage, vida un flacon entier de vin d'Alicante.

Loin de se calmer, l'orage redoublait de furie. Ridalto allait demander les flambeaux, quand Milagro le supplia de n'en rien faire.

— De l'ombre! dit-il, il me faut de l'ombre!

Et il s'enfonça dans un fauteuil, tressaillant aux bruits sourds du tonnerre, aux éclats secs de la foudre.

Pendant ce temps, Ridalto, replié sur lui-même, paraissait s'absorber dans une grave pensée,

— Vous priez, vous? lui demanda Milagro; vous priez?

— Je prie pour être consolé!

— Je ne puis pas, moi, non je ne puis pas! répéta Milagro avec un gémissement,

— Pourquoi ne pouvez-vous pas prier? demanda doucement l'artiste.

Le vieillard secoua sa tête blanche.

— Dieu ne m'écoute point, fit-il; il ne pourrait pas m'écouter.

— Ah! dit Ridalto, même au milieu du fracas de cet orage, il distinguerait la voix d'un petit enfant...

— Non! reprit Milagro avec une obstination désolée... Quand j'ai tenté de l'implorer, ma voix, ma voix pleine de larmes, a toujours été couverte par un bruit, un tout petit bruit... Ne l'entendez-vous pas? s'écria Milagro avec épouvante... c'est faible, si faible! Des gouttes tombant une à une sur le parquet: flou... flou... flou... Et puis, ne sentez-vous pas une odeur étrange emplir cette chambre, cette maison?

— C'est l'odeur sulfureuse de la nuée, dit Ridalto.

— Non! non! ce n'est pas ça... Mais une odeur vague, fade,

écœurante... l'odeur du sang, du sang qui coule toujours !

— Taisez-vous, taisez-vous ! s'écria Ridalto ; vous prononcez des paroles terribles...

— Elles sont en moi, elles m'oppressent, elles m'étouffent... Ah ! ces éclairs me brûlent les yeux ! A leur lueur, ne voyez-vous point s'avancer un fantôme ?

— Non ! non ! vous êtes fou, Milagro ! ces hallucinations vont fuir avec l'orage... Calmez-vous, tombez à genoux si vous souffrez, si vous avez peur ; mais cessez de vous abandonner au délire de votre imagination...

— Cette imagination s'appelle la conscience... Je veux parler, et parlerai... vous me chasserez si vous voulez ! Non ! vous avez raison, que ce secret meure avec moi, à jamais, à tout jamais, et connu seulement de l'enfer qui me poussa au crime...

Milagro ne paraissait plus maître de lui-même, ses mouvements désordonnés trahissaient le bouleversement de son âme.

— Il faisait un semblable orage... dit-il ; ou la foudre grondait avec cette fureur, pendant la nuit du meurtre, la nuit de sang... J'étais ivre de rage, de colère... le couteau était là... il brillait dans la nuit, sous les lueurs rouges ou bleues des éclairs... Je ne sais pas ce qu'*elle* dit... ce devait être horrible, car ma raison m'abandonna, et je bondis comme une bête fauve, et je frappai comme un boucher, comme un bourreau...

Et toujours j'entends le bruit du sang dégouttant de la blessure, et formant cette grande tache brune que toute l'eau de la mer ne saurait laver...

En achevant cette révélation terrible, Milagro tomba sur le sol et heurta du front les planches du parquet sur lesquelles avait ruisselé le sang...

Il resta longtemps immobile ; un coup de tonnerre plus violent que les autres ébranla jusque dans ses fondations la Maison-Close ; la foudre tomba, embrasant subitement un des arbres du jardin, et un cri d'agonie de Milagro redoubla l'horreur du spectacle.

Quand Ridalto courut vers le vieillard pour le relever, il le trouva évanoui.

Alors, le prenant dans ses bras, il le porta sur son lit. La convulsion dernière de l'orage semblait en avoir épuisé la furie ; les roulements du tonnerre s'éloignèrent progressivement, les vagues s'apaisèrent et le plus grand calme succéda au désordre auquel tous les éléments semblaient en proie.

Vainement, pendant plus d'une heure, l'artiste épuisa tous les moyens pour rappeler Milagro au sentiment de l'existence. Il commençait à éprouver de sérieuses inquiétudes, quand un profond soupir souleva la poitrine du vieillard.

Milagro tourna bientôt autour de lui des regards effarés, puis se soulevant sur le coude :

— J'ai parlé ! dit-il, j'ai parlé !...

Un instant, Ridalto eut la pensée de nier, afin de laisser le vieillard dans une sécurité complète ; mais la franchise de son caractère lui interdisait ce mensonge ; il se contenta de répondre :

— Qu'importent les divagations de la fièvre surexcitée par un épouvantable orage ? D'ailleurs j'étais seul avec vous...

— Ah ! fit Milagro en passant ses longues mains dans ses cheveux raidis par l'épouvante, il y a des heures où je suis tenté d'aller dire aux juges : — « Vous m'avez renvoyé absous de l'accusation qui pesait sur moi... J'ai eu l'art de détourner les soupçons, de ménager un alibi menteur... Mon esprit d'astuce m'a garanti contre votre force, votre patience et votre droit ! Vous m'avez rendu ma liberté ! Eh bien ! je n'en veux plus ! reprenez-la... j'avoue... J'aime mieux le *presidio* avec son costume infamant, le collier de fer avec son étranglement horrible, que la vie que je mène... La foule, plus clairvoyante que les tribunaux, ne m'a pas relevé de son accusation ; elle m'a condamné, chassé de son sein ! Au bagne, au moins, je pourrais causer avec des forçats ! Ici, pas un homme ne me serre la main, pas un enfant ne m'accueille... Il semble que mon seul contact accuserait une souillure !

— Malheureux ! malheureux ! fit Ridalto.

— Je vous disais que j'ai été tenté de me livrer... et cependant, au moment de le faire, j'ai reculé... Vous, vous êtes libre... parlez, je ne vous démentirai point... Je vous remercierai de m'avoir rendu ce douloureux service... Il faut que le poids qui m'étouffe cesse de peser sur mon cœur; il faut que je parle, il faut que je crie : J'ai répandu le sang...

— Reposez en paix cette nuit à la Maison-Close, dit Ridalto d'une voix grave; nous verrons demain quelle résolution nous devons prendre.

Longtemps l'artiste resta près du chevet du vieillard, dont un sommeil agité venait de fermer les paupières. Il le regardait avec le sentiment d'une compassion profonde, et ses lèvres doucement agitées prouvaient qu'il priait.

Le lendemain matin, le ciel, dont les nuages avaient été balayés par le vent de la nuit, resplendissait de beauté,

Ridalto vint dans la chambre du vieillard.

— Ne vous levez-vous point? lui demanda-t-il avec douceur...

— Si, répondit Milagro, je quitterai ensuite las Cabañas.

— Nous sortirons ensemble, ajouta le sculpteur.

— Ah! ensemble! répéta Milagro qui eut un frisson ; et nous irons?...

— A Valence.

Le vieillard tressauta; cependant il répondit d'un accent résigné :

— A Valence!

Tous deux prirent un repas léger, puis ils franchirent le seuil de la Maison-Close et remontèrent en silence l'avenue conduisant du Grao à l'une des huit portes de la ville.

Quand ils se trouvèrent dans les rues avoisinant l'une des entrées de la cité, Ridalto appuya sa main sur le bras de son compagnon :

— J'ai ouï dire qu'il y avait une très curieuse église à visiter, *San-Salvador*, je crois; voulez-vous m'y conduire?

— Oui, répondit Milagro tout surpris.

Les deux hommes s'engagèrent alors dans un dédale de rues et de ruelles, et Milagro, désignant un portail à son compagnon :

— Voilà *San-Salvador*, lui dit-il.

— Entrons, répondit Ridalto.

Après une rapide génuflexion, le sculpteur commença l'étude architecturale et analytique de l'église; mais, en dépit de l'intérêt qu'il y prenait, il était dominé par une pensée plus haute et paraissait vivement préoccupé.

Enfin, apercevant un vieux prêtre qui descendait le vaisseau de l'église, il se dirigea rapidement vers lui.

— Mon Père, lui dit-il, il s'agit de sauver une âme!

Le vieillard le regarda avec bonté, puis lui désignant un confessionnal :

Le salut est proche, lui dit-il.

Avec une sainte hâte, le prêtre s'assit dans le confessionnal.

En Espagne, les confessionnaux sont loin de ressembler à ceux de nos églises de France et de Belgique. Le prêtre seul est caché aux yeux du pénitent. La foule des fidèles peut le voir, car aucun rideau ne le protège; le coupable s'agenouille sur le sol et se confesse, sans que rien le défende de la curiosité de tous. Ses terreurs, ses larmes peuvent être devinées. Cette façon de se confesser enlève quelque chose au mystère si grand qui s'accomplit entre le prêtre et le pécheur; mais, au moins, elle prouve que le respect humain n'empêche personne de se conformer à la loi sainte qui courbe l'homme criminel aux pieds du ministre du Seigneur.

Quand le prêtre fut assis, et que, le front caché dans ses mains, il se fut recueilli, afin de demander au ciel la grâce, l'onction dont il avait besoin pour remplir son ministère sacré, Ridalto saisit la main de Milagro et lui dit, en la pressant avec force :

— Vous voulez un tribunal pour vous juger, un homme pour vous entendre? Allez, le prêtre est là pour vous consoler et vous absoudre.

Milagro devint d'une pâleur livide ; chancelant, il s'appuya contre une des colonnes de l'église, puis enfin, conduit doucement par Ridalto, il tomba sur les genoux à côté du prêtre, et pendant longtemps on n'entendit que le bruit de ses sanglots.

Quant à Ridalto, la tête dans ses mains, il priait.

Au bout d'une heure, Milagro se releva.

Un changement complet venait de s'opérer en lui. L'égarement

de ses yeux avait fait place à une expression humblement résignée.
Le calme reposait sur son front, l'agitation qui, d'ordinaire, cris-
pait son visage était calmée. Il entraîna Ridalto dans la chapelle
du Sauveur miraculeux, et là, serrant ses mains à les briser :

— Vous m'avez sauvé! lui dit-il, dans ce monde et dans l'autre.

Quand tous deux se trouvèrent hors de l'église, Ridalto demanda
au vieillard :

— Accepterez-vous maintenant d'habiter la Maison-Close ?

— Avec vous?

— Avec moi.

— Mais je suis un paria, un maudit !

— Vous êtes l'homme dont le front vient d'être purifié par
l'effusion du sang du Sauveur Jésus : vous êtes mon frère !

Milagro essuya une grosse larme et suivit le sculpteur au village
de las Cabañas.

Il reprit la figure ébauchée par Alonso. (*Voir page* 128.)

XI

SECRET TRAHI

Ce soir-là, une foule nombreuse se pressait dans les galeries et

Il reprit la figure ébauchée par Alouso. (*Voir page* 128.)

XI

SECRET TRAHI

Ce soir-là, une foule nombreuse se pressait dans les galeries et dans les salons du comte Aguidas, un des plus magnifiques seigneurs de Valence. Une partie des invités, groupés dans le *patio*, écoutaient un musicien jouant avec verve un air andalou ; les autres, dispersés dans les salons, admiraient les richesses du comte ou se livraient au plaisir de la causerie.

— Mais enfin, demanda un jeune homme en s'adressant au maître de la maison, vous nous avez promis une surprise, ce soir.

— Ai-je manqué à ma parole ?

— Jamais.

— Soyez donc sûr que je tiendrai celle-ci comme les autres.

— Pouvez-vous au moins nous dire de quoi il s'agit ?

— Je le puis.

— Alors, parlez ! parlez ! s'écrièrent vingt voix.

— J'ai tout simplement découvert un grand homme.

— A Valence ? demanda le marquis Juarès.

— A Valence, ou plutôt dans le village de las Cabañas.

— Et ce grand homme ?

— Est le premier artiste d'Espagne !

Un murmure d'incrédulité circula dans les groupes. Il fit sourire le comte Aguidas, qui reprit d'un accent convaincu :

— Je ne retire rien à ce que je viens de vous affirmer : cet homme est le plus grand artiste de l'Espagne.

— Savez-vous, comte, reprit Juarès, qu'une telle parole de vous est un brevet de génie ?

— Comme tous ceux qui viennent de faire une découverte importante, je me suis surpris à hésiter en présence du résultat. Trouver dans un homme, si modeste qu'il redoute le bruit autour de son nom, le savoir uni à la plus large inspiration, est un fait si prodigieux que peut-être jamais je n'en ai constaté de semblable... Tout à l'heure, je vous prierai de corroborer mon jugement ou de le casser, si vous me jugez dupe de mon admiration...

— Et cet homme s'appelle ?

— Ridalto.

— Un nom inconnu de tous...

— Et il demeure ? ajouta le marquis.

— Dans la seule maison qu'un Valençais eût refusé d'habiter :
la Maison-Close.

Un frémissement parcourut le cercle d'hommes et de femmes
entourant le comte Aguidas. Chacun se souvenait du terrible
drame qui jadis s'y était passé.

— Il est probable que ce Ridalto ignore de quels événements la
Maison-Close fut le théâtre.

— D'autant plus qu'on le dit lié avec Milagro...

— Mais enfin, demanda le marquis, vous ne nous apprenez pas
comment vous avez découvert cet homme étrange?

— C'est cette vieille fouine d'Abraham qui me l'a révélé, un jour
que je brocantais dans sa boutique, — et conquis par l'œuvre du
maître inconnu, j'ai voulu devenir son Mécène : j'ai acheté, acheté
au point d'en emplir une galerie et d'en faire une exposition.

Sur ces derniers mots, les portes de la galerie s'ouvrirent à deux
battants, et un flot de lumière envahit une partie du *patio*.

La foule se pressa dès lors du côté de la galerie, dans laquelle,
placées dans leur jour le plus favorable, les toiles, les statuettes
brillaient comme des diamants dans leurs écrins de velours.

Le comte Aguidas ne s'était point trompé sur le succès de son protégé; il n'y eut dans toute l'assemblée qu'un cri d'admiration sur la
grâce des figures, l'éclat du coloris, l'ampleur des compositions.

Tandis que les dames et les cavaliers se pressaient devant les
toiles et les statues, admirant sans restriction ces merveilles d'une
science si complète et d'un goût si pur, un valet prévint le comte
qu'un étranger, introduit dans un des petits salons, demandait l'honneur de le visiter le soir même.

— A-t-il dit son nom ?

— Oui, Votre Excellence, cet étranger s'appelle Esteban Murillo.

Le comte Aguidas poussa une exclamation de joie.

— Murillo à Valence! Murillo chez moi! Quelle bonne fortune!

Avec un empressement doublant la grâce de son accueil, le comte
se dirigea vers le petit salon où l'attendait l'artiste.

Esteban Murillo était un beau jeune homme aux yeux noirs, d'une
vivacité qui n'excluait point la profondeur. Son large front se déve-

loppait dans toute sa beauté et sa puissance, car les longs cheveux de l'artiste, tombant sur ses épaules, le laissaient complètement à découvert. La bouche était fine, surmontée de petites moustaches; Il portait un pourpoint de velours à crevés d'un violet sombre, et une lourde chaîne d'or, présent de Philippe IV, descendait sur sa poitrine.

Il apprit au comte qu'arrivé du matin même à Valence afin de surveiller la mise en place d'un tableau dans la cathédrale, il avait appris qu'une fête était donnée au palais Aguidas, et qu'il s'estimerait heureux de profiter de cette occasion pour visiter un amateur qui possédait des merveilles dans sa galerie.

L'accueil du comte fut tel que Murillo eut à se féliciter d'avoir songé à visiter ce soir-là le palais Aguidas.

A peine le nom du grand artiste eut-il circulé, que celui-ci se vit entouré des hommes les plus éminents par leurs fonctions et leurs titres, et des femmes, curieuses de voir l'auteur de ces merveilleuses *Assomptions* qui faisaient rêver du paradis.

Le premier moment de trouble causé par l'arrivée d'Esteban Murillo passé, le comte Aguidas dit à l'artiste :

— Soyez assez bon pour ne point regarder la signature de ces œuvres, statues et toiles, et pour me donner votre opinion sur leur valeur.

Murillo examina lentement chacune des statuettes. En les regardant, son regard brillait; l'enthousiasme y mettait des flammes, et, de temps en temps, on l'entendait murmurer :

— Que c'est beau!... Mon Dieu! que c'est beau!

Enfin, s'arrêtant devant un *Christ mort soutenu par un ange*, il ajouta :

— Voilà qui ne sera jamais surpassé par personne.

— Ainsi je n'exagérais pas mes louanges?

— Vous avez dû, quelque admiration que vous ayez ressentie, rester encore au-dessous de la vérité... Nul ne pourra trop louer le complet génie de l'homme qui a élevé les plus magnifiques rétables d'Espagne, sculpté dans le marbre ou le bois de merveilleuses statues, et peint des Vierges qui donneraient la foi aux incrédules.

— Vous connaissez donc Ridalto? demanda le comte Aguidas.

— Señor, répondit Murillo, quel que soit le nom gravé au bas de ces œuvres, elles sont dues au ciseau et au pinceau d'Alonso Cano.

— Alonso Cano! répéta Aguidas; vous êtes sûr de ne point vous tromper?...

— Sûr! répondit Murillo; Dieu ne donne pas souvent à un homme les dons d'un double génie.

En ce moment, un grave personnage, vêtu de velours noir passementé de jais, s'approcha de Murillo. Son visage était austère, ses gestes rares, sa voix froide et pour ainsi dire coupante.

— Ainsi, demanda-t-il, suivant vous, Alonso Cano est l'auteur de ces toiles?

Murillo regarda bien en face celui qui lui adressait cette question. Le souvenir de la situation terrible dans laquelle se trouvait l'artiste lui revint à la mémoire. Il se dit que cette imprudente parole pouvait être pour Alonso le signal de persécutions nouvelles... Ce nom de Ridalto cachait sans aucun doute celui du malheureux qui s'était enfui de Madrid, épouvanté par la terrible accusation qui pesait sur lui. Un remords poignant lui traversa le cœur. Il jeta sur le comte un regard plein d'angoisse afin de le supplier de venir à son aide.

— Sans doute, dit celui-ci avec une présence d'esprit qui rassura un peu l'artiste, sans doute vous ne pouvez vous tromper sur la facture, le style de ces œuvres; mais un élève intelligent prend aisément les qualités de son maître et, tout en reconnaissant une grande habileté dans ces productions, j'hésiterais à les attribuer à celui qui fut le favori de Philippe IV et qu'un violent chagrin a conduit sans nul doute à un trépas précoce.

— Qui vous affirme qu'Alonso Cano soit mort? demanda l'homme vêtu de noir, qui semblait attacher un grand prix à connaître l'opinion de Murillo sur le talent de l'artiste et à comparer ses réponses avec les précédentes révélations du comte Aguidas.

— Rien d'absolu ne m'est parvenu, señor, répondit Murillo; mais la douleur que le malheureux ressentit de la perte de sa femme a dû aboutir à la folie.

— Vous croyez donc à l'innocence de Cano?

— Comme tous les artistes de Madrid, oui, señor.

— Cela est généreux, sans nul doute ; mais la justice, en portant contre lui la plus grave des accusations, a prouvé qu'elle était loin de partager cet avis.

— Je me suis évidemment trompé, dit Murillo ; comme vous le disiez, comte, ce Ridalto aura étudié sous Alonso Cano, soit à Grenade, soit à Séville, et sera arrivé à imiter son maître de façon à tromper même les yeux d'un artiste.

Le comte parut partager complètement cette opinion, et tous les invités mirent une sorte d'affectation à l'approuver. Cependant, cet incident jeta sur la réunion une froideur glaciale. L'homme vêtu de noir, qui avait paru s'intéresser si fort à l'opinion de Murillo, sortit de la galerie en murmurant :

— Où retrouver Tarifa dans cette foule? Il faut absolument le prévenir.

En voyant cet homme s'éloigner, le comte ne put s'empêcher d'éprouver un douloureux pressentiment.

— Señor, demanda Esteban avec une agitation qu'il n'essaya pas de dissimuler, où demeure ce Ridalto?

— Près du port du Grao, au village de las Cabañas... Je devine ce que vous voulez faire... Vous conservez la pensée de l'identité de ce personnage mystérieux avec Alonso Cano ?... Ni vous ni moi nous ne sommes justiciers...

— Ah ! s'écria Murillo, je me croirais déshonoré si ce malheureux était arrêté par suite des imprudentes paroles que j'ai prononcées.

— Ces paroles ont été dites chez moi, reprit Aguidas, et je manquerais au devoir de l'hospitalité, si sacrée pour un Espagnol, si je ne vous aidais à protéger celui que nous venons de jeter dans un imminent péril... Je comprends maintenant sa solitude, sa sauvagerie... Qu'on le reconnaisse, et il est perdu ! Seulement ni vous ni moi, sous quelque prétexte que ce soit, nous ne parviendrons à nous faire ouvrir la porte de la Maison-Close. Une seule créature, à Valence, pénètre chez celui qui se fait appeler Ridalto ; je crois même qu'il partage maintenant l'habitation de l'artiste...

Tâchez de parler à Milagro, apprenez-lui votre nom, et Dieu vous assiste pour le reste.

Quelques heures plus tard, après avoir brûlé la route, escaladé le jardin de Milagro, forcé la porte de la Maison Close, malgré la résistance de José, le domestique de Ridalto, Esteban Murillo se trouvait en face du grand artiste.

— Alonso ! dit-il, Alonso !

En s'entendant appeler ainsi, l'hôte de Milagro devint d'une pâleur soudaine.

— Tais-toi ! dit-il, tais-toi !

Puis regardant autour de lui d'un air de défiance :

— Comment es-tu entré ? dit-il.

— Par le jardin ; j'ai escaladé la muraille.

— Tu ne saurais être un traître ; tu dois donc être un sauveur.

— En effet, dit Murillo, je viens t'arracher au péril qui te menace.

— Qui m'a vendu ? qui donc ? demanda Cano d'une voix désespérée.

— Toi-même, malheureux !... Tu as pu, tu as dû croire que ton talent ne livrerait pas le secret de ton nom... C'était de la folie ; sculpteur ou peintre, tu seras toujours Alonso Cano. C'était hier, dans la galerie du comte Aguidas... On a prononcé ton nom... Devant des gentilshommes, cela eût peu importé, on leur eût demandé le silence ; mais le juge Tarifa était là, et Tarifa voudra faire du zèle... Avant midi, tu seras arrêté... tu le seras peut-être dans une heure...

— Dans une heure ! répéta Cano avec épouvante.

Murillo ouvrit la fenêtre et se pencha au dehors.

Il aperçut alors les soldats, et saisissant brusquement la main d'Alonso :

— Nous sommes trahis, dit-il avec douleur. Fuis, sans regarder en arrière, sans perdre une minute. De l'autre côté dè la muraille t'attend le comte Aguidas ; il a commandé des chevaux que vous trouverez à une courte distance.

— Mais toi ? demanda Cano.

— Moi, je reste.

— Cher et généreux ami, dit Alonso, ta conduite me prouve assez que tu ne me crois pas coupable...

— Je te crois le plus noble et le plus infortuné des hommes.

Murillo ouvrit les bras et serra Cano sur sa poitrine.

Au même moment, le bruit d'un pas cadencé se fit entendre en face de l'étroit parterre séparant la place de la maison.

Un signe impérieux de Murillo, un regard plein de prière vainquirent les dernières hésitations de Cano ; il s'élança hors de son atelier, pendant que le chef de l'escorte heurtait lourdement la poignée de fer du logis.

La tête effarée de José se montra dans l'entrebâillement des tentures fermant la porte d'Alonso.

— Ouvre! dit tranquillement Murillo.

Et tandis que le serviteur tout tremblant se disposait à obéir à cet ordre, l'élève de Pacheco, passant dans son pouce la palette chargée de couleurs et s'asseyant devant le chevalet, reprit avec la sûreté et la rapidité de main qui lui étaient habituelles la figure ébauchée par Alonso Cano.

Le chef de l'escorte ouvrit rapidement l'atelier et s'approcha de l'artiste :

— Je vous arrête, lui dit-il en lui mettant la main sur l'épaule.

Murillo se tourna vers le soldat et lui répondit avec un sourire :

— Je le vois bien! Seulement je ne serais pas fâché d'apprendre pourquoi?

— Cette satisfaction vous sera prochainement donnée.

— Me conduisez-vous tout de suite en prison? reprit Murillo.

— Nous attendrons ici le señor Tarifa.

— Très bien ! fit Murillo ; alors, je puis continuer à peindre?

— Si cela vous plaît.

Un salut de Murillo remercia le soldat, et l'artiste continua de travailler à la toile commencée.

C'était un portrait de femme, d'une expression pleine de charme et de vérité.

Une heure s'écoula. Le vieux Milagro, sans savoir au juste ce qui se passait, restait en proie à une perplexité cruelle. Il avait vu fuir Alonso, il trouvait la maison pleine de soldats, et comprenait que le salut devait venir de ce beau jeune homme qui peignait si tranquillement dans l'atelier.

José, sur un ordre de Murillo, apporta aux soldats des flacons de vin d'Espagne; ceux-ci burent sans se faire prier, tout en gardant avec soin les différentes issues de la maison.

La joie de Tarifa était grande. Il espérait, d'un coup de filet, prendre double proie; l'affaire intentée jadis à Milagro pouvait bien renaître, grâce à l'incident de la présence d'Alonso dans la Maison-Close.

En se hâtant, Murillo avait été doublement bien inspiré. Lorenzo Tarifa n'était pas homme à s'endormir avant d'avoir mis une idée à exécution. Après avoir dénoncé Alonso, il était allé, sans perdre une minute, transmettre à un officier la mission de faire cerner la maison de Milagro tandis qu'il s'offrait pour accompagner l'expédition et certifier l'identité de l'artiste.

Au moment où les soldats achevaient chez Milagro leur dernier flacon de vin d'Espagne, et où José surveillait le jardin dont Alonso venait de franchir le mur, Tarifa et ses deux compagnons entrèrent sans se faire annoncer dans le premier parterre.

Avec un geste plein de suffisance, il écarta ses deux compagnons, afin de passer le premier et de se ménager l'honneur de mettre la main sur l'épaule du misérable qu'attendait le plus noir cachot de Valence. Et, ouvrant brusquement la porte, celui-ci pénétra dans l'atelier. En le voyant entrer, Murillo posa sur une table sa palette et ses pinceaux, et regardant Tarifa bien en face :

— Que signifient ces manières, dit-il ; je ne permets à personne, à personne, entendez-vous, señor, de m'approcher ainsi et la tête couverte.

Et, d'un revers de la main, Murillo fit tomber la coiffure de Tarifa.

— Misérable! cria Tarifa, misérable! Mais les gardes sont là, les gardes qui auront raison de ton insolence! Tu espères vainement nous en imposer : nous savons ton nom et pour quel motif tu te caches dans cette demeure.

— Mon nom, dit le jeune homme, n'est point de ceux que l'on rougit d'avouer, et quant à ma prédilection pour cette maison, il me semble que sa situation la justifie... Vous avez parlé de gardes, d'arrestation ! vous m'avez traité de misérable ! Prenez garde à votre tour, señor Tarifa, que je n'implore contre vous l'influence dont je jouis à la Cour.

— Nous allons bien voir de quoi te servira cette influence ! dit Tarifa d'une voix pleine de rage.

Il ouvrit la porte, fit un signe, et six des gardes qui attendaient dans le vestibule pénétrèrent dans l'atelier.

La rougeur de l'indignation monta au visage de l'artiste.

— Ne faites pas cela ! dit-il; si vous tenez à votre place et à votre honneur, ne me faites pas arrêter, señor Tarifa; car, je vous le jure, avant un mois, vous aurez perdu votre situation, si un de vos hommes touche à mon pourpoint.

Tarifa haussa les épaules.

— Vous ne chanterez pas si haut tout à l'heure, mon jeune coq, lui dit-il.

Murillo fut tenté de se défendre; mais il songea qu'une telle lutte serait dégradante et que mieux valait subir cette humiliation passagère, et augmenter les torts de Tarifa à son égard en rendant la défaite du juge doublement humiliante.

En une minute, les mains de l'artiste furent enchaînées.

Tarifa s'assit alors, laissant le peintre debout, et lui demanda avec rudesse :

— Votre nom ?

— Vous auriez peut-être pu commencer par là, répondit l'artiste en souriant.

— La justice procède comme il lui plaît.

— Certes, et comme il me déplaît à moi...

— Votre nom ? répéta Tarifa en frappant du pied.

— Vous l'ignorez, señor, quand il est connu de toute l'Espagne ! Voyez donc le peu que vaut la gloire humaine ! On se flatte d'être célèbre, et dans Valence, une ville connue pour ses goûts artistiques, un homme qui vous a surpris maniant le pinceau et peignant en pleine pâte et en pleine lumière un visage beau comme celui d'une madone, vous demande votre nom !...

Un bruit léger se fit du côté de la porte ; elle s'ouvrit lentement, et le comte Aguidas parut.

Le peintre poussa un cri de joie.

— Le comte Aguidas ! fit-il. Vrai, n'est-ce pas, seigneur, que vous ne vous y seriez pas trompé, et qu'en voyant la figure que je viens d'achever de peindre, vous auriez dit que je me nomme...

— Esteban Murillo ! dit Aguidas en se dirigeant vers le jeune homme.

Alors seulement il remarqua les bracelets de fer de l'artiste.

— Que se passe-t-il ici ? demanda-t-il d'une voix sévère à Tarifa. Vous faites arrêter Murillo, peintre ami du roi, et partageant avec Valasquez la faveur royale ?

— Cet homme vous trompe, seigneur Aguidas, dit Tarifa ; on ne saurait jouer de la sorte un magistrat dévoré d'un zèle actif et perspicace... Ne vous souvenez-vous point de quels moyens ce misérable s'est servi à Madrid pour échapper à la justice ?...

— Mais pour qui le prenez-vous donc ? demanda Aguidas.

— Pour Alonso Cano, meurtrier de sa femme.

Murillo poussa un franc éclat de rire.

— Je suis désolé, dit-il, que les bracelets dont vous m'avez gratifié m'empêchent de tirer des poches de mon pourpoint les lettres de créance du roi.

— Qu'à cela ne tienne, dit Tarifa, et je vais...

— Ne me touchez pas ! s'écria Murillo ; quand la justice descend au métier de sbire que vous faites, elle me répugne trop pour que je ne me sente point humilié par son contact... Le comte Aguidas me rendra bien le service de prendre mes papiers.

Aguidas passa la main dans le pourpoint de velours du jeune homme et en tira de grandes lettres de parchemin garnies de sceaux.

Il les passa à Tarifa, dont une sorte de terreur avait complètement abattu la forfanterie.

— Murillo... Esteban Murillo..., peintre du roi!... C'est cela c'est bien l'écriture, le sceau... Mais alors...

— Vous êtes un imbécile, dit Murillo, et ce que je vous ai promis, je le tiendrai.

— Et qu'avez-vous promis?

— De vous faire destituer.

— Mais enfin, Cano, cet Alonso Cano! Il était ici, vous n'habitiez pas cette maison hier... et l'on verra...

La petite porte communiquant avec la chambre de Milagro s'ouvrit en ce moment avec fracas, et deux soldats crièrent :

— Le coupable s'est évadé, il a franchi le mur... mais quatre des nôtres sont à sa poursuite.

Le comte Aguidas devint très pâle.

Tarifa jeta sur Murillo un regard de triomphe :

— La partie que je joue n'est pas encore finie, señor Murillo, lui dit-il, et si je la gagne, vous n'aurez pas, je vous jure, à vous en féliciter... Faciliter l'évasion d'un criminel est un délit prévu par les lois.

Tarifa s'élança dans le jardin, tandis que Murillo, Aguidas et trois gardes demeuraient dans l'atelier.

Ils enfoncèrent leurs éperons dans le ventre de leurs chevaux. (*Voir page* 137.)

XII

ENTRE DEUX FEUX

Au moment où Alonso Cano allait escalader la muraille du jardin, il s'arrêta pour dire au comte Aguidas :

Ils enfoncèrent leurs éperons dans le ventre de leurs chevaux. (*Voir page* 137.)

XII
ENTRE DEUX FEUX

Au moment où Alonso Cano allait escalader la muraille du jardin, il s'arrêta pour dire au comte Aguidas :

— Ne pensez-vous point qu'il vaudrait mieux rester ici afin de protéger Murillo?

— Bah ! répondit le comte, Murillo est un de ces hommes qui se protègent eux-mêmes. Si je vous laissais seul en ce moment, vous ne retrouveriez sans doute pas les chevaux qui vous attendent, et tout serait compromis, sinon perdu.

— Soit, dit Alonso, partons ensemble ; promettez-moi seulement que vous me quitterez dès que je me trouverai en sûreté, quand je serai à cheval.

— Je vous le promets, dit le comte.

Alonso s'accrocha des mains au treillage des espaliers, posa le pied dans un de leurs losanges et ne tarda pas à gagner le faîte du mur. Il lui était presque impossible, arrivé au sommet, de chercher les saillies ou les creux pour s'arcbouter solidement et s'en faire des points d'appui. Aguidas lui conseilla la prudence, et peut-être Alonso allait-il descendre avec précaution quand, à la fenêtre d'une maison voisine, se montra une tête noire et crépue dont l'expression curieuse ne tarda pas à devenir menaçante. L'homme, qui observait ainsi ce qui se passait dans le chemin de traverse et sur la crête du mur de la maison de Milagro, ne pouvait être animé d'intentions bienveillantes. Le regard de Cano se troubla en rencontrant ce regard aigu, et, n'écoutant plus que la terreur de l'instinct, il prit son élan et se précipita dans le chemin. Un cri d'angoisse suivit sa chute. Il porta vivement la main à son pied blessé. Tandis que Cano sautait avec une folle imprudence, le comte Aguidas descendait et rejoignait son ami.

— On nous a vus, dit celui-ci, et nous serons trahis.

Il se leva et fit quelques pas ; mais la douleur trop violente qu'il ressentit lui arracha une plainte. Alors il s'appuya contre le tronc d'un olivier :

— Si je les attendais ! dit-il avec découragement. Aussi bien, je suis las de ce perpétuel mystère... Ce qui survient aujourd'hui me semble inexorable et fatal... Pourquoi chercher à entraver le malheur qui s'acharne à ma poursuite ?

— La blessure dont vous souffrez ne vous permet pas de rejoindre nos chevaux, dit le comte Aguidas ; je vais vous quitter pour un instant, et moi-même je ramènerai nos montures. Ne m'objectez rien, je le veux !

Aguidas tendit les deux mains à Cano.

— Faites-donc ! répondit celui-ci avec plus de résignation que de joie.

Le comte s'élança dans le chemin creux, tandis qu'Alonso s'asseyait au pied de l'olivier.

Tandis qu'Aguidas courait sur la route, la face crépue que nous avons vue tout à l'heure, encadrée par les châssis de la fenêtre, apparut de nouveau.

Deux yeux brillants inspectèrent le sentier, puis le grimaçant visage disparut et les volets de la fenêtre se refermèrent.

Mais à peine Tricordo eut-il compris que l'un des deux hommes qui venaient de franchir ce mur de Milagro se trouvait seul, qu'il descendit l'escalier de sa maison.

C'était un personnage maigre, noir, aux jambes trop courtes, au buste trop long. Sa tête hérissée ressemblait à celle d'un loup, et une sorte de férocité se trahissait dans ses gencives rouges et ses dents aiguës. Il devina, s'il ne le comprit pas, une partie du secret d'Alonso. On ne quitte pas de la sorte une maison dont on est paisible locataire. La demeure de Milagro et la présence de ce dernier excusaient toutes les suppositions ; la moins grave était qu'il s'agissait d'un voleur, et ce voleur sans nul doute essayait de se soustraire aux poursuites de la justice.

Rendre aux jugés celui qui paraissait redouter que l'on fît publiquement l'examen de sa conscience semblait à Tricordo une chose naturelle, et d'autant plus engageante qu'elle était souvent productive. Les magistrats ne manquaient jamais de témoigner à Tricordo leur reconnaissance pour un service de ce genre, et cette fois encore il résolut d'en mériter l'expression.

Marchant avec précaution le long de la haie qui séparait son jardin du sentier pierreux dans lequel Alonso attendait le retour du comte Aguidas, Tricordo gagna l'extrémité de la clôture d'arbustes, se glissa au travers, et se trouva dans le chemin.

Deux cents pas le séparaient à peine d'Alonso.

Il eut la pensée d'aller vers lui, mais la réflexion l'arrêta. Évidemment, d'après le raisonnement de Tricordo, un homme qui descendait de la crête d'une muraille ne pouvait être qu'un voleur, puisqu'il était facile de sortir honnêtement par la porte. Mais, en admettant que l'hypothèse de Tricordo fût juste, rien ne lui prouvait que ce malfaiteur, abandonné par son complice dans un but que Tricordo ne pouvait deviner, n'eût pas dans sa poche une bonne lame propre à s'enfoncer de quelques pouces dans la poitrine de l'homme assez curieux pour lui demander, en le saisissant par l'épaule, quels étaient son nom et ses moyens d'existence.

Tricordo jugea plus prudent de contourner la maison de Milagro et de s'inquiéter de ce qui s'y passait d'insolite. Il ne tarda point à voir l'uniforme des soldats, et complètement rassuré désormais, et sur sa propre sûreté et sur le résultat de sa délation, il s'approcha de l'un d'eux et lui demanda :

— Vous cherchez un gibier de garrotte, n'est-pas ?

— Cela se pourrait, répondit le soldat, mais cela regarde le juge Tarifa, qui interroge en ce moment le prisonnier.

— Ah ! fit Tricordo, il interroge le prisonnier dans la chambre ?

— Comme vous pouvez le voir en passant sous les fenêtres.

— Mais alors, demanda Tricordo, pourriez-vous me dire le nom de deux personnages qui, tout à l'heure, ont escaladé la muraille du jardin et se sont sauvés par le sentier ?...

— Deux hommes ont sauté dans le chemin creux ?

— Tout à l'heure.

— Vous êtes sûr qu'ils sortaient du jardin ?

— Ma fenêtre se trouve en face.

— Caramba ! fit le soldat, il faut apprendre ceci à l'alferez.

Le soldat s'approcha de son chef et lui répéta en quelques mots les confidences de Tricordo.

Sans perdre une minute, l'officier frappa à la porte de l'atelier.

En ce moment, Tarifa, rouge de colère, achevait la lecture des pièces lui prouvant d'une façon irréfragable que le jeune homme à qui il venait de faire mettre les menottes était bien Esteban Murillo.

— On s'est joué de vous, señor, lui dit l'officier; mais, par la Vierge du Pilier! nous prendrons une éclatante revanche... Tandis que vous questionnez ce jeune homme, défendu, reconnu, protégé par le comte Aguidas, l'homme que vous cherchez, celui que nos tribunaux réclament, sautait dans un chemin désert avec son complice... La Providence a voulu qu'il se blessât en tombant et sa capture sera facile.

— A cheval! à cheval! dit Tarifa à l'officier, et qu'on amène cet homme mort ou vif.

Tricordo s'avança en saluant avec gaucherie.

— J'oserai rappeler à Votre Seigneurie que c'est moi qui ai attiré l'attention des gardes sur l'évasion de ce misérable...

— Toi, fit le comte Aguidas, je me souviendrai de ton visage.

— Ton nom? demanda le juge.

— Tricordo, pour vous obéir.

— Conduis mes hommes, Tricordo, et cent ducats de récompense si l'on prend vivant Alonso Cano.

— Combien s'il est mort? demanda cyniquement le bandit.

— La moitié.

— Soyez tranquille! on ne lui fera pas de mal.

— Deux hommes à cheval suivirent Tricordo, prêts à poursuivre le malheureux s'il avait de l'avance, puis six autres à pied marchèront le long des murs de la maison.

— Je l'ai laissé au pied de l'olivier, dit Tricordo aux soldats.

Mais ceux-ci et le traître qui livrait Alonso regardèrent en vain de tous côtés, la route était vide... Au loin, un cavalier fuyait à toute bride.

— C'est lui! cria Tricordo, c'est lui!

Les soldats à pied comprirent que leur intervention était inutile, mais les deux autres, bien montés, voyant la proie qui leur était désignée, enfoncèrent l'éperon dans les flancs de leurs chevaux.

— Et moi? Et moi? demanda Tricordo en courant après eux avec des jarrets de lièvre; je veux gagner mon argent.

Et, sans attendre de réponse, il sauta sur la croupe du cheval de l'un des soldats, avec une agilité que l'on était loin d'attendre de ce misérable avorton.

L'homme poursuivi avait déjà une avance considérable.

C'était bien en effet Alonso Cano.

Tandis que Tricordo remarquait sa fuite par-dessus les murs de la Maison-Close, le comte Aguidas courait en toute hâte vers l'endroit où son domestique avait laissé les chevaux. Il venait de monter sur le sien, et le valet ramenait l'autre pour Alonso, quand Tricordo commença ses révélations, aux gardes d'abord, puis à l'officier, enfin à Tarifa.

Si rapidement que fût prise la résolution de poursuivre le fugitif, Alonso, aidé par le comte et par son valet, se trouva plus vite encore en selle.

Alonso se pencha rapidement vers Aguidas :

— Restez près de Murillo, lui dit-il, ne vous tourmentez plus de moi; grâce à vous, j'ai un cheval et de l'or; s'il plaît au ciel, avant une heure, je serai hors de la portée de mes ennemis.

— *Vaga con Dios !* dit le comte en serrant la main d'Alonso. N'acceptez-vous point l'escorte de mon valet?

— On pourrait reconnaître sa livrée; mieux vaut que je sois seul.

— Rentre à l'hôtel, Piquillo, dit le comte.

Puis suivant du regard Alonso qui s'affermissait sur sa selle :

— Dieu veuille que je vous retrouve plus heureux ! lui dit-il.

Alors tous trois se séparèrent : le valet pour reprendre ostensiblement le chemin du palais, Aguidas pour rentrer dans la maison où Tarifa faisait subir à Murillo un interrogatoire, et Cano pour aller tout droit devant lui, au hasard, ou plutôt vers le refuge où le jetterait la main de la Providence.

Mais à peine l'artiste eut-il dépassé l'angle du chemin qu'un grand bruit mêlé de cris, de hennissements de chevaux, se fit entendre en arrière. Il tourna la tête et aperçut deux cavaliers qui suivaient la même route, dans le but évident de lui donner la chasse.

Alonso activa la course de sa monture, de la main et de la voix, et le noble animal, un des meilleurs de l'écurie d'Aguidas, la plus renommée de la ville de Valence, s'élança au milieu d'un tourbillon de poussière.

La rapidité avec laquelle Alonso fuyait devant eux stimula le zèle des soldats, dont Tricordo se chargeait d'ailleurs d'exciter l'enthousiasme.

— Vite! plus vite, mes amis! il s'agit d'un misérable assassin, d'un odieux conspirateur.., Après avoir massacré sa femme, Alonso Cano a tenté de détrôner le roi! Le noble juge Tarifa m'a promis cent ducats pour ma récompense si je le ramenais vivant... Aidez-moi à gagner cette petite fortune, et croyez que je ne me montrerai point ingrat... Les réaux ne me coûteront rien quand il s'agira de les partager entre des compagnons comme vous! Vite! plus vite!

Et les chevaux couraient, éperonnés, encouragés, cravachés. On ne voyait plus Alonso, qu'un nuage, un tourbillon dérobait aux regards. Bientôt l'allée conduisant à la ville de Valence étendit ses beaux arbres au-dessus des cavaliers ; mais, au lieu de s'engager sous leur ombrage, Cano traversa l'allée, puis, tournant sur la droite, il gagna la campagne. Malheureusement, elle ne présentait qu'une surface plane, et il devenait impossible de le perdre de vue. Sans ralentir sa course d'une façon sensible, le cheval d'Aguidas, accoutumé à être conduit avec une extrême douceur, commençait à se révolter contre la main trop dure qui lui tordait la bouche et à tenter de se montrer désobéissant à la volonté qui s'imposait à lui. Les soldats, d'un autre côté, gagnaient du terrain, et chaque fois qu'il tournait la tête pour se rendre compte de la distance qui les séparait encore, Alonso constatait avec effroi que cette distance diminuait notablement.

Enfin il comprit que la bataille allait être décisive.

La fuite ne suffisait plus, il fallait lutter.

Alonso jeta autour de lui un long regard, il explora les environs, et aperçut une sorte de masure en ruines gardant seulement deux murailles qui formaient un angle droit, et couvertes d'un restant de chaume.

Certes, ce n'était pas le salut, mais du moins ce réduit présentait quelques chances, si Alonso voulait se défendre à outrance.

Un moment auparavant, il avait cédé à un mouvement de défail-
lance et avait parlé au comte Aguidas d'abandonner cette terrible
partie qu'il finirait par perdre inévitablement ; mais, par une contra-
diction apparente de l'esprit humain, il s'était pris subitement de
passion pour cette bataille. Fort de son droit, de son innocence, il
n'entendait ni perdre la liberté ni sacrifier sa vie. On lui présentait
la lutte, il l'acceptait. A cette époque, et surtout dans la chevaleresque Espagne, le temps des duels judiciaires et des jugements de
Dieu n'était pas assez loin pour que l'idée du Seigneur intervenant
en faveur de l'innocence ne se présentât pas à l'esprit de ceux que
menaçait un malheur. Alonso évoqua rapidement le Dieu de justice,
Mercédès, dont l'âme le devait protéger et qui, d'en haut, intercé-
derait pour lui ; puis, gagnant d'un seul bond la masure ruinée, il
se plaça dans l'angle extrême qu'elle formait ; protégé des deux
côtés, il tira son épée du fourreau et attendit les soldats.

L'un d'eux piqua sur lui.

— Rendez-vous, lui dit-il ; je vous donne ma parole qu'il ne vous
sera fait aucun mal.

— Je suis un innocent dont vous voulez faire un martyr, répliqua
Cano ; je n'attaquerai point parce que vous êtes au service du roi,
mais je me défendrai parce que je suis un homme.

— Alonso Cano, reprit le soldat, ne rends pas plus difficile une
situation déjà dangereuse.

— Tu crois me jeter mon nom à la face comme une menace et une
injure? dit l'artiste ; tu te trompes, je suis fort de la pureté de ma conscience.

— Nous sommes deux, ajouta l'officier.

— Trois, cria Tricordo d'une voix aigre.

— Quand vous seriez cent, je vous défierais tous ! fit Cano.

Sur ce mot, les soldats dégaînèrent, et en un moment ils entourèrent Cano.

Celui-ci l'avait dit : se bornant à se défendre, il ne voulait pas
attaquer. Seulement, comme il avait affaire à deux adversaires à
la fois, il fut obligé d'appeler à son aide toute sa science de l'escrime
pour se défendre contre les deux lames tendues vers lui. L'épée

d'Alonso les choqua tour à tour ; cette épée sifflait, s'allongeait, se tordait, semblable à une flamme vivante. Sans repos, sans relâche, elle étincelait à son poing et semblait le couvrir mieux qu'un immense bouclier.

Les soldats qui l'attaquaient tâchaient tour à tour de frapper Alonso à la tête, au cou, à la poitrine; pour chaque attaque, il trouvait une riposte, pour chaque menace, un coup de la même valeur.

Chose étrange! il ne semblait pas même se fatiguer.

Cette bataille inégale, acharnée, doublait ses forces au lieu de le lasser; et c'étaient les soldats qui donnaient des signes de lassitude.

Jusqu'à ce moment, Tricordo avait surveillé la lutte en amateur.

Descendu de la monture du soldat sur laquelle il avait donné, lui aussi, la chasse à Cano, s'il ne se mêlait pas à la bataille, c'est qu'il redoutait, au milieu des éclairs et du cliquetis de ces épées, d'être pourfendu par un de ces rudes champions. Tricordo, s'il avait le sens de l'avarice, avait encore davantage celui de la conservation personnelle.

Il n'oubliait cependant point les cent ducats de récompense promis par le juge Tarifa, et, résolu à les mériter, il cherchait un moyen ingénieux pour y parvenir.

Se glissant entre les jambes des chevaux, il gagna l'autre côté de la masure. Un amas de pierres éboulées permettait d'atteindre jusqu'à la partie du toit couvrant Alonso. Cette pente construite en chaume s'appuyait sur les restes des murs. Après avoir examiné ces débris, Tricordo tira de sa poche un briquet et de l'amadou, frappa au silex, et bientôt l'amadou prit feu.

Alors, arrachant une poignée de chaume de la toiture, Tricordo la tordit de façon à former une espèce de torche. Quand elle flamba, le bossu la plaça sur le toit et regarda avec l'expression d'une joie féroce l'incendie qui gagnait rapidement du terrain.

Encore un moment, et Alonso Cano se verrait forcé d'abandonner l'abri protecteur formé par l'angle de muraille.

Une fois délogé de cette position, rien ne serait plus facile aux soldats que de le saisir, fallût-il pour cela lui faire une blessure à chaque membre.

Une vive chaleur et une odeur de paille brûlée saisirent Alonso; il leva la tête et vit que la flamme allait déborder du toit. Comprenant l'imminence du péril, il se dit qu'il fallait en finir. Un incident lui fit, du reste, oublier la parole qu'il s'était donnée de ne pas répondre aux attaques par des coups de pointe. Pendant le rapide instant qu'il employa à voir d'où venait le feu dont il sentait les atteintes, un des soldats l'atteignit au bras droit, fendit la manche de son pourpoint et fit jaillir un filet de sang.

La douleur causée par cette blessure, jointe à la terreur que lui causait le feu suspendu au-dessus de sa tête, et qui, dans quelques secondes, se changerait en une pluie d'étincelles, lui fit abandonner la défensive et il répondit par d'autres coups. Encore une fois, par un de ses adversaires, il fut piqué au côté. Alors son cheval, sur la croupe duquel venaient de tomber des flammèches embrasées, fit un bond en avant. L'un des soldats profita de ce mouvement pour tourner Alonso Cano et s'acculer à son tour contre la muraille. Ils se croyaient sûrs de le vaincre, quand tout à coup un cri terrible se fit entendre, puis en même temps un éclat de rire forcené !

La nappe embrasée formée par le chaume venait de s'abattre sur le soldat, qu'un bond formidable de son cheval avait précipité hors des flammes.

Derrière lui, Alonso avait un brasier; en face, deux épées nues. Les épées lui parurent encore moins redoutables.

Il s'élança en avant, l'arme tendue, se garantissant de la pointe, mais sans menacer personne. Un de ses adversaires qui venait de prendre champ pour se précipiter sur lui, rencontrant cette épée immobile, s'enferra jusqu'à la garde.

Alonso retira son arme fumante et poussa un cri d'horreur.

— Veux-tu la vie? demanda-t-il au dernier adversaire.

— Je veux venger mon camarade.

— Hélas! dit Alonso, vous servez une mauvaise cause! Dieu refuse de vous protéger.

Le soldat et l'artiste se précipitèrent l'un sur l'autre, et sans nul doute l'avantage allait rester à Cano, quand Tricordo, voyant que son premier plan n'avait pas réussi et qu'il devait renoncer à l'espérance d'amener Alonso prisonnier devant Tarifa, résolut du moins de le mettre dans l'impossibilité de se défendre plus longtemps.

Il ramassa l'épée du soldat mort et frappa le cheval d'Alonso aux jarrets.

L'animal ploya subitement les jambes blessées, et roula sur le sol en entraînant son cavalier; seulement Tricordo avait mal calculé sa distance : le cheval s'abattit sur lui. Au cri d'angoisse poussé par ce misérable, il fut facile de comprendre qu'il était blessé grièvement.

En voyant Alonso à terre, son adversaire résolut de l'achever...

On n'a pas oublié que l'artiste s'était foulé le pied en sautant à bas du mur du jardin de Milagro. A cheval, soutenu par une noble bête, il pouvait lutter encore, mais à pied, réduit à l'impossibilité de se tenir debout, il serait immanquablement vaincu. Au lieu de prendre son glaive par le pommeau, il le saisit par la pointe. Étourdir son ennemi lui parut le seul moyen de lui échapper. Et, au moment où le soldat fondait sur lui, Alonso lui asséna sur le front un coup terrible qui l'envoya rouler à deux pas.

Il était libre, il était seul.

De ses adversaires, l'un la poitrine traversée, se consumait sous le brasier allumé par Tricordo, l'autre rendait l'âme et son sang formait sur le sol une mare sanglante. Tricordo poussait des cris aigus en appelant à l'aide.

Cano se traîna jusqu'au meilleur cheval des soldats morts.

Avec une peine inouïe, il parvint à se mettre en selle, essuya son épée sanglante, la remit au fourreau et s'éloigna de ce lieu dont la vue lui causait une indicible épouvante.

Où allait-il? Vraiment, il ne le savait pas.

Il éprouvait le besoin de fuir, de fuir encore, de fuir toujours.

Des paysans, des voyageurs ne pouvaient manquer de passer sur la route.

Ne voyant pas revenir les soldats lancés à sa poursuite, Tarifa enverrait sans doute d'autres messagers.

Les éperons au ventre, le cheval courait, crinière au vent, écume aux lèvres.

Tout à coup, au milieu d'un jardin rempli d'arbres centenaires, Alonso aperçut la flèche d'une chapelle.

Beaucoup de couvents gardaient encore, à cette heure, le droit d'asile, le plus grand, le plus magnifique dont le moyen âge ait doté les églises et les monastères.

S'il se trouvait près d'un couvent, Alonso était sauvé.

Il pressa le pas; la haute muraille qui défendait les jardins, sans monter jusqu'au sommet de ses arbres, présente enfin une ouverture large et profonde.

Au-dessus de cette porte étaient écrits ces mots : *Porta Cæli.*

— Oui, c'est bien la porte du Ciel! s'écria Alonso Cano.

Et soulevant le lourd marteau, il le laissa tomber d'une façon si brusque, si impérative, que les bois et les ferrures en gémirent.

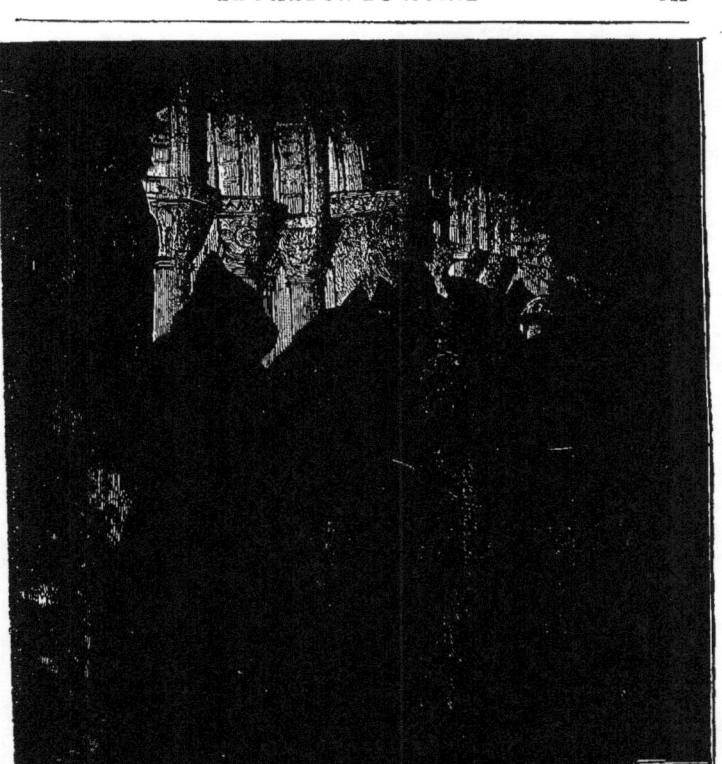

Les moines traversaient le cloître. (*Voir page* 146.)

XIII

LA CHARTREUSE

Au moment où Alonso Cano, blessé, frappait à la porte du cou-

Les moines traversaient le cloître. (*Voir page* 146.)

XIII

LA CHARTREUSE

Au moment où Alonso Cano, blessé, frappait à la porte du couvent de la Chartreuse, les moines venaient de prier dans la chapelle et traversaient le cloître pour se rendre au réfectoire.

Le Frère portier courut ouvrir avec empressement.

Les malheureux seuls heurtaient au seuil du monastère. Qu'ils fussent pauvres de cœur ou d'argent, ne fallait-il pas toujours les secourir?

Quand Frère Eugenio aperçut le cavalier tout sanglant, il poussa un cri d'étonnement et de pitié.

— Que demandez-vous? lui dit-il d'une voix compatissante.

— L'hospitalité, répondit le malheureux.

— Venez, mon frère, répondit Frère Eugenio.

— Mais, fit Alonso, je ne saurais seul descendre de cheval : ma blessure me fait cruellement souffrir.

Le Frère, le soulevant dans ses bras, le porta dans un petit logement qu'il habitait.

— Et votre monture? demanda Frère Eugenio.

— Elle ne m'appartient pas... laissez-la libre d'aller où elle voudra : son instinct la ramènera sûrement à l'écurie de son maître.

On attacha la bride du cheval à la selle, et, comme l'avait prévu Alonso, après avoir aspiré le vent et cherché sa route, l'intelligente bête prit le chemin de la ville de Valence.

— Mon frère, dit le religieux, nos Pères se rendent en ce moment au réfectoire. En attendant leur retour, me permettez-vous de vous offrir une réfection légère, ou souhaitez-vous que je demande tout de suite notre digne Supérieur?

— Oui, hâtez-vous, dit Cano d'une voix faible.

Le Supérieur, prévenu sans retard, se trouva bientôt à côté d'Alonso Cano.

Le Père Eusebio regarda le blessé avec une bonté angélique.

— Nous vous garderons, lui dit-il.

— Bien vrai? demanda Alonso.

— Oui, mon frère.

— Et si la justice me réclamait?

— Elle n'a pas le droit d'entrer ici, répondit le moine.

Le visage d'Alonso exprima un grand soulagement. Il prit, d'un côté, le bras du Supérieur, de l'autre, celui de Frère Eugenio et, avec des peines infinies, il parvint à gagner la chambre qu'on lui assignait.

Il s'était, en somme, passé peu de temps entre le moment où Alonso sauta dans le chemin et celui où Tarifa entreprit de se mettre à sa poursuite. La course d'Alonso Cano, la victoire remportée sur ses adversaires avaient eu la durée de quelques minutes, et si le locataire de la Maison-Close avait été appréhendé au corps par les soldats, il était hors de doute qu'on allait rencontrer à peu de distance l'escorte et le prisonnier.

Il n'en fut rien, et Tarifa commençait à craindre qu'Alonso, monté sur un des chevaux du comte Aguidas, n'eût entraîné bien loin ceux qui devaient le saisir; quand, après avoir traversé la grande avenue d'arbres et parcouru l'espace d'une lieue, il aperçut à gauche, dans un champ, un groupe de paysans entourant les ruines d'une masure.

Assurément, il se passait là quelque chose d'insolite.

Tarifa dirigea son cheval de ce côté et perça la foule des curieux.

Une exclamation de colère lui échappa en voyant le spectacle qui s'offrait à ses yeux. Il ne songea pas une minute à s'apitoyer sur le sort des deux soldats morts écrasés sous la toiture enflammée ; ce qui le touchait bien autrement, c'est qu'au milieu des cadavres et des blessés il ne retrouvait pas le fugitif.

Des laboureurs, passant le long de la route, étaient accourus pour porter les premiers secours aux blessés.

Celui des soldats qui avait été assommé par Alonso agonisait, tenant sur sa blessure un tampon d'étoffe afin d'empêcher son sang de couler; l'autre était à demi carbonisé parmi les décombres de la masure. Tricordo, la jambe cassée, poussait des cris aigus.

— Assez de gémissements, dit Tarifa, et tâche de répondre. Tu te plaindras quand nous aurons repris le misérable dont la capture t'intéresse…

De quel côté est-il allé?

— Tout droit. Sur la route de la Chartreuse de Porta-Cœli.

Tarifa, sans prendre le temps de répondre à Tricordo, cria à ses hommes :

— Au monastère de la Chartreuse! Quant à vous, braves gens,

aidez à transporter ce malheureux blessé à Valence, et jusqu'à ce
bossu, qui crie certes plus haut qu'il n'a de mal. Vous pourrez,
demain, vous présenter chez moi, afin que je vous indemnise du
temps que vous aurez perdu.

Une seconde après, Tarifa courait sur la route.

Au bout d'une heure il aperçut les murailles blanches du couvent,
et, d'une main agitée, il heurta à la porte.

Frère Eugenio, calme et paisible comme à l'ordinaire, vint lui
ouvrir.

— Pouvez-vous prévenir le Supérieur que le juge Tarifa le demande?

— Veuillez entrer dans cette salle, dit doucement Frère Eugenio,
je vais le prévenir de votre arrivée.

Le Père Eusebio entra presque aussitôt dans le parloir.

— Mon révérend, lui dit Tarifa d'une voix à peine contenue, vous
avez reçu ce matin, dans votre maison, un misérable... Au nom de
la loi, veuillez me le livrer !

— Nous jouissons du droit d'asile, se borna à répondre le Père
Eusebio. Les lois terrestres ne dépassent point les portes de ce monastère.

— J'ai demandé doucement, dit Tarifa, j'ordonne !

Le Supérieur le regarda bien en face.

— Vous emploierez la force, alors?...

— Je l'emploierai, répondit le juge; j'ai là des soldats, et sur un
signe...

— Faites, si vous l'osez, mon frère, répliqua le moine.

Tarifa bondit hors de la salle.

Sur un signe du Supérieur, un religieux ouvrit le portail extérieur,
tandis que le Père Eusebio rejoignait ses frères.

Il plaça la mitre sur son front, prit la crosse abbatiale dans ses
mains, puis remettant un parchemin scellé à l'un des Pères :

— Vous le lirez tout à l'heure, dit-il.

Tarifa venait de rejoindre les soldats :

— L'assassin est là, leur dit-il; vous allez fouiller le monastère.

Les soldats se regardèrent, indécis; mais ils franchirent le seuil du couvent et se trouvèrent dans le vestibule. Au même moment, les deux battants de la porte s'ouvrirent, et Tarifa aperçut le Père Eusebio dans toute sa majesté paisible.

— Prétendez-vous m'en imposer avec vos processions de moines? dit-il ; je veux entrer, et j'entrerai.

L'abbé avança la main qui tenait la crosse d'ivoire, et touchant la robe du juge :

— Attendez! dit-il.

Puis se tournant vers son secrétaire :

— Lisez, mon frère, ordonna le moine.

Le lecteur lut alors d'une voix lente et posée une ordonnance du roi Ferdinand, de sainte mémoire, accordant droit d'asile au monastère des Chartreux de Porta-Cœli et autorisant l'Église à poursuivre de ses foudres quiconque, en dépit de cette ordonnance royale, tenterait de franchir le seuil du couvent et d'en arracher un coupable pour le rendre à la justice.

— Un pas de plus, dit le moine à Tarifa d'une voix impérieuse, et, au nom des pouvoirs que je tiens du Saint-Siège, je vous excommunie.

Tarifa devint blême, mais il osa faire un pas en avant.

— Quant à vous, mes fils, reprit le Père Eusebio en s'adressant aux soldats, je vais vous donner ma bénédiction...

Les soldats s'agenouillèrent, et Tarifa resta seul debout.

Les portes du cloître se refermèrent, et le juge regardant avec mépris les soldats qui se relevaient en faisant le signe de la croix :

— Lâches! fit-il, vous m'avez abandonné !

— Le service de Dieu avant le service du roi! répondirent-ils.

Le trajet de la Chartreuse de Porta-Cœli à Valence fut silencieux. Tarifa venait de perdre la seconde partie. Sans nul doute, le crédit d'Aguidas suffirait pour obtenir sa destitution. On traiterait de fable maladroite l'aventure de la Maison-Close. Il comptait sur la capture d'Alonso Cano pour échafauder sa fortune, et il lui devrait probablement sa ruine complète.

— Oh ! fit-il avec rage, je ne chercherai pas seulement cet homme désormais dans l'intérêt de la justice, mais pour satisfaire ma propre vengeance !

Il congédia les soldats et rentra chez lui dans un état de rage indescriptible.

Le lendemain, l'épisode de la Maison-Close défrayait toutes les conversations. Murillo et le comte Aguidas ne faisaient faute de rendre Tarifa responsable de ce qu'ils traitaient de sotte aventure. Au bout de quelques jours, le malheureux, bafoué, déconsidéré, froissé au plus vif de son orgueil, donnait sa démission de juge à Valence et partait secrètement pour Madrid.

Tandis que Murillo surveillait la mise en place de son tableau ; que le comte Aguidas se réjouissait du salut d'Alonso, en partie dû à ses soins ; que Tricordo se remettait lentement et retardait une guérison complète par de fréquents accès de rage, Cano retrouvait à la fois, dans la Chartreuse de Porta-Cœli, le calme de l'esprit et la santé du corps.

L'accès de violente fièvre qui avait succédé à ses blessures et aux émotions de la terrible journée pendant laquelle, après avoir échappé au trépas, il avait failli tomber dans les mains d'un juge sacrilège, ne céda qu'au bout d'une semaine. Le délire avait remplacé l'exaltation, et durant les longues veilles que firent le novice Pablo et le Père Eusebio près du lit de douleur de Cano, tous deux purent se convaincre à la fois de l'innocence et du malheur du grand artiste.

— Mon Père, dit un jour le novice à son Supérieur, après avoir été témoin d'une de ces crises pendant lesquelles il semblait qu'Alonso dût mourir, je vous le confesse dans l'humilité de mon cœur, il m'est arrivé plus d'une fois de me demander si, hors de ces murailles dans lesquelles j'ai grandi et qui me verront mourir, n'existait point réellement ce que les hommes appellent le bonheur. Je me représentais les guerriers fameux par leurs exploits, et dont l'épée gagne aux rois des couronnes ; je rêvais la gloire de ces hommes qui rendent vivantes leurs pensées et possèdent l'art de douer d'une immortelle existence les fils de leur génie : Lope de Véga, Caldéron...

— Lope de Véga s'est fait moine, mon fils.

— Puis, rêvant d'aventures plus merveilleuses encore, je me voyais monté sur une caravelle, luttant contre l'ignorance des uns, le mauvais vouloir des autres, les tempêtes de l'Océan, les orages du ciel, et découvrant un monde nouveau dont je dotais ma patrie...

— Christophe Colomb fut un martyr, mon fils.

— Enfin, tour à tour soldat, amiral, poète dramatique, j'ai envié tous ceux qui sont devenus grands devant les hommes...

— Le nom d'Alonso Cano était venu jusqu'à vous, sans doute?

— Oui, mon Père, environné d'une auréole presque céleste... Je savais qu'il peignait des anges du ciel, des figures de saintes, et que, dans la ferveur de sa prière, il trouvait les types merveilleux qui, sur les autels, sollicitent la ferveur des peuples...

— Pauvre enfant! murmura le Supérieur.

— Vous me condamnez, mon Père?

— Je garde à peine la force de vous blâmer, mon fils ; ces pensées, ces retours vers le monde sont nos tentations à nous... nul n'en est exempt, quel que soit son âge et quelles que soient les pénitences qu'il ait volontairement subies... Antoine éprouvait au désert l'horreur de la lutte contre les esprits du mal... Jérôme se souvenait, dans les solitudes, des fêtes du Cirque et de la beauté des vierges de Rome... La tentation éprouve, mon fils ; elle affirme seule la vocation... Bienheureux ceux qui sont tentés, s'ils ferment l'oreille à la voix menteuse et fascinatrice !...

— Grâces en soient rendues au Seigneur Jésus, dit le novice Pablo, et à la Vierge de toute miséricorde! Si j'ai subi l'épreuve de ces pensées, je ne me suis jamais abandonné au point de songer, fût-ce une minute, à quitter cette maison sainte...

Cet entretien avait lieu près de la fenêtre de la cellule du malade. Celui-ci reposait, et, tandis qu'ils parlaient, Pablo et le Père Eusebio pouvaient voir tour à tour la délicieuse campagne de Valence, coupée de huertas en fleurs, dominée par la forêt qui assombrissait plus loin une colline à triple étage, et la partie aride du jardin, coupée de renflements réguliers d'herbes et de touffes d'immortelles, et dans laquelle des croix blanches étendaient leurs bras.

Tout à coup le malade se souleva :

— A moi, dit-il, à moi ! On me poursuit ; venez à mon aide... Ne me laissez pas saisir par ce juge. Je suis innocent ! Dieu juste, vous le savez, je suis innocent !... Donnez-moi mes pinceaux, j'ai vu la Madone en rêve, et je veux la peindre telle qu'elle m'est apparue, avec son regard céleste, son nimbe d'or et sa robe d'azur... Non ! non ! la toile ne me suffit pas, c'est un bloc de bois ou de marbre qu'il me faut. C'est le ciseau du sculpteur. Je veux modeler une statue de moine... Personne mieux que moi ne rendra l'austérité des fils de saint François, leur visage ascétique, sur lequel se gravent les visions du ciel ! Une toile, du marbre ! Je veux me retrouver moi-même et, si je meurs, je veux que l'on sache...

Le Père Eusebio s'approcha rapidement du malade et posa un doigt sur ses lèvres.

Pablo écoutait, tout pâle, les deux mains croisées sur sa poitrine.

— Qu'importe, mon Père ! qu'importe ! dit le malade d'une voix plus douce ; je puis bien dire mon nom, ce n'est plus que le nom d'un malheureux...

Puis se tournant vers le novice :

— Prie, lui dit-il, prie pour celui qui fut Alonso Cano.

Le novice étouffa un cri et tomba à genoux.

Quoi ! l'un de ceux dont il s'était, malgré lui, surpris à envier la fortune et la gloire, blessé, poursuivi par la calomnie, traqué par la justice, se débattait sur le lit d'un Chartreux, entre la mort et la folie ! Quelle leçon pour sa jeunesse !

Pablo s'approcha d'Alonso et saisit sa main.

— Vous guérirez, lui dit-il ; vous voilà beaucoup mieux... déjà, vous pouvez vous appuyer sur votre jambe... la fièvre cèdera à nos soins, et bientôt...

Le malade se souleva sur sa couche.

— Est-ce que vous me chasserez, quand je serai guéri ? demanda-t-il.

— Mon fils, répondit le Supérieur, nous ne chassons jamais personne ; mais les pauvres qui frappent à notre porte sont nombreux et la maison est petite.

Cano ferma les yeux et retomba en arrière.

— Seigneur, dit-il, on est bien ici !...

Et doucement il retomba dans le sommeil.

Deux jours plus tard, il se levait ; au bout d'une semaine, il se promenait dans les jardins, quittant souvent leur frais ombrage pour l'enclos dans lequel dormaient les fils de la Chartreuse de Porta-Cœli.

Un soir, après l'office, le Supérieur chercha vainement Alonso dans sa cellule ; ne le trouvant ni dans la chapelle ni dans les cloîtres, il courut dans les jardins, l'appelant d'une voix douce. Il venait de franchir le seuil du cimetière, quand il l'aperçut non loin d'une tombe creusée à l'avance, attendant le premier des Frères que le Seigneur rappellerait à lui.

— Je crains, lui dit le Père Eusebio, que cette veille prolongée ne vous fatigue ; ne songez-vous point à rentrer ?

— Je songe à mourir, mon Père.

— Est-ce le courage humain qui vous abandonne ?

— C'est plutôt la force divine qui me presse.

— Vous voudriez donc ?...

— Ne quitter jamais cette hospitalière maison.

— Les étrangers y passent et n'y séjournent pas.

— Et si je vous demandais à y demeurer en acceptant d'avance d'y vivre sous la règle et d'être le plus docile des enfants de saint Bruno ?

— Vous y songez depuis longtemps, mon fils ?

— Depuis que je vous connais, mon Père.

Le vieillard saisit la main du peintre :

— Dieu vous a jeté brisé, saignant, désolé, à notre porte, et vous vous êtes senti plein de reconnaissance pour les Samaritains qui vous ont sauvé... Mais entre ce sentiment et la vocation il existe, mon fils, une grande différence.

— Que puis-je attendre du monde ? demanda Cano ; il m'a pris jeune, ardent, célèbre ; il m'a vu le favori d'un roi, assis devant lui et couvert comme les grands d'Espagne, et il m'a rejeté, couvert de sang et d'infamie, sur le chemin où vous m'avez ramassé... Le monde ! Pour conquérir un rang, un nom, pour gagner cette chose

éphémère que l'on appelle le retentissement d'un nom, j'ai veillé,
travaillé sans trêve et sans relâche... Je voulais ce bruit qui suit votre
entrée dans les lieux publics, ce frémissement qui vous accompagne
dans les foules... J'enviais les acclamations du peuple devant mon
œuvre, et quand les fidèles se prosternaient devant mes *sargas* ou mes
toiles, le jour du *Corpus Dei*, je me sentais enivré d'enthousiasme,
de force et de jeunesse... Un roi m'appelait son ami ; l'Espagne m'ac-
clamait et me donnait le titre de Michel-Ange de l'Ibérie ! J'avais
fait plus que de rêver la gloire, j'en touchais les palmes, je venais
d'en conquérir les couronnes. Une goutte de sang a suffi pour faire
évanouir ce prestige, ce rêve, cette renommée... le grand artiste est
devenu un meurtrier... les juges ont poursuivi celui que Philippe IV
visita dans son atelier... J'ai dû fuir devant la calomnie et la haine...
Chose horrible ! mon Père, il s'est trouvé des hommes ayant intérêt
à ma perte, et dont l'avancement dépendait de mon emprisonnement,
que n'eût pas tardé à suivre mon supplice... Et je regretterais quelque chose de ce monde qui m'a jeté de la boue et du sang au visage ;
et je songerais à rentrer parmi des hommes dont j'ai reçu tant de
blessures !...

— La rigueur de l'épreuve subie vous porte à l'exagération, mon
fils... tous ceux que vous connaissez n'ont pu être faibles et lâches.

— Vous avez raison. Miguel, mon vaillant élève, s'est, je crois,
voué au triomphe de ma cause ; mais Miguel est bien jeune, et tous
les dévouements ne sont pas suivis de succès... Ses compagnons,
jusqu'à la dernière heure, ont protégé Alonso Cano ; Murillo, le
brave, le chevaleresque Murillo, m'a sauvé des mains de Tarifa,
comme Miguel m'avait disputé à Rosalès... Mais je suis las de défendre ma liberté... prenez-la, je me plierai à votre sainte règle.

Le Père Eusebio parut réfléchir profondément.

— Le malheur seul vous jette dans nos bras, lui dit-il enfin. La
maladie, après avoir appauvri votre sang, a diminué l'ardeur de votre
nature. Qui sait si la santé ne réveillera point en vous la jeunesse,
et si quelques mois passés dans cette maison ne vous auront pas convaincu que vous êtes destiné à vivre dans le monde ?... Si je con-
sultais seulement mon cœur et l'intérêt de notre maison, je vous

dirais : « Restez! » Je vous donnerais cette robe de la pauvreté qui
vous rendrait à jamais notre frère... Mais un instinct secret m'assure
que vous nous quitterez... Laissez-moi donc employer la prudence
d'un directeur et l'allier à l'affection d'un père... Restez avec nous
tant que cette demeure vous semblera hospitalière et douce, et si
jamais vous étouffez dans ses murs, songez que vous laisserez ici
des amis dont le cœur et les bras vous seront toujours ouverts.

Alonso ne répondit rien. La sagesse du Père Eusebio lui semblait
sans réplique.

En effet, l'enthousiasme et la reconnaissance avaient un grand
empire sur cette âme impressionnable, et son premier élan, qui le
portait à se jeter sans retour dans le cloître, pourrait bien être sujet
à des regrets. Il se disait cela sans y croire. En ce moment, la ferveur
de son âme s'unissait aux dispositions de son cœur.. Tout en ap-
prouvant hautement le Père Eusebio, il ne pouvait s'empêcher de
croire que jamais il ne songerait à quitter l'arche où se trouvait le
repos après lequel il aspirait vainement. Il croyait en avoir fini avec
les rêves mondains, les aspirations ardentes. La douleur le purifiait.
L'atmosphère du cloître se répandait sur lui en rosée bienfaisante.
Il absorbait cette vie nouvelle, intime, pleine d'un charme secret,
appréciable seulement pour ceux qui en ont éprouvé les délices. Il
s'endormait, en quelque sorte, dans la paix de ce lieu, et le chant
des psaumes, les accords de l'orgue achevaient de le transporter
dans un autre monde.

Il remercia le Père Eusebio et, insistant sur la sincérité de sa vocation, il ajouta que le temps la consacrerait au lieu de l'affai-
blir.

— J'accepte l'épreuve, dit-il, combien durera-t-elle ?

— Deux années, répondit Père Eusebio.

— Et, pendant ce temps, vous me permettrez de porter la robe de
mes frères?

— Je vous le permettrai, si vous y trouvez de la consolation.

— Oui, répondit vivement Alonso Cano : il me semblera, dès lors,
que je suis complètement mort à un monde qui m'a méconnu, dé-

laissé, froissé, et à qui je rougirais de tenir encore par des liens de périssable ambition.

Le Père Eusebio leva les mains pour bénir l'artiste ; mais quelque chose comme un triste sourire d'incrédulité flottait sur ses lèvres pâlies.

Il jeta un regard rapide autour de lui. (*Voir page* 160.)

XIV

LA STATUETTE DE SAINT FRANÇOIS

Après avoir passé de longs jours dans le monastère, s'être plié à

Il jeta un regard rapide autour de lui. (*Voir page* 160.)

XIV

LA STATUETTE DE SAINT FRANÇOIS

Après avoir passé de longs jours dans le monastère, s'être plié à toutes les règles, épuré aux plus douces aus térités, retrempé dans toute l'ardeur d'une foi sincère, Alonso Cano frappa un matin à la porte de la cellule du Père Eusebio.

— Vous avez bien voulu, lui dit-il, me promettre qu'un jour je porterais l'habit de votre ordre, moi, indigne d'une si grande grâce. Je ne sais pourquoi il me semble que l'œuvre achevée par mes mains m'obtiendra la faveur à laquelle j'aspire...

— Vous croyez-vous donc sûr de votre vocation, Alonso?

— Oui, répondit le sculpteur.

— Rien ne vous attache au monde?

— Rien !

— Eh bien ! si, comme vous le dites, je dois aujourd'hui même éprouver un sentiment de pieuse joie en voyant la statue à laquelle vous travaillez, je vous promets que demain vous prendrez l'habit des novices.

— Et jusqu'au jour de ma profession combien s'écoulera-t-il de mois ?

— Six, répondit le Père Eusebio.

Alonso s'inclina sous la bénédiction du moine.

Après le repas de pain noir et de légumes cuits à l'eau, qui formaient l'ordinaire des Chartreux de Porta-Cœli, l'abbé et ses religieux se rendirent dans l'atelier d'Alonso.

L'artiste, se souvenant de l'art avec lequel, jadis, dans sa maison de Madrid, il disposait ses tableaux et ses statues, avait drapé de noir le mur de sa cellule, sur lequel devait apparaître son œuvre.

En attendant les Pères, dont il allait bientôt adopter la règle et l'habit, il avait couvert d'un voile léger la statuette achevée ; et, le cœur ému, le regard troublé jusqu'aux larmes, il attendait debout à côté de sa haute fenêtre, regardant en bas, au milieu des arbustes et des fleurs, les croix indiquant la tombe de ceux qui s'étaient endormis dans la paix de Dieu.

Ce fut sous la main du Père Eusebio que s'ouvrit la porte de la cellule d'Alonso Cano.

Le Supérieur entrait, suivi des moines et des novices.

Quand tous se furent rangés dans le fond de l'atelier, Alonso en-

leva rapidement le voile qui recouvrait son œuvre, et une statuette
en bois peint, de proportions médiocres, frappa les regards des
moines.

C'était une figure de saint François d'Assise, traitée avec un art
suprême. Jamais artiste n'avait rendu d'une façon si admirable et si
complète le rayonnement de la prière et de l'ascétisme sur un visage
humain.

Le Père Eusebio ne put retenir un cri d'admiration.

— C'est beau, dit-il, c'est vraiment beau !

Le Père Eusebio se tourna vers ses frères :

— Depuis longtemps, dit-il, l'auteur de cette œuvre sollicite le
droit de se plier à notre sainte règle... Ma paternelle tendresse se
trouve aujourd'hui d'accord avec mon admiration... Cependant je
demande votre avis à tous...

Devons-nous l'adopter comme un membre nouveau de la Chartreuse de l'orta-Cœli ?

Les moines entourèrent Alonso Cano et lui témoignèrent une si
fraternelle affection, un tel enthousiasme, que des larmes d'attendrissement coulèrent des yeux du malheureux qui, meurtri par le
monde, se trouvait consolé, guéri, presque triomphant du côté du
ciel.

Un seul religieux gardait le silence.

C'était un vieillard âgé de près d'un siècle. Il avait, depuis plus
de vingt ans, perdu l'usage de la vue, mais jouissait d'une grande
réputation de sainteté.

Soudain, il prit la parole ; ce fut avec l'accent que devaient avoir
les prophètes chargés d'annoncer d'irrémédiables malheurs.

— Pas encore... dit-il, pas encore ! Attendons que la dernière
vague de l'amertume ait passé sur la tête de notre hôte... Ses larmes
et ses angoisses n'ont point payé à Dieu la rançon qu'il exige de lui...
Ame privilégiée, elle doit monter le dernier degré du calvaire...

— Mon Dieu ! mon Dieu ! murmura Alonso Cano avec effroi, vous
qui, de vos yeux aveugles, voyez plus loin que ce monde, dites-le-
moi, dois-je un jour quitter cette maison ?

— Tu la quitteras, répondit le moine.

— N'appartiendrai-je jamais au Seigneur?.

— Si, répondit le vieillard...Mais il faudra que le blé soit foulé dans l'aire, que le raisin soit écrasé sous le pressoir...Si tu sors victorieux de ta dernière épreuve, si tu subis la dernière plaie de ton martyre, alors seulement tu auras conquis ton linceul de bure... L'or n'est point encore assez purifié dans le creuset.

Mon fils! mon fils, courage! dit-il, je te reverrai avant de mourir!

Néanmoins, le Père Eusebio dit à l'artiste :

— Si vous persistez dans votre demande, vous prendrez l'habit dans un mois.

— Soyez béni, mon Père! répondit Alonso en approchant de ses lèvres un pan de la robe du Chartreux.

Les Frères quittèrent l'atelier, et l'aveugle fut le dernier à serrer la main d'Alonso Cano.

— L'épreuve sera dure, dit-il, mais tu dois en triompher, mon fils!...

Le sculpteur resta seul. Il lui sembla brusquement qu'autour de lui tout venait de changer d'aspect. La voix prophétique du vieux moine le rejetait au milieu de ses épreuves. Il avait cru toucher au port, et la tempête recommençait plus terrible. Le courage lui manquait pour suivre à la chapelle les Frères dont la veille il se plaisait à répéter les hymnes, et, pendant de longues heures, il resta accoudé sur la balustrade de sa fenêtre.

Tandis qu'il restait immobile à la croisée, il aperçut un cavalier accourant à toute bride vers le monastère. On ne pouvait distinguer ni sa taille ni son visage. Un ample manteau dissimulait l'une, et un chapeau à grands bords cachait l'autre, et cependant Alonso Cano tressaillit, comme si entre ce cavalier et lui il existait un lien invisible.

Arrivé près du monastère, le cavalier descendit de cheval puis s'avança, en jetant un rapide regard autour de lui, et fut bientôt devant l'entrée.

Il frappa deux fois le heurtoir de bronze, la porte roula doucement sur ses gonds, et l'étranger pénétra dans l'enceinte du monastère.

Quelques instants plus tard, la porte de la cellule s'ouvrit.

Le voyageur se trouvait sur le seuil. D'un brusque mouvement, il rejeta son manteau et son feutre, et Alonso poussa, en le reconnaissant, un cri mêlé de tendresse fraternelle et d'espérance.

— Miguel ! dit-il, Miguel ! je croyais qu'à Naples tu t'attachais à la poursuite du misérable dont le nom souillerait mes lèvres ?

— Oui, maître... depuis deux ans, je me suis fait l'âme damnée de Lello Lelli... Caché dans son ombre, je l'ai suivi de taverne en taverne ; mes yeux ne l'ont pas quitté ; il n'a pu vivre de la vie publique et commune sans me trouver à ses côtés, masqué comme un conspirateur, armé comme un reître. Quelle vie depuis deux années !

— Et jamais, demanda Alonso d'une voix sourde, le misérable ne s'est trahi ?

— Non, répondit Miguel, et cependant j'ai saisi un terrible indice.

— Parle ! parle ! dit Alonso en prenant les mains de Miguel.

— Un soir, dans une taverne remplie de buveurs, de marins, de peintres de bas étage, une sorte de querelle s'engagea sur un sujet futile. Il s'agissait de savoir si la chevelure des Vénitiennes, teinte de ce roux factice si apprécié par elles, fournit à la peinture des oppositions d'ombres et de lumières aussi belles que les chevelures conservant leurs teintes naturelles... Les uns affirmaient que le reflet était le même, les autres soutenaient le contraire. Quand on demanda l'avis de Lello Lelli, il sourit et répondit avec une expression étrange :

— Je n'ai jamais vu de belles chevelures qu'en Espagne !

On se récria, on discuta : chacun maintint son affirmation, et Lello, poussé à bout, arrachant de sa poitrine un petit sac de peau de senteur, en tira une mèche de cheveux d'un noir bleuâtre... Oh ! maître, maître ! la femme que vous avez perdue avait seule ces cheveux, d'une longueur démesurée et d'une teinte indéfinissable...

Pendant que les jeunes gens s'approchaient pour les voir, je m'avançai comme eux ; j'avais un masque de velours sur la figure, et je défiais Lello de me reconnaître. J'effleurai la boucle noire et, reculant mes doigts avec une sorte de terreur, je dis d'une voix dont l'émotion n'était pas feinte :

— Ces cheveux sont ceux d'une morte...

Lello Lolli eut un tressaillement que je remarquai.

Alors, fixant sur lui mes yeux qui flamboyaient à travers les trous de mon masque, j'ajoutai :

— Cette femme est morte assassinée !

Un cri d'effroi s'éleva parmi les assistants.

— Il est sorcier ! dit l'un.

— C'est le démon ! répliqua un autre.

— Ce qui est sûr, dit Lello en portant la main à sa ceinture, c'est que je regarde sa parole comme une insulte.

— Je n'ai cependant pas encore dit que tu fusses l'assassin ! répliquai-je.

Et je dégaînai à mon tour.

— Encore ? demanda Alonso.

— Ah ! cette fois, maître, vous n'étiez pas là pour empêcher ce duel... et puis, eussiez-vous été là, malgré le respect que vous m'inspirez, je doute que vous eussiez exercé assez d'influence sur moi pour mettre une digue à l'expression d'une colère qui, en ce moment, était un acte de justice.

Alonso Cano était devenu d'une pâleur livide.

— Après ? après ?... dit-il.

Miguel reprit :

— Je levai l'épée comme pour un salut :

— J'en appelle à toi, Mercédès, dis-je d'une voix grave.

Le temps me manqua pour croiser le fer ; Lello se fendit, et je ne dus qu'à la rapidité d'un bond en arrière de n'être pas transpercé d'outre en outre.

Vous devez comprendre qu'après de tels préliminaires la lutte ne pouvait qu'être mortelle.

Ce que je venais de dire à Lello était vrai de tout point. Je me battais pour Mercédès, pour cette femme morte qui emporta votre honneur dans la tombe... Je l'adjurais de me soutenir, puisque ma cause était sacrée... Je ne me regardais plus comme un duelliste, mais bien comme un justicier... Il me semblait que le Seigneur me devait la vie du misérable dont la confession pouvait vous réhabiliter.

Les curieux m'honoraient d'une sympathie visible ; peut-être trouvait-on que je vengeais plus d'une injure.

Cependant, lentement, le cercle des spectateurs s'était grossi. Ceux qui arrivaient ne ressemblaient point aux anciens habitués de la taverne. Les regards qu'ils jetaient sur moi n'avaient rien de rassurant ; je devinais que Lello comptait parmi eux autant d'amis que de complices.

Tout à coup, à un mouvement brusque que fit Lello Lelli, le sachet de peau caché dans sa poitrine tomba à terre ; je m'élançai et, tandis que je posais le pied sur cette pauvre mèche de cheveux qui, dans ma pensée, est une preuve à conviction, mon bras s'allongea d'une façon démesurée, et mon épée fendit le pourpoint de Lello Lelli.

Je l'arrachai toute rouge.

Lello venait de tomber sur le carreau.

Le premier mouvement des nouveaux venus, dont j'avais pu constater la mauvaise mine, fut de m'entourer d'une façon menaçante.

Les témoins de la querelle s'armèrent de leur côté, tandis que l'hôte et ses valets enlevaient le blessé, à qui personne ne semblait s'intéresser.

Des deux côtés, on s'armait à la hâte, quand heureusement un cri menaçant se fit entendre :

— La police !

Il n'en fallut pas davantage ; une seconde après, la salle était vide.

Je courus alors près du lit de Lello.

Un moine m'y avait devancé.

Une écume rougeâtre frangeait les lèvres du misérable ; il semblait n'avoir que le souffle, et un râle sifflant s'échappait de sa poitrine.

Le moine me regarda avec sévérité.

— Ce n'est point ici votre place , me dit-il.

— Excusez-moi, lui répondis-je, mais je veux savoir...

— S'il vous pardonne ?...

— Non ! il n'est pas de ceux qui pardonnent ou qui oublient ; je veux savoir s'il avouera...

— Quoi ?

— Son crime !

— Ceci est le secret de Dieu, mon fils.

— Et le secret de la mort, répondis-je.

— Vous ne prétendez point, cependant...

— Je prétends ne le point, quitter.

— Jusqu'à ce qu'il guérisse ?

— Qu'il guérisse ou qu'il expire...

— Et si votre vue, nourrissant sa colère, l'empêchait de se repentir ?

— Il ne peut se repentir sans avouer.

— Un crime, vous dis-je, un crime pour lequel un autre est menacé, banni...

— Vous avez des preuves de la culpabilité de cet homme ?

— J'en ai une déjà...

Je montrai ma boucle de cheveux, puis j'ajoutai :

— Son délire m'en fournira d'autres, et vous entendrez avec moi...

Le vieux moine se leva.

— Je jure devant Dieu, me dit-il, que, de cette heure, je me considère comme le confesseur de cet homme... Mon âme et mon cœur de prêtre s'ouvriront seuls à ses aveux, à ses confidences suprêmes, et je vous adjure de vous écarter de cette couche !

— Vous oubliez, mon Père, l'infortuné qui souffre et qui attend...

Le saint vieillard retomba dans sa prière, et je m'assis en face du lit de l'agonisant.

Son front avait la blancheur jaunie de l'ivoire, ses yeux restaient clos ; de temps en temps, ses lèvres s'ouvraient et laissaient passer un souffle... et ce souffle disait pour moi : « Mercédès ! ».

Le moine priait toujours, sans repos, sans relâche, s'efforçant d'arracher à l'enfer cette âme criminelle et veillant sur son enveloppe de chair, tandis que je faisais sentinelle pour la justice.

— Quel dévouement ! quel dévouement ! s'écria Alonso Cano.

Le jeune homme pressa respectueusement la main de l'artiste.

— L'acquittement d'une dette de reconnaissance, voilà tout.

— Enfin ? demanda Alonso Cano.

— Vingt jours se passèrent, répondit le jeune homme, et pendant vingt jours le moine disputa à la mort du corps et à la damnation de l'âme celui que je brûlais de livrer entre les mains des juges séculiers... Et quand le misérable Lello ouvrit les yeux, quand il me vit à son chevet avec le moine, il sourit avec ironie, comprenant que son secret était bien gardé !

Dès qu'il put se lever, il quitta l'hôtellerie.

Je n'avais rien appris de nouveau, j'avais seulement conquis mon gage.

Miguel fouilla dans son vêtement et en tira le sachet de peau.

En le recevant, les mains d'Alonso Cano tremblaient d'une façon convulsive.

Il eut cependant la force de l'ouvrir, puis il en tira une mèche de cheveux d'un noir semblable à l'aile bleuâtre des hirondelles.

Il la porta à ses lèvres en s'écriant au milieu de ses larmes :

— Mercédès ! Mercédès !

Puis, un moment après, il ajouta :

— Tu es certain de ne point trouver d'autre preuve ?

— Je crois plus que jamais à la punition du coupable, maître.

— Pourquoi ?

— Lello Lelli est arrivé en Espagne, il y a un mois.

— Il a osé reparaître ?...

— Nul, vous le savez, ne l'accuse bien en face ; d'ailleurs, il est en ce moment couvert par une protection toute-puissante près de Philippe IV.

— Laquelle ?

— Celle de Ribeira.

— L'Espagnolet est à Madrid ?

— Et en faveur, ajouta Miguel.

Alonso Cano laissa tomber sa tête sur sa poitrine.

— Tu seras seul, tout seul, dit-il lentement à Miguel, pour lutter contre deux misérables que le juge Rosalès soutiendra ; seul pour démasquer Lello, seul pour lui tendre un de ces pièges auxquels les plus habiles se laissent prendre... Et ce maudit, qui a pu assassiner

une femme sans défense, ne manquera pas de tenter sur toi un second crime.

— Et c'est parce que je me sens faible que je suis venu, maître...
Je ne partirai pas seul.

— Que veux-tu dire?

— Vous m'accompagnerez.

— Moi! mais je suis accusé, placé sous le coup de la loi; si l'on
m'arrête avant d'avoir accumulé les preuves de mon innocence, je
suis perdu...

— On ne vous arrêtera pas... Vous avez des amis.

— Les malheureux n'en possèdent plus.

— Alonso en compte encore... et, parmi eux, le plus haut, le plus
dévoué de nous tous vous offre un asile chez lui.

— Rafaël Sanguineto?

— Vous l'avez deviné, maître.

— Mais cette imprudence toucherait à la folie! Un magistrat!

— Eh! raison de plus! Qui vous cherchera chez le régidor?

— Non, non, cela ne se peut! Miguel, la persécution me suivrait
là-bas.

— Elle vous a trouvé jusqu'ici.

— Le juge Tarifa n'a pu franchir l'enceinte de cette maison pour
m'en arracher.

— Tarifa est maintenant en correspondance avec Rosalès... Vous
avez fait ici sept tableaux dont la perfection vous a trahi, comme vos
œuvres dans la galerie du comte Aguidas vous avaient dénoncé...
Croyez-moi, vous ne courrez pas plus de danger à Madrid qu'à trois
lieues de Valence... Nous nous verrons chaque jour; nous concer-
terons nos projets; nous finirons par faire triompher la vérité, et le
scélérat qui a brisé votre vie expiera vos souffrances par son supplice. Votre innocence prouvée, vous redevenez le grand Alonso
Cano... Philippe IV vous dédommage d'une trop longue épreuve, le
prestige de vos malheurs augmente celui de votre génie, et le Michel-
Ange de l'Espagne, objet d'une universelle admiration, parvient à
oublier ce qu'aujourd'hui il croit inoubliable...

Alonso marchait à grands pas dans sa cellule.

— Oh ! noble et vaillant cœur, disait-il, tu as raison ! c'est la Providence qui ramène Lello Lelli sur le théâtre de son crime... C'est
à Madrid seulement qu'il me sera possible d'achever ton œuvre, et
de prouver à tous que les larmes versées par moi sur la tombe de
Mercédès n'étaient point des larmes hypocrites ! Oh ! traverser de
nouveau la tête haute ces rues qui me virent si heureux et si fier ;
serrer la main des grands d'Espagne qui furent mes amis ; entendre
le roi m'assurer de son amitié ; retrouver une partie des biens qui
me furent arrachés par Lello ! Oui, ce serait une belle victoire !

— Remportons-la ensemble, maître ! répondit Miguel.

Alonso Cano ne répondit point. Ses yeux venaient de tomber sur
la statuette de saint François, sculptée avec tant d'inspiration et si
vivement admirée quelques heures auparavant par les moines de
Porta-Cœli.

Il se souvenait de la demande faite par lui, au Père Eusebio, de
rester dans la solitude et la paix de la Chartreuse.

A l'heure d'abandonner cette cellule dans laquelle il avait connu
la résignation sainte, la ferveur de la prière et les espoirs consolants
de la foi, il éprouvait un broiement dans son âme. Sans doute, l'idée
d'être lavé devant les hommes du crime dont on avait souillé sa réputation le remuait profondément ; mais la pensée de se montrer ingrat envers ceux qui l'avaient recueilli, l'appréhension qui le saisis-
sait à la veille de se rejeter dans la fournaise le firent reculer.

— Non, dit-il, j'ai trop souffert ; je reste.

Depuis un moment, la porte de la cellule s'était ouverte, et le Père
Eusebio se tenait debout sur le seuil.

— Partez, lui dit-il, mon fils, partez ; la lutte que vous subissez
est au-dessus de vos forces... Souvenez-vous d'ailleurs des paroles
du saint vieillard qui, ce matin, vous répétait que, pour vous, l'heure
du repos en Dieu n'était pas arrivée... Il reste trop de frémissements
dans votre âme, trop d'indignation dans votre esprit, pour que vous
vous offriez à Dieu ; la victime se débat sous le couteau du sacrifi-
cateur, et pour entrer ici vous devez d'avance être un cadavre...

— Mon Père ! mon Père ! dit Alonso.

— Si la volonté du Seigneur est que vous consacriez à son service votre talent et votre vie, il préparera les éléments qui doivent amener ce résultat... Quoi que vous décidiez, souvenez-vous que vous comptez ici des amis qui ne manqueront pas de prier chaque jour pour vous !

Alonso tenta de résister encore, mais il se défendait faiblement de partir.

Le Père Eusebio avait raison. Alonso, attiré, captivé par la douceur de la vie monacale, n'était cependant pas prêt à l'accepter tout entière. Il en voulait bien pratiquer les austérités, il reculait devant certains renoncements.

Le Père Eusebio dut pourtant employer son influence, et même son autorité, pour obtenir que le mari de Mercédès quittât, avec Miguel, la Chartreuse de Porta-Cœli.

Il fut décidé que tous deux s'éloigneraient du couvent à la nuit. Miguel garderait son élégant costume de cavalier, et Alonso Cano se ferait passer pour le valet du jeune homme.

Miguel trouva des chevaux qui devaient l'attendre dans une auberge voisine de Valence et, quand la nuit fut venue, Alonso, les yeux mouillés de larmes, s'éloigna du couvent hospitalier.

Comme il en franchissait le seuil, le vieux moine aveugle étendit les mains vers lui :

— Tu reviendras, dit-il, tu reviendras dans l'arche, anéanti, brisé par la douleur et si broyé, sous le poids de ta croix, que la force te manquera pour te relever... Oui, tu y reviendras, mais cette fois pour n'en jamais sortir, et pour juger de si haut les choses de la terre que tu ne voudras plus contempler que les choses du ciel !

Par une ancienne porte mauresque, la procession sortit... (*Voir page* 175.)

XV
LA FÊTE DU CORPUS DEI

Les cloches sonnaient à toute volée.

C'était le jour de la fête chrétienne et espagnole par excellence, le

Par une ancienne porte mauresque, la procession sortit... (*Voir page* 175.)

XV

LA FÊTE DU CORPUS DEI

Les cloches sonnaient à toute volée.

C'était le jour de la fête chrétienne et espagnole par excellence, le jour où l'on tentait d'assembler toutes les pompes de la terre, afin d'honorer la divinité de Jésus, cachée sous ses voiles mystiques. Rien dans nos villes de France ne peut donner une idée de ces solennités dans la noble cité de Madrid, surtout à une époque où la foi s'épanouissait comme une fleur magnifique, dont les parfums se répandent sur tout un peuple. Ce n'était pas seulement l'autel qui rayonnait sous le feu des diamants dont s'enrichissaient les custodes ; ce n'était pas seulement l'autel étincelant sous ses chandeliers d'or et ses ostensoirs, tandis que les rétables à personnages s'animaient et flamboyaient sous la clarté des cierges. Le portique était presque aussi magnifique que le chœur ; les rues, tendues de tapisseries précieuses, étalaient autant de somptuosités que la cathédrale. De distance en distance, sur le passage que devait suivre le cortège, les tableaux de peintres célèbres attendaient à la fois la bénédiction du prêtre et les éloges de la foule. Des toiles immenses, appelées *sargas*, déroulaient leurs saintes épopées et leurs mystiques symboles le long des maisons pavoisées. Le peuple se pressait dans la rue, en attendant d'aller à l'église. Aux balcons se groupaient une foule attentive, curieuse, élégante, moins par amour du faste que par respect pour la fête. Les parterres, dépouillés de fleurs, avaient rempli les corbeilles et les vases de leur fraîche moisson.

Dans la maison du régidor Raphaël Sanguineto régnait une animation incroyable. On venait de terminer l'ornementation extérieure de la maison. Les miradors, tendus de soie pourpre, allaient permettre aux femmes de regarder sous leur abri les merveilles de la procession.

Dans une haute chambre, meublée en atelier, se trouvaient en ce moment le régidor et son hôte, Alonso Cano.

— Jamais, disait Sanguineto à son hôte, je ne permettrai que vous commettiez une pareille folie ! Depuis six mois que vous habitez Madrid, vous avez eu la patience et le courage de vous cacher à tous les yeux. Cette prudence a été récompensée ; nul ne soupçonne ici votre présence, et vous pouvez, d'accord avec Miguel, suivre tous les incidents de la recherche que vous poursuivez.

— Non, dit Alonso, je ne suis pas assez libre.

— Vous voyez Miguel tous les jours.

— C'est vrai ; mais vous ne me permettez pas de l'accompagner.

— Écoutez, dit Sanguineto, si vous faites un pas dans la rue, vous êtes perdu !

— Ah ! fit Alonso Cano, cette captivité m'étouffe ! Savoir que je suis à Madrid, à quelques pas de la maison que j'ai habitée avec Mercédès, et n'oser rentrer dans cette demeure où j'ai connu à la fois toutes les joies du cœur et de l'orgueil ! Voir de cette croisée le palais de Philippe IV et n'oser errer autour de ses murs !... Enfin, entendre sonner les cloches de la cathédrale, et ne pas me mêler à la foule pieuse qui suivra le *Corpus Dei*, et ne pas me courber sous la bénédiction du prêtre !...

— Vous avez encore un autre motif, Alonso.

— Eh bien ! oui, je l'avoue. J'ai exposé un tableau autour duquel, ce me semble, ne peut manquer de s'amasser la foule. Que de fois elle a battu des mains devant mes œuvres dressées sur les marches de l'église !... Depuis longtemps, je fais de l'art comme un coupable, cachant mes toiles dans des galeries inconnues, ou les enfouissant dans les monastères... Eh bien ! aujourd'hui, mon œuvre est là, vivante, lumineuse ; la foule va la voir, la saluer comme jadis peut-être, et je ne pourrai m'enivrer de mon triomphe !

— Non, vous n'irez pas, Alonso ; un geste, une exclamation peuvent vous trahir.

— Je me tairai, Sanguineto, je me tairai.

— Vous n'en pouvez répondre ; et je regrette déjà d'avoir autorisé l'exposition de cette toile.

— N'est-elle pas sans signature ?

— C'est la touche du maître, et non l'anagramme de son nom, qui est la signature vraie d'une toile.

— Oh ! je vous en supplie, dit Alonso avec insistance, ne m'opposez pas toutes ces impossibilités, toutes ces défenses ! vous ne savez pas ce que c'est que de vivre fuyant, menacé, troublé. J'ai besoin d'air de liberté. Il me semble que le bruit d'une multitude active, joyeuse, épanouirait mon esprit. Et puis, songez donc combien je suis privé depuis longtemps de fêtes, de pompes religieuses, de solennités de tout genre... Ne jouera-t-on point un *auto* de Caldéron?

— Oui, répondit Sanguineto.

— Et vous exigez que je reste enfermé dans cette maison, tandis qu'une foule frémissante d'enthousiasme applaudira l'œuvre de notre premier génie dramatique! Caldéron, qui fut mon ami, donnerait une pièce nouvelle et je ne l'applaudirais point, caché dans quelque coin, admirant de toute mon âme ; cela est au-dessus de mes forces. Savez-vous comment s'appelle sa pièce nouvelle, Sanguineto?

— *La dévotion à la Croix.*

— Je verrai cet *acte sacramentel*, je le verrai. Il semble que l'âme même de l'Espagne vit dans les productions que toutes les littératures nous envient et qu'aucune ne parvient à imiter. Caldéron, prêtre après avoir été soldat, garde dans ses œuvres la fougue ardente du guerrier luttant pour son maître. La foi qui le possède l'élève au-dessus de notre monde. Il ne regarde guère la terre qu'il dédaigne, mais au-dessus de sa tête se trouve toujours un ciel ouvert dans lequel chantent les anges, une *rose mystique* qui s'entr'ouvre, un soleil de justice et d'amour, rayonnant dans sa gloire sur le groupe des élus... Je verrai *la Dévotion à la Croix*, Sanguineto, et je la verrai sans danger.

— Comment cela?

— Vous me prêterez une robe de pénitent.

Raphaël Sanguineto secoua la tête.

— Pourquoi hésiteriez-vous? reprit Alonso Cano ; la ville de Madrid sera pleine, dans une heure, de pénitents gris, noirs, blancs, rouges, bleus et violets, si enveloppés de leurs robes, si masqués de leurs cagoules, qu'il serait impossible au fils de reconnaître son père... Grâce à ce costume, qui jette comme une ombre monacale sur la majorité des hommes, je me dissimulerai dans la foule... J'ai dû revêtir l'habit de saint Benoît, je puis bien emprunter une robe de pénitent.

— Alonso, répéta Sanguineto d'une voix troublée, vous commettriez une imprudence dont je me rendrais complice... Dieu m'est témoin que je ne redoute rien pour moi ; et dussé-je payer cher l'hospitalité que je vous donne, je me regarderais encore comme honoré de vous l'avoir offerte... Mais pouvez-vous répondre de vous-même?... Qui vous dit que vous ne vous trouverez pas face à face avec Rosalès qui vous accuse, avec Lello Lelli que vous soupçonnez?

— Quoi qu'il arrive, répondit Alonso, je vous jure de rester en pleine possession de moi-même.

— Sanguineto épuisa tous les arguments; Cano les rétorqua avec plus de passion que de justesse, mais le régidor finit par céder aux instances de son ami, et laissa à sa disposition une robe de pénitent gris.

Miguel arriva chez le régidor quelques instants après.

— Quelles nouvelles? lui demanda Alonso.

— Je sais pour quel motif Ribeira se trouve à Madrid.

— Et ce motif?...

— Entraînera sans nul doute la perte de don Juan d'Autriche.

— Ribeira s'occupe-t-il des choses de l'État, et vient-il ici en qualité d'ambassadeur?

— L'Espagnolet n'a pas même su gouverner sa maison... Dans son fol orgueil, il s'est trouvé fort honoré des assiduités du prince, et aujourd'hui il vient le dénoncer au roi pour venger sa fille.

— En ce cas, répondit Alonso, don Juan d'Autriche doit craindre pour sa vie, car Lello Lelli ne manquera pas d'offrir ses ténébreux services.

Le jeune homme aperçut la robe de pénitent gris jetée sur un meuble.

Son loyal visage s'attrista.

— Maître, dit-il, vous aviez promis de ne jamais quitter cette maison.

— Pour un jour, moins qu'un jour, Miguel!

— C'est trop; oui, trop encore.

— Oh! mon ami, mon enfant, j'étouffe dans la solitude à laquelle je suis réduit depuis quatre ans. J'ai besoin de me retrouver au milieu des hommes... Il me semble que la vue de cette procession admirable réveillera en moi les forces du souvenir... Quand je me courberai sous la bénédiction du prêtre, un baptême nouveau tombera sur mon front.

— Permettez-moi au moins de vous suivre, dit Miguel.

— Oui, mon ami ; tu ne me quitteras pas.

Le son des cloches, plus vibrant, plus joyeux, s'envola dans l'air ; on entendit, de loin, des chants de litanies, des refrains de cantiques, et Alonso, passant sa robe de pénitent avec une hâte fiévreuse, sortit, accompagné de Miguel, de la maison du regidor.

On jouait la *Dévotion à la Croix* sur un théâtre en plein air. Quelle salle, d'ailleurs, aurait pu contenir cette foule pressée, avide, enthousiaste ? Les places publiques suffisaient à peine ; on s'étouffait, on se massait. De temps en temps sortait de cette multitude un cri de terreur, le gémissement d'un curieux qui s'affaissait et que l'entassement du peuple empêchait de secourir. En dépit de la vigueur de leurs poumons, les acteurs ne pouvaient certes espérer se faire entendre de cette multitude ; mais elle regarderait les splendeurs de la mise en scène, elle verrait se donner ces grands coups d'épée qui la faisaient tressaillir de joie et de terreur. Elle prendrait parti pour le héros de la pièce, qui ne serait peut-être ni un saint ni même un juste, mais dont la conversion finale rendrait plus magnifique le pouvoir du crucifix que Calderon voulait exalter.

Enfin les rideaux fermant la scène s'écartèrent ; le peuple poussa un cri de joie et battit des mains. On applaudissait d'avance de bonne foi. On voulait en même temps s'amuser et s'édifier.

Le rôle d'Eusèbe de la Croix, le héros du drame, est loin d'être exemplaire ; mais, abandonné jadis au pied d'un calvaire, il a fait de la croix sa dévotion exclusive, et quelque irrité qu'il soit, quelque entraîné qu'il se sente par une passion, dès l'heure où le signe de la Rédemption est invoqué devant lui, son courroux cesse, la raison lui revient, il se sent vaincu. C'est grâce à cette confiance dans le crucifix qu'en dépit de ses fautes, de ses crimes, Eusèbe mérite de sentir retomber sur sa tête l'absolution du prêtre à sa dernière heure ; c'est à cette adoration du signe rédempteur que Julia doit, au moment où sa vie est menacée, d'embrasser le calvaire en s'écriant :

— Croix divine, sauvez-moi! Je jure de vivre et de mourir dans la pénitence!

Alors la foule cria d'une voix :

— Miracle! grand miracle!

Et, suivant l'usage, le principal acteur du drame reparut, et, s'inclinant devant les spectateurs, leur dit :

— Ainsi finit la comédie étonnante de *la Dévotion à la Croix*. Que son auteur soit heureux, et pardonnez-lui ses fautes.

Alors il y eut dans cette multitude un élan d'indescriptible enthousiasme. Jamais aucun *auto* n'avait obtenu un pareil succès. Ce n'était pas de l'admiration, mais une sorte de frénésie ; les spectateurs se trouvaient en ce moment à la hauteur même du dramaturge. Si, suivant la belle expression de Raphaël, « comprendre, c'est égaler » tous les pieux assistants, réunis pour applaudir *l'acte sacramentel* du prêtre Calderón, étaient soulevés par la puissance de son génie et en subissaient l'influence avec une fièvre inusitée.

Miguel et Alonso Cano n'avaient pas été les moins émus par ce magnifique spectacle.

Les derniers applaudissements se fondirent dans le premier chant des hymnes : la procession sortait de la cathédrale.

Aux agitations de la scène succédait subitement un recueillement pieux.

Les fidèles suivaient la croix, pour laquelle on venait de leur inspirer un filial respect.

Par une ancienne porte mauresque, la procession sortit avec une majestueuse lenteur et se répandit sur la place et dans les rues voisines. Devant l'ostensoir, toutes les têtes s'inclinaient, tous les genoux se ployaient sur le pavé.

Après le clergé, les religieux, venaient les pénitents des confréries diverses. Puis la foule, une foule sans cesse grossissante, suivait les madones, les images de saints, les crucifix miraculeux, les châsses royalement décorées.

Nous ne connaissons point en France l'exaltation du sentiment religieux, tel que le comprennent les Italiens et les Espagnols.

Où ils mettent leur foi, nous voulons opposer notre raison ; à la place de leur enthousiasme, nous mettons notre scepticisme.

L'esprit de Voltaire a passé sur la France comme un vent glacial, et le rationalisme nous a enlevé le plus pur de notre âme. Mais en Espagne la foi n'a point subi ces transformations ; de l'autre côté des Pyrénées, la croyance est la même qu'il y a deux siècles.

Dans tous les quartiers de la ville se déroulèrent successivement les pompes de la procession.

Ce fut seulement après sa rentrée dans l'église que la foule, se pressant du côté de la cathédrale, osa manifester son opinion sur les œuvres d'art qui se trouvaient exposées sur les marches et dans les environs de l'église.

Tout ce que la ville de Madrid comptait de grands artistes était là. Beaucoup d'entre eux avaient envoyé des toiles signées ; d'autres, plus modestes et curieux de connaître l'opinion générale, sans lui permettre de subir l'influence d'un nom célèbre ou d'un anagramme connu, avaient négligé de signer leurs œuvres, souhaitant auparavant les entendre louer ou critiquer par la foule.

L'Espagnolet ne pouvait manquer cette occasion de comparer les progrès de ses anciens compatriotes, et de chercher quel rang devait leur être assigné parmi les artistes contemporains. Fier de son succès, de sa personnalité, il parcourait les rues de Madrid, encombrées de curieux et de chefs-d'œuvre.

Comme ses élèves, il portait avec ostentation un magnifique costume dont la splendeur et les vives teintes tranchaient sur les sombres pourpoints noirs des Espagnols. Un nuage sombre traversait son front de temps à autre, soit quand il remarquait une toile de maître, capable de lutter avec ses plus belles et même de les dépasser soit quand le souvenir de don Juan traversait sa pensée.

A ses côtés se tenait Lello Lelli, le poing sur la hanche, prêt à la bravade, et qui semblait moins chercher dans cette fête une pompe pieuse qu'une occasion d'en troubler la majesté par quelque scandale.

Il n'avait rien perdu de la verve satirique que nous lui avons vu déployer dans l'atelier d'Alonso Cano ; mais cette disposition à l'ironie était devenue plus amère encore. Il n'effleurait plus seulement l'orgueil de ceux dont il parlait, il les blessait jusqu'au cœur. La seule satisfaction qu'il connût encore était de susciter une querelle ou de consommer une vengeance. Une heure sonne, dans certaines existences, où, si le salut est encore possible — car nul n'a le droit de désespérer tant que la croix dominera le monde, tant que le saint sacrifice sera célébré sur l'autel — il est du moins difficile à accomplir. Le mal ayant engendré le mal, le bien ne garde plus la puissance nécessaire pour germer. Les pensées se sont viciées avant de naître ; l'idée d'une noble action ne peut traverser l'âme. Quiconque ne pratique plus la vertu finit par oublier même qu'elle existe.

Depuis son retour à Naples, près de Ribeira, Lello Lelli s'était montré bretteur sans merci. On le trouvait chaque soir dans les tripots et dans les mauvais lieux. Quand une rude besogne nocturne n'exigeait pas qu'il gardât la lucidité de son coup d'œil et la fermeté de son poignet, il buvait jusqu'à l'ivresse, et les jours où il fallait l'emporter ivre-mort de la taverne n'étaient pas rares. Il baissait ses prix pour la bataille et pour le meurtre, comme si on l'eût presque obligé en lui demandant un service sanglant. Son regard était devenu plus fuyant et plus farouche, sa bouche plus amère. Et quand, au début de l'ivresse, il ne se surveillait pas, des paroles étranges s'échappaient de ses lèvres. Mais il parlait devant des hommes dont le moins mauvais eût risqué la tête à ce que l'on fît son examen de conscience, et, quand Lello s'éveillait, un voisin se contentait de lui recommander d'avoir soin de ne s'enivrer qu'avec des camarades.

Poussant, heurtant, jouant des coudes, Lello Lelli était parvenu à se mettre au premier rang de ceux qui examinaient les tableaux sur les marches de la cathédrale. Arrivé devant une toile de grandeur moyenne représentant la Vierge et l'Enfant Jésus, il laissa échapper une exclamation de surprise.

— C'est elle ! fit Lello d'une voix troublée, c'est elle !

Le regard éperdu, frappé d'une terreur subite, il restait les yeux fixés sur la tête de la madone, retrouvant dans ses traits le vivant souvenir d'une femme qu'il avait vue, la tête renversée sur les oreillers, la poitrine criblée de blessures.

A côté du tableau se tenait un homme enveloppé de la robe des pénitents gris. Son regard ne quittait pas Lello, ses yeux étincelaient à travers les trous de son capuce, et l'on pouvait s'apercevoir du tremblement de son corps.

De tous côtés, des louanges s'entendaient sur la beauté de cette toile, la simplicité de cette composition, la dignité de l'attitude de la Vierge, et la beauté réellement divine de l'Enfant Dieu.

— Son nom! son nom! criaient les plus passionnés de ses admirateurs.

Des offres magnifiques s'ajoutaient aux éloges.

On criait que l'Espagne possédait un maître de plus. On suppliait l'auteur de cette œuvre de se faire connaître. Un moine lui offrait la décoration du réfectoire de son couvent ; un grand seigneur, celle d'une galerie. C'était une fièvre, un enthousiasme, une folie.

Le pénitent gris continuait à garder le silence, mais il était facile de voir que des tressaillements agitaient son corps et qu'à chaque louange il levait plus haut la tête.

Lello n'avait pas été sans remarquer la contenance de cet homme.

La haine, comme la sympathie, se devine à distance. Sans savoir pourquoi, Lello Lelli sentait que sous la robe et la cagoule du pénitent se cachait un adversaire.

De plus, à mesure qu'il examinait attentivement l'homme, moins habillé que masqué par son costume, de singuliers soupçons traversaient son esprit.

Son regard allait alternativement de la toile magnifique à l'énigmatique personnage qui se trouvait à ses côtés. Ce qui l'avait frappé tout d'abord, et lui avait arraché un cri de surprise, était la ressemblance étrange de la brune madone du tableau avec un visage de femme dont il lui était impossible de perdre le souvenir...

Une épreuve soudaine, inattendue, pouvait mettre dans ses mains l'honneur et la vie d'un homme.

Il monta sur la dernière marche qui le séparait de la toile, et tournant autour de lui des regards empreints de haine et de colère :

— Vous vous demandez sans doute, dit-il à la foule qui risquait de s'écraser pour voir de près le tableau qui remportait le grand succès de la journée, le nom du maître qui a composé et peint cette toile?

— Oui, oui, cria-t-on de tous côtés.

— Vous le saurez tout à l'heure, dit Lello Lelli avec une sorte de rire. Permettez-moi d'agir comme Caldéron et Lope de Véga quand ils écrivent un drame... Ils ménagent leurs effets, afin de vous émouvoir par un dénouement inattendu... et c'est pour cette cause que, pendant la représentation de *l'auto* de notre inimitable auteur, vous avez poussé un cri d'enthousiasme quand Julia éperdue, menacée du poignard par son père, embrasse la croix préservatrice.

— Certes!

— Parlez! parlez!

— Le nom du peintre?

Mille cris se pressèrent sur les lèvres des spectateurs. Tandis que Lello les tenait haletants de curiosité et d'impatience, Miguel saisit le pénitent gris par sa robe flottante.

— Venez! lui dit-il, venez!

— Non, répondit Alonso, je reste!

— Mon instinct me dit que vous allez courir un danger.

— J'en ai bravé tant d'autres!... répondit le compagnon de Miguel.

— Je vous en supplie!... Lello vous soupçonne.

— Je veux voir, je veux entendre... répéta le peintre.

Lello Lelli reprit en s'adressant à la foule :

— Vous trouvez cette madone bien belle, n'est-ce pas? Oui, en vérité, elle est belle et parfaite! L'expression du visage, la grâce des contours, tout est peint et rendu d'une façon merveilleuse. Vous n'y voyez, vous, qu'une Vierge digne de tous les hommages; moi, j'y trouve une ressemblance étrange et fatale... Loin de m'inspirer de la vénération, elle me cause une secrète épouvante... Au lieu de reproduire à mes yeux les traits de la Mère du Sauveur, elle me rappelle ceux d'une victime...

— Une victime! répétèrent vingt voix.

— Oui, et cette victime, vous l'avez tous connue; elle mourut assassinée lâchement... Ses traits, que vous retrouvez évoqués sur cette toile par le souvenir et par le remords, vous apprennent le nom de celui qui l'a assassinée... La femme s'appelait Mercédès... et le peintre s'appelle Alonso Cano!

Un cri sortit de toutes les poitrines.

En même temps, Lello Lelli laissa lourdement tomber sa main sur l'épaule du pénitent.

Alonso se sentit perdu.

— A bas cette cagoule! lui dit Lello en faisant le geste de la lui arracher.

Mais alors Miguel, la dague au poing, bondit sur Lello.

— Arrière, sacrilège! lui dit-il; cet homme, revêtu de la livrée du Christ, est sacré pour tous! J'en appelle au peuple catholique d'Espagne!

— Oui! oui! cria la foule en battant des mains.

Miguel saisit le bras d'Alonso.

— Pas un mot, pas un signe! dit-il; c'est assez d'imprudences.

Il l'entraîna avec une sorte de violence, au milieu de la grande multitude qui se pressait aux abords de la cathédrale.

Alors Lello se frappa le front en répétant à voix basse :

— J'en sais assez! Au revoir, Alonso Cano!

L'espion se dissimula contre la muraille. (*Voir page* 187.)

XVI
LA CHAMBRE DE LA MORTE

Miguel entraîna son compagnon à travers la foule. Soit respect

L'espion se dissimula contre la muraille. (*Voir page* 187.)

XVI
LA CHAMBRE DE LA MORTE

Miguel entraîna son compagnon à travers la foule. Soit respect pour l'habit de pénitent que portait cet homme, soit pitié pour celui dont la honte n'avait jamais été prouvée, le peuple se prêta à la fuite rapide des deux amis. Poussés, heurtés, perdant cent fois leur chemin, le retrouvant avec mille peines, forcés de traverser des ruelles sans nombre, ils crurent enfin pouvoir répondre que Lello Lelli venait de perdre leurs traces.

Mais l'Italien n'était pas homme à lâcher sa proie. Il avait pu suivre de loin la fuite de Miguel ; le costume de son compagnon permettait de le reconnaître, et il fut facile à Lello de rester à une courte distance, jusqu'à ce qu'un flot de pénitents gris, blancs et noirs, débouchant sur une petite place, interrompît ses recherches. Quand la longue file eut disparu, Miguel et son ami n'étaient plus là.

Lello se trouvait alors à une centaine de pas de la maison du régidor.

Une sourde colère bouillonnait dans son âme. Un moment, il avait cru tenir sa vengeance, et cette vengeance lui échappait.

La pensée d'entrer chez Sanguineto et de lui apprendre la présence d'Alonso Cano à Madrid traversa l'esprit de l'âme damnée de Ribeira.

Mais, en somme, que pouvait-il affirmer ?

Rien.

Une des toiles exposées sur les marches de la cathédrale rappelait vaguement le souvenir de Mercédès, mais ce pouvait être un effet du hasard. Un homme, caché à tous les yeux par un habit de pénitent, avait paru prendre un grand intérêt au jugement que la foule portait sur cette œuvre, et dans cette œuvre Lello Lelli croyait avoir retrouvé la touche, le modelé, le faire d'Alonso Cano ; mais ces suppositions pèseraient bien peu dans la balance de la justice, ou tout au moins de la justice exercée par le régidor. Celui-ci ne pouvait agir sans un ordre, et Gaspardo del Roca ne le donnerait point au hasard. Où retrouver d'ailleurs ce pénitent mystérieux ?

— Il s'agit d'abord de trouver Miguel, pensa Lello ; nous verrons ensuite. Miguel doit habiter dans les quartiers fréquentés par les artistes ; en allant, le soir, dans les endroits où ils se réunissent, en cherchant bien, je suis sûr de le découvrir.

Tout en poursuivant ce raisonnement, Lello Lelli laissait errer machinalement ses regards devant lui ; il ne tarda pas à les attacher fixement sur la maison du régidor, et bientôt une sourde exclamation lui échappa :

— C'est lui ! fit-il ; j'en suis sûr.

Alors, enfonçant sur ses yeux son sombrero, il quitta ce quartier avec autant de hâte qu'il en avait mis à le parcourir.

Puis, au lieu de se rendre chez Gaspardo del Roca, il alla frapper au logis du juge Rosalès.

Pendant ce temps, une vive émotion régnait chez le régidor.

— Je vous le disais bien ! répétait celui-ci d'une voix désolée ; c'était une imprudence, une grave imprudence. Vous ne pouviez sortir sous aucun prétexte ; Miguel seul devait agir. Il est adroit, intelligent et dévoué : il eût trouvé le moyen qu'il poursuit pour attirer Lello dans un piège et lui faire avouer son crime. Voyez maintenant combien la situation est changée ! Votre ennemi mortel soupçonne votre présence ; il va la signaler et vous perdre sans retour, cette fois, car la justice voudra régler avec vous un double compte : — celui du crime qu'elle vous impute, d'abord ; — celui de votre fuite ensuite.

— Oui, j'ai eu tort, je l'avoue, dit Alonso Cano ; je vous demande pardon, Raphaël, de vous avoir exposé, par ma faute, à des soucis que j'eusse dû vous épargner. Mais si vous saviez ce que c'était, pour un misérable proscrit comme moi, que de se sentir vivre au milieu des autres hommes... de voir cette foule enthousiaste, faisant succéder aux élans de sa foi les entraînements de son admiration artistique !... Tandis que je l'entendais louer mon œuvre, j'oubliais que je suis exilé, proscrit, que le glaive de la loi me menace, et que, si je ne parviens pas à signaler le véritable criminel, ce glaive tombera infailliblement sur moi... Je ne me souvenais que d'une chose : c'est que j'ai vécu heureux et fier parmi les privilégiés du sort ; un écho de ce passé m'arrivait à travers les années écoulées et les souffrances subies...

— Je comprends tout cela, dit le régidor en pressant affectueusement la main de son ami ; je ne vous accuse pas... mais la haine est ingénieuse et persévérante. Lello ne manquera pas de découvrir votre asile.

— Vous serez compromis! s'écria Cano.

— Oh! quant à cela, fit le régidor, je n'y songeais point. J'ai le droit d'être moins soupçonneux que Rosalès, et je le prouve.

— Comme homme, vous usez d'un droit; mais comme magistrat...

— Eh bien! dit tranquillement Sanguineto, je perdrai ma place, voilà tout.

— Je ne vous y exposerai point, répliqua Alonso.

— J'accepte toujours la responsabilité de mes actes et les obligations de mes amitiés.

— Je le sais, dit Alonso; vous êtes généreux entre tous.

L'artiste se tourna vers Miguel :

— Je partirai... dit-il.

Le jeune homme détourna la tête avec tristesse.

— Je le crois indispensable pour votre sûreté, ajouta-t-il.

— Où irez-vous? demanda Sanguineto.

— Je retournerai dans l'asile que jamais je n'aurais dû quitter.

— A Porta-Cœli?

— Et cette fois j'y prononcerai mes vœux.

— Pour moi, s'écria Miguel, je resterai à Madrid, maître ; j'y resterai pour continuer votre œuvre...

— Mon enfant, dit Alonso, quand j'aurai fait vœu d'humilité, crois-le, je ne m'inquiéterai même plus de ce que penseront de moi les hommes!

Sanguineto essaya de maîtriser son émotion, mais il ne put y parvenir, et, se jetant dans les bras d'Alonso, il pleura.

Señor Raphaël, dit Miguel, je vais m'occuper, sans perdre une heure, des préparatifs du départ. Un carrosse sera attelé vers la nuit devant cette porte ; je ne cède à personne le droit d'accompagner et de protéger mon maître.

Alonso, plus pâle que jamais, se tourna vers le jeune homme.

Dans chacune de ses mains il tenait une des mains de Sanguineto et de Miguel ; ses regards troublés allaient de l'un à l'autre ; un combat violent se livrait dans son âme. Il n'osait parler, et cepen-

dant un lourd secret pesait sur son cœur. Enfin, rapprochant de lui
ces deux êtres sur lesquels il savait pouvoir compter à toutes les
heures de sa vie :

— J'ai dit que je partirais et je partirai! fit-il.

— Quand? demanda Miguel.

— Cette nuit même, dit Alonso.

— Vous êtes plus courageux que je n'osais l'espérer, dit Sanguineto.

— Je partirai, mais j'y mets une condition.

— Laquelle? demanda Miguel.

— Ce n'est pas ce mot-là que j'aurais dû employer, mon cher
enfant. Quelle condition puis-je mettre à votre dévouement? Je voulais dire qu'il me restait un vœu à former, vœu puissant, ardent, dont
la pensée me dévore le cœur, et dont l'accomplissement, loin d'exalter ma douleur, l'adoucira, j'en suis certain !

— Parlez! parlez! s'écria le régidor.

— Eh bien! dit Alonso d'une voix que l'attendrissement troubla
d'une façon singulière, je voudrais revoir la maison que j'ai jadis
occupée à Madrid.

— Cette maison fatale!... dit le jeune homme avec épouvante.

— Oui, répondit Alonso, j'ai besoin d'y retourner, quand ce ne
serait qu'une heure, comme si j'espérais y ressaisir l'ombre du
bonheur à jamais perdu... Vous ne pouvez comprendre cette impérieuse attraction vers un lieu où d'abord tout sembla vous sourire...
où plus tard vous avez ressenti la plus horrible douleur qui puisse
atteindre le cœur d'un homme... Depuis que j'ai quitté cette demeure
je ne songe qu'à y rentrer... Je veux revoir l'atelier peuplé de mes
œuvres; les vivants souvenirs d'une gloire entachée de honte; les
salons, le *patio* où se passa ma vie intime; la chambre où j'ai vu
Mercédès blessée, Mercédès morte...

— Maître, je vous en supplie, dit Miguel, renoncez à satisfaire ce
désir, qui peut avoir de terribles suites; partez immédiatement,
partez sans hésitation, sans regarder derrière vous.

— Non, dit Alonso, non, je n'en aurais pas le courage... Que crains-
tu? Lello Lelli, s'il a quelques soupçons de ma présence à Madrid,

garde au moins un doute dont je bénéficie. Il va s'inquiéter, chercher, je te le concède ; mais avant qu'il arrive à un résultat j'aurai fui sans retour... Qui donc, en admettant qu'on suspecte Sanguineto de ne pas renier mon souvenir, oserait chercher Alonso Cano dans la maison du régidor ? Elle serait la dernière que l'on fouillerait à Madrid. Lello n'a pu me reconnaître sous mon habit de pénitent ; nous lui avons échappé avec un rare bonheur ; de ce côté, pour le présent, nous n'avons rien à redouter.

— Je crains tout pourtant, dit Miguel.

Alonso reprit :

— J'ai conservé la clef de ma maison, je m'y glisserai cette nuit comme un voleur, j'y chercherai les souvenirs d'autrefois et, quand j'aurai pleuré sur les ruines de ma félicité, je reprendrai le chemin de l'exil.

— Je ne permettrai pas une telle imprudence ! dit Sanguineto.

— Si vous me refusez, dit Alonso Cano, je repousse toute idée de fuite, je quitte votre maison afin de ne pas vous compromettre, je me cache dans la plus chétive posada de Madrid, et j'y reste jusqu'à ce qu'on m'en arrache... Mais pendant que je me trouverai en possession de ma liberté, j'irai chaque nuit là-bas, dans la maison du meurtre, afin d'y vivre mes dernières heures...

Sanguineto et Miguel se regardèrent.

Le régidor lui demanda d'une voix tremblante :

— Ce que vous venez de dire, vous le feriez ?

— Oui ! répondit Alonso.·

— Que le ciel vous protège ! ajouta Sanguineto.

— M'aiderez-vous, malgré ce que vous appelez ma folie ?

— Oui, répondit le régidor.

— Miguel, dit Alonso, occupe-toi de trouver un carrosse ; quand tout sera prêt, tu viendras m'attendre, avec la voiture, à dix pas de ma maison.

— Je vous le promets, répondit le jeune homme.

— J'accompagnerai Miguel, dit le régidor.

— Je croirais vous humilier en vous remerciant, Raphaël ; ce que vous faites pour moi, je l'aurais fait pour vous.

Miguel prit son manteau. Le régidor en fit autant.

— Nous allons nous occuper de la chaise de poste, dirent-ils. A onze heures, à dix pas de votre maison...

— Il sera inutile de me prévenir, dit Alonso ; je ferai le guet.

Une minute après, Miguel et le régidor sortaient.

Ils ne s'aperçurent pas qu'un homme marchait, pour ainsi dire, dans leur ombre et les suivait avec persistance. Quand ils furent arrivés dans la cour de l'hôtellerie, dont le propriétaire avait des chevaux disponibles, l'espion se dissimula contre la muraille, et Miguel et le régidor, entrant dans la salle basse, firent leurs conditions, c'est-à-dire qu'ils payèrent sans marchander.

— Soyez tranquille, señor, dit le maître de la posada, l'exactitude est la moindre de mes vertus. Quinze minutes avant dix heures, vous pourrez monter dans la voiture... elle vous appartient avec les chevaux, puisque vous avez tout soldé libéralement, comme un noble caballero.

Les deux hommes se retirèrent tranquillisés.

A peine eurent-il pris le chemin de la maison que l'espion quitta l'ombre protectrice de la muraille.

— Torre, dit-il au cabaretier, connais-tu ce signe ?

— Que trop ! répondit Torre avec les marques d'une frayeur évidente.

— Tu m'obéiras sans réserve ?

— Sans réserve aucune, *santa Virgen* !

— La voiture à l'heure convenue... cinq minutes d'avance, seulement.

— Oui, répondit Torre de plus en plus tremblant... Ma conscience peut être tranquille au sujet du prix reçu pour cette voiture ?

— Tu le garderas pour prix du service que tu rends à une cause sainte.

— Je le garderai, fit Torre avec un soupir d'allégement.

L'esprit un peu calmé par le succès de sa démarche, Miguel et Sanguineto retournèrent auprès d'Alonso. Celui-ci rédigeait une sorte de testament moral, dans lequel il léguait le meilleur de son âme.

— J'ai subi mon épreuve suprême, écrivait-il. J'ai voulu rentrer à demi dans le monde, et le premier homme qui se dresse en face de moi est un ennemi... Là-bas, au fond de la Chartreuse, il me semblait parfois que j'éprouvais un vague regret en songeant aux biens perdus... Quand je vis Miguel, tout mon cœur bondit; Miguel, c'était le passé glorieux, l'art, l'adulation de tous, l'amitié du roi!... Il personnifiait le passé et l'avenir, le noble jeune homme qui voue sa vie à la réhabilitation de son maître... Le ciel voulait sans doute éprouver ma vocation d'une façon certaine, avant qu'il me fût permis de prononcer mes vœux... Je cédai à la tentation de reconquérir les biens perdus, et je vins... C'est volontairement que je rentrerai là-bas, et pour n'en jamais sortir!... Vous, Sanguineto, vous garderez en souvenir de moi le tableau exposé aujourd'hui sur les marches de la cathédrale, et qui ne me semble pas indigne de ce que l'on appelait jadis mon génie...

Alonso posa la plume en voyant ses amis de retour. Voyant ce qui se passait dans l'âme d'Alonso, le régidor ému pressa chaudement la main de son ami.

La nuit descendit rapidement.

L'artiste serra Sanguineto dans ses bras.

— Je ne vous reverrai plus, dit-il; gardez toutes les bénédictions de mon cœur...

Ils se séparèrent.

Alonso s'engagea seul dans les rues de Madrid.

Pendant la journée, elles avaient été le théâtre d'une animation fiévreuse; à cette heure, elles paraissaient tranquilles. La foule occupait les maisons, les hôtelleries. Le repas se prolongeait. La fatigue doublait l'appétit. La gaieté circulait dans tous les quartiers, gaieté sans licence expansive et de bon aloi, que nous ne connaissons point en France et dont nos provinces du Midi nous donnent à peine une idée.

Absorbé dans ses pensées, Alonso Cano s'avançait vers sa maison. Nul n'en avait franchi le seuil depuis le jour où la bière de Mercédès s'en était allée vers le cimetière, où l'artiste avait été entraîné vers la prison, sous la garde de Rosalès.

La clef d'Alonso tourna difficilement dans la serrure. L'artiste

entra, referma la porte sans bruit, comme s'il eût craint de troubler
le silence, et allumant rapidement une torche de cire restée dans un
des bras de bronze du vestibule, il regarda à cette lueur vacillante
les objets qui l'entouraient.

Les statues de l'atelier semblaient autant de fantômes. Le grand
rétable n'étincelait plus comme une chapelle peuplée d'anges et de
saints ; les grands cadres d'or, ternis par la poussière, faisaient à
peine des taches lumineuses dans les ombres tombant de la voûte.
Cette pièce, qui avait été brillante comme la salle d'un palais, paraissait aussi lugubre qu'une tombe. Sur le chevalet se trouvait encore
le portrait inachevé de Philippe IV. Un même jour avait vu l'artiste
tomber du faîte de la grandeur dans un abîme de misère.

Alonso détourna ses regards de cette toile dont l'ébauche paraissait si vivante, et resta longtemps absorbé dans le sentiment d'une
poignante douleur.

— Ah ! néant de la gloire humaine ! s'écria-t-il, faut-il dépenser
sa vie à poursuivre l'exécution des promesses dont tu nous berces,
sans les réaliser jamais !

Il quitta l'atelier et gravit lentement l'escalier.

A mesure qu'il montait, son pas devenait plus lourd, sa tête se
courbait davantage.

La première pièce qu'il traversa fut une salle à manger décorée
de superbes boiseries et de panneaux de ces faïences merveilleuses
dont les Maures avaient décoré l'Espagne, sans jamais apprendre
le secret de leurs couleurs éclatantes et de la fabrication de leurs
émaux.

Que de fois des amis joyeux s'étaient pressés autour de la table
hospitalière ! Que de fois on avait bu au bonheur de Cano et salué
ses triomphes d'artiste !

La place où s'asseyait d'ordinaire Mercédès se trouvait marquée
par sa haute chaise recouverte de cuir de Cordoue. Après avoir travaillé laborieusement, Alonso assis à cette table se reposait des fatigues du jour, racontant à la jeune femme les visites reçues, les
commandes livrées, lui faisant une large part dans ses succès, et
disposant, pour sa parure, de sommes exagérées peut-être, mais

qui prouvaient du moins sa condescendance pour ses caprices d'enfant.

Sur la crédence couverte d'orfèvrerie, il reconnut un vase dont elle avait l'habitude de se servir et un flacon précieux qu'elle remplissait d'eau de rose.

Il détourna la tête, et, quittant la salle à manger, il passa dans la seconde pièce.

C'était le petit salon dans lequel Mercédès avait fait de la musique pour la dernière fois. La guitare dont elle s'était servie se trouvait encore sur un petit meuble d'ébène incrusté d'ivoire. Un ruban traînait sur le tapis, un bouquet flétri tombait en poussière sur un meuble.

Plus loin s'ouvrait la chambre de Mercédès.

Alonso hésita, au moment d'en franchir le seuil. Il écarta les draperies et, avant d'y jeter un seul regard, il fixa la torche de cire dans un flambeau.

La précipitation avec laquelle les derniers événements s'étaient accomplis n'avait pas permis d'effacer de cette pièce toute trace de désordre.

Les écrins vides s'ouvraient encore sur la grande table.

Le crucifix d'ivoire placé au pied du lit de Mercédès rappelait le souvenir des dernières prières; sur un petit meuble, une robe de lampas descendait jusqu'à terre, formant des plis lourds et paraissant modeler la forme indécise d'un corps prosterné.

Le lit, drapé à la hâte de sa courte-pointe de soie, semblait triste comme un catafalque.

Alonso tomba dans un fauteuil en face de ce lit, et s'abandonna à l'amertume de ses souvenirs. Il croyait voir se dresser devant lui Mercédès telle que ses yeux l'avaient contemplée pour la dernière fois, Mercédès pâle de la pâleur de la mort, et dont la poitrine saignait par dix-sept blessures...

Les yeux clos, perdu dans une méditation douloureuse, il mesurait le néant des tendresses humaines, après avoir compté le peu que valent les hommes et la fortune.

Il avait eu raison de l'affirmer à Raphaël Sanguineto : dans cette maison désormais déserte, et qui jadis abritait tant de joies, il dit un adieu sans retour au monde qui l'avait déçu, froissé, brisé ; il éprouvait la sensation terrible d'un homme qui, descendant vivant dans un sépulcre, subirait, volontairement, toutes les transformations de la mort.

Homme, il devait y laisser les derniers lambeaux des passions humaines ; chrétien, il devait s'en échapper, l'âme complètement régénérée.

Les minutes, les heures passaient sans que le malheureux, absorbé dans sa rêverie, sa prière et sa douleur, s'aperçût de leur fuite rapide.

La cloche du couvent voisin, qui jadis réglait les heures de travail des élèves de l'atelier, sonna dans la nuit avec des vibrations qu'Alonso trouva sinistres.

Après avoir compté les coups, il se leva.

— Adieu ! fit-il, adieu à la vie ! Adieu au monde ! Je retourne à Porta-Cœli.

Il colla ses lèvres pâles sur les pieds du crucifix, et prit le flambeau pour quitter l'appartement et descendre l'escalier.

Mais la cire, presque entièrement consumée, laissa échapper une lueur flottante, indécise ; elle vacilla, brilla plus ardente, et s'éteignit subitement.

Ce fut en tâtonnant que l'artiste trouva la rampe.

Arrivé au bas des degrés, il marcha droit vers la porte, qu'il ouvrit, et regarda dans la rue.

Elle se trouvait complètement déserte.

A dix pas de la maison d'Alonso stationnait la voiture.

— Miguel est exact, pensa le peintre.

Il se dirigea vers le carrosse, ouvrit une des portières et monta. A peine s'y trouvait-il assis qu'une main serra sa main avec énergie, une sorte de sifflement servit de signal au cocher, et le carrosse partit au galop.

Presque au même moment, une seconde voiture remplaçait la première à quelques pas de la maison de l'artiste, et un homme qu'à sa tournure on jugeait devoir être jeune se promena de long en large, faisant le guet et donnant de fréquents signes d'impatience devant la demeure d'Alonso Cano devenue silencieuse.

Le carrosse dans lequel se trouvait Alonso traversait la ville avec une rapidité folle. Les places, les rues se succédaient ; mais vainement l'artiste essayait d'arracher une parole à son compagnon, celui-ci demeurait immobile et muet dans l'angle où il s'était réfugié.

Une défiance vague traversa l'esprit du peintre.

— Un mot, dit-il, un mot, par pitié, Miguel !

Nul ne répondit.

L'artiste se pencha à la portière, et, à la lueur d'une lampe brûlant devant une statuette de la Vierge, il lui sembla voir se dresser devant lui un bâtiment immense et sombre dont la forme vague l'effraya.

Il n'eut pas le temps de formuler ses craintes ; le carrosse venait de s'arrêter, mais personne ne vint ouvrir la portière, qui résista quand l'artiste voulut descendre. La grande porte du bâtiment inquiétant, placé en face de lui, roula sur ses gonds et la voiture pénétra dans une cour intérieure.

.— Trahi ! s'écria d'une voix brisée Alonso Cano ; je suis trahi !...

. Au même instant, les deux portières s'ouvrirent à la fois, la cour s'illumina et une voix cria :

— Descendez !

Alonso sauta à terre,

Alors, regardant autour de lui avec une épouvante mêlée d'horreur, il répéta :

— La prison ! la prison !

Le juge Rosalès venait de prendre sa revanche.

Il n' approchait d'Alonso qu'avec crainte. (*Voir page* 194.)

XVII

LA TORTURE

Le cachot était un des plus sombres de la prison de Madrid ; il ne

Il u' approchait d'Alonso qu'avec crainte. (*Voir page* 194.)

XVII

LA TORTURE

Le cachot était un des plus sombres de la prison de Madrid ; il ne laissait pénétrer ni jour ni air ; ce n'était pas même une oubliette, mais un trou noir, une fosse immonde. Aucun bruit n'y parvenait. Creusé à l'extrémité d'une sorte d'entonnoir, il se trouvait isolé de toutes les cellules des accusés. On eût dit le dernier échelon de l'enfer humain. Quand le guichetier en ouvrait la porte, une fois par jour, on ne distinguait rien d'abord dans la nuit profonde. Le reflet de la lampe se projetant enfin dans l'angle de cette misérable tanière, on entrevoyait vaguement une forme humaine blottie contre la muraille, et dont les jambes s'ankylosaient dans l'humidité et l'immobilité.

Le prisonnier, qui pendant les premiers jours de son arrestation avait demandé avec insistance à parler à ses juges, comprenant sans doute l'inutilité de ses prières, gardait un mutisme complet ; il ne rompait plus le silence commandé par le règlement, et peut-être se fût-il imaginé avoir perdu l'habitude de la parole si, de temps à autre, quand il se trouvait seul, il n'eût exhalé de longues plaintes et prononcé de ferventes prières.

Dieu seul connaissait la grandeur de son épreuve et l'excès de son désespoir ; et sans doute Dieu se servait de la douleur pour l'épuration de cette âme.

Le geôlier, surpris d'abord de la docilité de ce captif, s'était demandé si cette résignation apparente ne cachait pas une révolte et, pour parer à toute éventualité dangereuse, il n'approchait d'Alonso qu'avec crainte et un poignard à la main.

Il était depuis quatre mois enseveli dans cette tombe, lorsqu'un matin des cliquetis d'armes se mêlant au murmure de voix, étouffées par les grandes voûtes surbaissées, vinrent le tirer de son lourd sommeil.

La porte du cachot cria sur ses gonds rouillés.

Trois falots jetèrent dans les ténèbres une clarté rougeâtre, une demi-douzaine de soldats se rangèrent le long du mur faisant face au condamné, puis deux hommes vêtus de noir entrèrent.

L'un d'eux était Rosalès, le second un greffier destiné à enregistrer les réponses du prisonnier.

En voyant paraître le juge, dans lequel il trouvait un persécuteur, les yeux du prisonnier lancèrent des flammes ; il fit un effort pour arracher ses mains de leurs entraves; mais, reconnaissant qu'il ne pouvait lutter contre la force, il attendit en silence la communication que le magistrat devait avoir à lui faire.

— Alonso Cano, lui demanda celui-ci, êtes-vous décidé à entrer dans la voie des aveux que la justice réclame vainement de vous depuis quatre mois?

— J'ai à répéter mes protestations d'innocence, répliqua l'artiste avec une énergie que l'on ne se fût pas attendu à trouver dans ce corps brisé.

— De quoi vous sert une criminelle obstination? demanda Rosalès. Tout vous accuse, depuis les circonstances qui précédèrent le meurtre de votre femme Mercédès jusqu'à votre fuite.

— Je suis innocent, répondit Alonso Cano d'une voix douce.

— Vous persistez à accuser Lello Lelli?

— J'y persiste.

— Quel intérêt avait-il à commettre ce meurtre?

— Un double intérêt: il s'emparait des diamants de ma femme qui étaient fort beaux, et tirait de moi une éclatante vengeance.

— Tant de sang pour une si petite offense?

— Lello est Italien.

— Si quelque chose pouvait rendre votre situation plus dangereuse, ce serait de voir avec quelle animosité vous chargez un jeune homme dont le seul crime consiste à avoir tiré l'épée dans votre atelier... Il est vrai d'ajouter que tout duel vous rappelait la mort du malheureux Sébastien Llano y Valdez.

A ce souvenir, Alonso Cano trembla de tous ses membres.

— Ce fut là l'homicide! dit-il.

— Vous dites avoir tenté de prouver le crime de Lello Lelli; mais comment l'auriez-vous pu faire? vous n'avez pas quitté la maison de Sanguineto.

— Miguel veillait pour moi.

— Miguel est arrêté, dit Rosalès.

— Arrêté! s'écria Cano, arrêté! lui, le plus généreux, le plus dévoué des hommes!

— Arrêté comme suspect d'avoir voulu, une fois de plus, aider à votre évasion.

— Pauvre noble Miguel! fit Alonso.

Il resta un moment plongé dans une rêverie douloureuse, puis il ajouta :

— Et mon ami Raphaël?

— Le régidor est également en prison.

— Je serai fatal à tout ce qui m'a aimé! fit Alonso.

— Il est un moyen de leur rendre à tous deux la liberté, reprit Rosalès.

— Lequel? Oh! dites-moi, lequel?

— Avouez votre crime.

— Je vous ai dit que je suis innocent.

— Tous les criminels affirment la même chose... Si vous étiez innocent, vous le prouveriez, en racontant l'emploi de votre nuit du 24 juin...

— Je ne le puis pas encore.

— Y a-t-il donc une date fixe qui vous délivrera de la loi du silence?

— Oui, répondit Alonso.

— Laquelle?

— La perte de mon bienfaiteur.

— Le comte d'Olivarès!

— Oui, seigneur juge ; mais je professe pour lui trop de gratitude pour souhaiter d'entendre sonner l'heure de sa déchéance.

— Écoutez, dit Rosalès, depuis quatre mois vous subissez interrogatoire sur interrogatoire, sans vous démentir et sans varier dans la trame très bien ourdie de vos mensonges... Vous souffrez sans nul doute ici des fers rivés à vos mains, à vos pieds, de l'humidité de ce cachot, de l'insuffisance de la nourriture ; mais vous espérez qu'on finira par vous oublier...

— Les autres juges m'oublieraient, Rosalès ; vous vous souvenez, vous!..

Le visage bilieux de Rosalès se couvrit d'une rougeur ardente...

— La longanimité du roi, sollicitée par le protecteur dont vous parliez tout à l'heure, vous défendait... Mais d'Olivarès ne protège plus personne... Convaincu d'avoir prêté les mains pour soutenir les ambitions de la maison de Bragance, d'avoir échafaudé sa fortune aux dépens des malheureux, et trahi le maître qui daignait le traiter en ami, il a dû s'enfuir d'Espagne pour éviter le dernier supplice...

— Mon Dieu! mon Dieu! murmura Alonso Cano.

— Rien ne vous empêche plus de parler, dit Rosalès.

— Je ne vous crois pas, répondit Alonso.

— Vous aurez demain la certitude de ce que j'avance.

— Alors je parlerai, dit Alonso; je dirai qu'entraîné par une reconnaissance dont je ne saurais méconnaître les droits, j'ai passé cette nuit terrible dans une misérable maison de Madrid, avec deux jeunes gens que je me sentais, dans ma conscience, l'obligation de secourir et de sauver.

— Leurs noms? demanda Rosalès.

— Vous oubliez, seigneur juge, que je n'ai point la certitude de la disgrâce du comte d'Olivarès, marquis de San Lucar.

Il ajouta ensuite avec mélancolie :

— Cette vérité, que j'aurais le droit de révéler, vous ne la croirez pas.

— Vous l'appuierez de témoignages.

— Les preuves manqueront.

— Vous dites la justice farouche et cruelle; écoutez cependant un conseil, Alonso Cano : avouez votre crime, et la bonté du roi fera descendre la peine autant qu'il lui sera possible. Sa Majesté Catholique peut même vous faire grâce entière... Mais souvenez-vous que je fais en ce moment près de vous une suprême tentative; si vous refusez d'avouer, si le scribe chargé d'enregistrer vos réponses n'inscrit pas un aveu complet et formel, ce ne seront pas les hommes qui vous interrogeront.

— Qui donc? demanda Alonso.

— Les tortionnaires.

Un gémissement sourd fut la seule réponse de l'accusé.

Rosalès disait la vérité en affirmant que le comte d'Olivarès était en fuite. Aussitôt la disparition du protecteur d'Alonso, le juge indigne était accouru auprès de Philippe IV, afin d'en finir avec le procès d'Alonso Cano.

— N'est-il point terminé? demanda le roi.

— Le comte d'Olivarès protégeait fort Alonso.

Le roi fronça les sourcils.

— Vous n'avez aucune preuve contre cet artiste? demanda-t-il.

— Aucune.

— Renvoyez-le absous, alors.

— Il reste auparavant une formalité à remplir.

— Remplissez-la, dit brièvement Philippe IV, et qu'on ne m'en parle plus.

— Il sera fait suivant le désir de Votre Majesté, dit Rosalès, et pour cela il manque une seule chose à ce parchemin...

— Laquelle?

— Votre signature.

Le roi parcourut rapidement le parchemin des yeux.

— La torture! fit-il, la torture!

— C'est la loi, dit froidement Rosalès.

— Pas cela! non, pas cela! N'est-il pas de moyens plus doux?

— Ils ont tous échoué, Sire...

— Eh bien! puisqu'il nie, puisque les preuves manquent, renvoyez-le...

— Et avec lui, sans nul doute, tous les misérables emplissant aussi les cachots, et niant comme Alonso leur culpabilité?

— Rendre des voleurs, des brigands à la liberté?

— Si on libère les assassins, Majesté, pourquoi non?

— C'est horrible, horrible! répéta le roi. Un homme dont j'ai serré la main, un grand artiste dont les toiles décorent les églises, dont les statues sont les merveilles de la sculpture espagnole ; je ne peux pas, je ne veux pas signer...

Rosalès s'inclina avec une affectation de soumission :

— Dois-je prévenir le ministre que Votre Majesté ordonne l'élargissement de tous les prisonniers?...

— Non! Rosalès, non! En vérité, la responsabilité qui pèse sur moi m'épouvante... Se montrer trop indulgent envers les criminels n'est pas mieux comprendre les intérêts de la justice que d'être sans pitié pour les malheureux... Allons! souvenons-nous que le titre de don Pèdre à la renommée fut de s'appeler le *Justicier*... Rosalès, si vous ne pouvez soustraire Alonso à cette loi dont je maudis la rigueur, employez du moins avec lui tous les ménagements de la pitié... Tentez un dernier effort pour obtenir un aveu... Je lui enverrai mon propre confesseur... Enfin, si son corps doit souffrir, afin que l'aveu de son crime s'échappe de ses lèvres, je défends, entendez-vous, je défends d'une façon formelle, absolue, que l'on touche à la main droite d'Alonso, cette main que j'ai pressée et qui a créé d'immortels chefs-d'œuvre !

Philippe IV couvrit ses yeux de sa main et poussa un gémissement.

Quand il releva la tête, Rosalès était parti, emportant l'ordre de soumettre Alonso à la torture.

Le juge, qui tenait enfin sa vengeance, ne voulut perdre ni une heure ni une minute; il craignait une révocation de l'ordre du roi, une démarche de Gaspardo del Roca pour sauver l'artiste de la torture.

Rosalès le croyait-il coupable? Ce secret restait entre lui et Dieu ; mais ce dont il se tenait pour sûr, c'est qu'innocent ou criminel Alonso ne sortirait de cette terrible épreuve que brisé dans ses membres ou flétri dans son honneur.

En apprenant cette nouvelle, transmise par le juge avec une froideur masquant à peine une joie cruelle, Alonso Cano rappela dans son âme le courage qui naît de l'innocence; il roidit ses muscles pour se sauver des défaillances de la chair, et se levant du sol, il resta un moment debout, fixant sur Rosalès un regard dont l'éclat fit baisser les yeux du misérable.

— Je suis prêt, dit-il.

Rosalès fit signe aux porteurs de torches de sortir du cachot et, une minute après, Alonso, accompagné du gardien, monta l'escalier en vis allant de son cachot à d'autres chambres souterraines.

Nous avons dit que la prison d'Alonso se trouvait à l'extrémité de la spirale en entonnoir descendant jusqu'aux entrailles de la terre. Il put donc gravir plus de cent marches sans se trouver au niveau du sol.

Un vaste carré, sur lequel s'ouvraient deux portes, se trouvait à l'extrémité du premier escalier. Un second commençait en face.

Ce fut la porte placée à gauche qu'ouvrit le gardien. Les soldats y poussèrent Alonso Cano.

Quant à Rosalès, à peine l'eut-il franchie qu'il disparut ainsi que le scribe qui venait d'enregistrer les réponses de l'accusé.

D'abord, Alonso Cano ne distingua rien. Il eut seulement la sensation de pénétrer dans une salle immense. Lui qui habitait un cachot depuis quatre mois, il comprit à la circulation de l'air que la pièce était vaste, haute et voûtée. Les torches des soldats jetaient à peine des lueurs tremblotantes; des hommes habillés de cuir les prirent de leurs mains, et les soldats sortirent.

Alonso éprouva un frémissement de terreur.

Ces soldats étaient des hommes. Il avait conscience qu'autour de lui il ne restait plus que des bourreaux.

La voix de Rosalès s'éleva à quelque distance, et cependant, en tournant la tête, il fut impossible à Alonso de l'apercevoir.

Presque au même moment un reflet rouge rasa le sol aux pieds de l'artiste, et il vit qu'un grand rideau noir séparait en deux la pièce dans laquelle il se trouvait. C'est au-dessous de ce rideau que passait la lueur rouge.

Tout à coup les tentures s'écartèrent, et Alonso reçut l'impression que nous cause la vue subite d'un incendie.

Au fond de la seconde moitié de la salle des tortures, une fournaise était allumée, et, debout auprès, deux hommes, éclairés d'une façon fantastique par les rouges reflets de la flamme, y plaçaient, sur un lit de charbons incandescents des pinces et des barres de fer.

A quelques pas, un nain difforme emplissait des brocs d'eau.

Plus loin, deux colosses montaient les vis d'un chevalet de bois.

Le long des murailles pendaient des instruments étranges, se dessinant d'une façon vague, et dont la destination semblait un épouvantable mystère.

Assis près d'une table, sur laquelle se trouvaient deux flambeaux de fer soutenant deux chandelles de cire, Rosalès et le greffier gardaient leur impassabilité habituelle.

On laissa quelque temps le regard d'Alonso se fixer sur chacun des objets sinistres appendus aux murs de la chambre souterraine.

Quand le juge pensa que le malheureux avait reçu de ce spectacle une poignante impression, il dit à l'un des hommes occupés à tourner les vis du chevalet :

— Qu'on détache les fers du captif !

Alonso s'assit sur un escabeau, et on lui enleva successivement les anneaux comprimant ses chevilles et ses poignets.

Il détira ses membres endoloris et, malgré son courage, il eut un frémissement d'horreur en songeant que, dans une minute, le fer, le bois et le feu s'uniraient pour sa torture.

Alonso Cano, demanda Rosalès, avez-vous réfléchi, et voulez-vous avouer le crime exécrable dont vous devez rendre compte à Dieu et aux hommes?

— Je suis innocent! répondit Alonso.

Une confession pleine d'humilité est un acheminement vers le repentir... Les juges peuvent se montrer indulgents, le roi peut faire grâce...

— Je suis innocent! répéta Alonso.

— Alors, apprêtez-vous à souffrir dans votre corps une douloureuse épreuve.

— Je l'accepte comme un martyre. Jésus aussi était innocent quand on le remit entre les mains des bourreaux.

Et apercevant un grand crucifix suspendu à la muraille nue :

— J'en appelle à toi! dit-il avec une ferveur exaltée. Je ne suis plus un homme, mais un ver, un malheureux dont les tourmenteurs vont faire un objet de dégoût et de pitié... D'avance, à tes pieds, je désavoue les paroles imprudentes que pourrait m'arracher la torture... Je suis innocent, mais ma faiblesse est grande.... Si je triomphe de cette épreuve, je fais vœu de te consacrer sans retour ma vie et mon âme, de fuir un monde qui m'a déçu, trompé, torturé, et de me donner à toi pour vivre dans la pauvreté et la pénitence.

Les bourreaux eux-mêmes n'avaient osé troubler cette invocation suprême.

Le greffier achevait de l'écrire, quand Rosalès lui demanda :

— Que faites-vous donc ?

— Je garde le souvenir de la prière d'Alonso Cano.

— Vous l'effacerez, dit Rosalès, je le veux !

Puis le juge ajouta, en se tournant vers les deux hommes debout de chaque côté du chevalet :

— Faites !

En un moment, Alonso fut saisi, porté, lié sur un assemblage de pièces de bois, dont chacune avait sa destination. On s'empara successivement de ses jambes, puis de son bras gauche, des planchettes retenues par des courroies de cuir furent solidement bouclées ; l'un des tourmenteurs saisit un maillet, puis un coin et, plaçant le coin entre les planchettes, il l'enfonça d'un grand coup de maillet.

— Avouez-vous ? demanda Rosalès.

— Je suis innocent ! répondit Alonso ; mon sang retombera sur vous.

— Le second coin ! dit froidement le juge.

Un coup de maillet le fit entrer à côté du premier, et un gémissement s'échappa des lèvres du supplicié.

— Mon Dieu ! dit-il.

Ce fut tout.

Rosalès tremblait de rage.

— Le troisième coin ! dit-il.

Le médecin s'approcha d'Alonso et lui tâta le pouls.

Il se sentait saisi d'une pitié profonde. Instinctivement, il devinait que le juge poursuivait une vengeance particulière, au lieu de chercher dans cette cause la connaissance de la vérité.

— Le prisonnier est bien faible, dit-il.

— Le son de sa voix prouve trop de vitalité pour qu'il ne puisse pas endurer le troisième coin. Docteur, prenez garde ! l'excès de compassion à l'égard d'un criminel endurci peut vous mettre en suspicion.

Sur un signe de Rosalès, un des tortionnaires prit le troisième coin.

Alonso resta les yeux fermés.

Il se sentait les membres disjoints, rompus, broyés. Son cœur battait par saccades ; il lui semblait qu'il allait éclater dans sa poitrine.

Quand le troisième coin s'enfonça, un grand gémissement s'échappa des lèvres décolorées du supplicié.

— Avouez-vous ? demanda Rosalès.

— Dieu sait que je suis innocent ! je le supplie de me prendre en sa miséricorde. Ce n'est plus la torture, c'est la mort.

—Misérable assassin ! cria Rosalès, il faudra bien que tu avoues ton crime.

Et, se levant, il s'adressa aux deux hommes restés debout près de la fournaise.

— Les tenailles ! dit-il, les tenailles rouges !

Au même moment, un grand bruit retentit dans l'escalier.

Les piques des soldats résonnaient sur les dalles, des voix confuses s'y mêlaient et, les dominant toutes, on entendit un verbe impérieux crier :

— Ordre du roi ! ordre du roi !

Puis une voix plus jeune ajouta :

— Alonso ! Alonso ! mon maître !

Le torturé venait de reconnaître Miguel.

Avant que Rosalès fût revenu de sa surprise, avant que les bourreaux eussent achevé de délier les courroies maintenant dans les ais les jambes d'Alonso Cano, le juge Gaspardo del Roca et Miguel pénétraient dans la salle des tortures.

— Que voulez-vous ? demanda Rosalès devenu blême.

— T'arracher ta victime, misérable ! Tu reconnais cette signature, ce sceau ?...Philippe IV.....

— Le roi lui fait grâce ? demanda Rosalès.

— Il lui rend justice ! répondit del Roca.

Pendant ce temps, Miguel soutenait dans ses bras le malheureux torturé que l'on se disposait à porter sur un matelas de cuir.

— Mon maître ! mon maître vénéré ! disait Miguel à genoux, nous vous sauverons ! L'Espagne tout entière se lèvera pour vous témoigner son admiration et ses regrets. J'ai toujours cru que vous étiez innocent ; le roi, la cour en sont sûrs aujourd'hui.

— Qui donc opéra ce miracle ?

— La sœur de Sébastien Llano y Valdez.

— Elle est à Madrid ?

— Depuis ce matin, vous cherchant, vous demandant... elle a tout appris... Alors, courant chez Gaspardo del Roca, elle lui a raconté le complot formé par son mari et un parti de jeunes nobles contre le puissant duc d'Olivarès... votre dévouement, votre générosité... Gaspardo, sans perdre une minute, a couru chez le roi, et celui-ci a signé l'ordre de votre élargissement... Malheureusement, la haine de cet homme l'avait porté à devancer, contre toutes les habitudes, toutes les lois, les heures et les règlements de la justice suprême... Mais vous serez vengé, mon maître, et la disgrâce de Rosalès...

— Je ne veux pas de vengeance, dit Alonso d'une voix faible; j'ai bien trop souffert pour ne pas avoir appris à pardonner... Dussé-je mourir des suites de cette horrible épreuve, je mourrai paisible, réconcilié avec les hommes et plein de confiance dans la bonté de Dieu !

Mais Gaspardo del Roca avait sans doute des ordres précis.

— Dans quel cachot aviez-vous enfermé Alonso Cano ? demanda-t-il au gardien.

— Dans le dernier, seigneur juge.

— Le plus noir, le plus petit, le plus infect, sans doute ?

— J'avais des ordres... répondit le guichetier en désignant Rosalès.

— Vous ne recevrez plus que les miens... Cet homme, ce juge prévaricateur, au cachot d'Alonso !...

Et avant que le martyr, étendu sur le matelas de cuir, eût le temps de demander la grâce de son bourreau, les soldats l'avaient entraîné hors de la salle des tortures.

Je fais mes adieux à ce monde, Sire. (*Voir page* 215.)

XVIII
LE PRÉSENT DU ROI

Encore une fois, l'atelier d'Alonso était ouvert à tous. Il avait re-

Je fais mes adieux à ce monde, Sire. (Voir page 215.)

XVIII

LE PRÉSENT DU ROI

Encore une fois, l'atelier d'Alonso était ouvert à tous. Il avait repris cet aspect original et grandiose qui en faisait un des salons les plus merveilleux de Madrid, et un centre artistique n'ayant rien qui pût lui être comparé, si ce n'est le palais de Velasquez, ménagé dans le palais même du roi.

Des soins intelligents, dus à l'affection plus qu'à un zèle mercenaire, avaient remis en lumière les toiles merveilleuses, et la grande verrière versait à pleins rayons des clartés dorées sur les chefs-d'œuvre épars dans cette immense galerie.

Du sein de niches fleuries, sous des arcades légères, au-dessus de chapiteaux élégants comme des corbeilles, des statues de saints, des figures d'anges, des théories de vierges étaient disposées en galeries. Une madone de haute envergure dominait l'ensemble de ces chefs-d'œuvre, et l'expression à la fois vivante et divine de son visage imposait le besoin de prier à ceux qui l'admiraient.

La peinture, prêtant son concours à la sculpture, doublait la vie des saints personnages, et la clarté magnifique d'une belle journée de soleil, frappant en plein cette conception grandiose, répandait sur l'atelier un double rayonnement.

Le long des murailles, d'immenses esquisses, largement peintes, déployaient leurs saintes épopées. Sur les chevalets, de grandes toiles inachevées attendaient de la main de l'artiste le coup de brosse final et une d'elles, représentant l'âne de Balaam, émerveillait par la puissance de son coloris, la grâce exquise de l'ange et l'expression de la figure du prophète.

Alternant avec les toiles, tout ce monde de statuettes rangées sur des fûts, dressées sur des piédestaux, jetait une animation extraordinaire. On sentait là le génie de la création couler à pleins bords en flots pressés et tumultueux.

Non loin de ces œuvres que le ciseau ne devait plus retoucher, des terres glaises enveloppées de linges humides ébauchaient leurs formes vagues, et des cires rouges fines autant que des camées attendaient la dernière retouche.

Les ciseaux, les pinceaux, l'ébauchoir et le maillet fraternisaient dans l'atelier, comme aux beaux jours d'autrefois.

De grands vases remplis de fleurs rompaient de leur grâce le grandiose de cet atelier, magnifique comme un temple et dans lequel il semblait que l'art ne dût entendre que le bruit léger de la muse espagnole, allant de l'un à l'autre des élèves d'Alonso Cano pour les encourager ou opposer la leçon à l'éloge.

Afin de consoler tout de suite le regard d'Alonso Cano en lui permettant de se reporter sur les œuvres de son génie, on avait dressé son lit à l'extrémité de l'atelier. C'était, du reste, moins un lit qu'un entassement de matelas de soie, de coussins; une moustiquaire l'entourait la nuit; durant le jour, les draperies relevées projetaient à peine une ombre sur la figure de l'artiste.

A peine Gaspardo del Roca et le devoué Miguel eurent-ils exécuté l'ordre du roi, en faisant rendre la liberté à Alonso Cano et en plongeant Rosalès dans la nuit du cachot d'où sortait l'artiste, qu'un médecin fut chargé de donner ses soins au torturé.

Ce fut celui-là même qui avait, pendant l'horrible scène que nous avons décrite, en en adoucissant les horreurs sanglantes, témoigné une grande pitié à Cano; il déploya tout son zèle et toute sa science pour guérir les cruelles blessures des jambes et du bras gauche de l'infortuné.

Les plaies furent lavées avec un vin aromatisé, des attelles maintinrent les membres dans une situation normale, régulière; des bandelettes empêchèrent les mouvements. Il fallait laisser à la nature le soin et le temps de réparer d'affreux désordres. Les os devaient se ressouder, les chairs renaître. Rien ne semblait désespéré, et Végo, le savant homme, promit à Alonso Cano qu'il lui rendrait, à la fois, l'usage de ses deux jambes et de son bras gauche.

Quand ce long pansement eut été fait d'une façon régulière, Alonso Cano, transporté sur les bras de Gaspardo et de Miguel, attendit, dans une des salles de la prison haute, que sa maison fût rendue habitable et que le repos lui eût donné la force nécessaire pour supporter les fatigues de la route.

Une civière fut préparée à cet effet. Depuis que le bruit de ces événements s'était répandu dans la ville, tout ce que Madrid renfermait d'hommes considérables, de femmes compatissantes avait été prendre des nouvelles du malheureux. La cité tout entière

croyait devoir une réparation à cet homme de génie, si cruellement atteint dans son âme et tourmenté dans son corps.

Aussi, quand les portes de la prison, roulant sur leurs gonds,
laissèrent voir la civière sur laquelle se trouvait étendu Alonso
Cano, des cris de pitié et d'enthousiasme s'élevèrent de la foule.
Elle fit une ovation à ce malheureux : les sanglots s'unissaient
aux souhaits de longue vie, les femmes arrachaient les œillets et
les grenades dont elles ont l'habitude d'orner leurs coiffures, pour
les jeter sous les pas des porteurs de la civière d'Alonso. Le dévouement de Miguel recevait une juste récompense, et l'on ne craignait pas de souhaiter le *garrote* à Rosalès, afin de lui voir expier
sa haine.

Pendant ce temps, Alonso, la tête renversée sur les oreillers,
pâle, immobile, les yeux vivants au milieu d'une cadavérique pâleur, ressentait la seule consolation qu'il pût éprouver en ce monde :
celle de rallier à lui tous les honnêtes gens de la capitale, où, ce
jour-là, il se trouvait réellement plus roi que le roi lui-même.

Le groupe des élèves de Cano suivait le maître : Bartholomeo
Roman, Pedro Castillo, tous ceux qui s'étaient fait gloire d'étudier
son enseignement.

Seul, Lello Lelli manquait au cortège, et l'on se répétait avec
dégoût et mépris qu'à cette heure même il jouait dans une maison
de bas étage, prophétisant à tous qu'Alonso ne survivrait jamais
à l'horreur de ses blessures.

Quand l'artiste se trouva devant sa maison, toutes les têtes se
découvrirent. Les cloches du couvent voisin sonnaient à toute
volée, et il sembla au peuple que cette voix de bronze les conviait
à la prière pour le salut de celui qui avait failli laisser sa vie entre
les mains de ses bourreaux.

Une invocation fervente confondit les cœurs et les pensées, et ce
fut au milieu de ce pieux recueillement qu'Alonso Cano passa le
seuil de sa demeure.

Miguel s'était chargé de l'arrangement intérieur.

La vieille Juana, la nourrice dévouée de Mercédès, était rentrée
dans la maison de deuil. Elle reçut son maître à genoux.

Une heure après, Alonso Cano se trouvait couché dans son atelier.

L'angélique patience qu'il montra pendant de longs mois de traitement fit l'admiration de tous.

Il passait des heures entières en conférence avec des prêtres, des moines, et un jour l'Abbé de la Chartreuse de Valence se fit annoncer chez lui.

— Je savais bien que je devais vous revoir, lui dit Alonso.

Quand le vieillard le quitta, une auguste sérénité régnait sur le pâle visage du martyr.

Chaque jour il recevait ses amis. Velasquez fut un des plus assidus, et la belle señora, fille du vieux Pacheco, ne manqua jamais d'accompagner son mari. En la voyant si pleinement heureuse, si fière de sa beauté, de sa parure, Alonso ne pouvait s'empêcher de se souvenir que la pauvre Mercédès avait grandement jalousé les robes de brocart et les colliers d'or de la compagne du favori de Philippe IV.

Celui-ci envoyait régulièrement prendre des nouvelles du blessé. Il ne vint pas lui-même, pendant tout le temps que dura pour Alonso l'impossibilité de se lever. Peut-être le roi se sentait-il de trop cuisants regrets pour regarder l'artiste sur son lit de souffrance. Mais dès que le peintre put se tenir debout, dès qu'il eut la force de reprendre ses pinceaux, Philippe IV fit demander à Alonso Cano s'il pouvait continuer le portrait commencé le jour même où Mercédès tomba sous les coups d'un assassin.

— Répondez au roi que je suis à ses ordres, dit Alonso avec douceur.

Comme trois ans auparavant, au moment où le carrosse royal s'arrêta devant la porte de la maison de l'artiste, les élèves se rangèrent sous le vestibule; appuyé sur l'épaule de Miguel, Alonso Cano s'approcha lentement de son royal maître.

En apercevant le grand artiste, le roi et la reine ne purent maîtriser un mouvement de douleur.

Ils avaient peine à reconnaître, dans cet homme exténué et d'une pâleur livide, celui qu'ils avaient connu dans tout le feu de la jeu-

nesse et de l'enthousiasme, robuste de corps, puissant d'esprit, ac-
cueillant l'espérance avec des sourires, et trouvant, dans la louange
des hommes, une consolation à de secrètes douleurs. Alonso Cano
s'avança et, avec ce même respect que nous l'avons vu déployer le
jour où Philippe IV vint pour la première fois dans son atelier, il
s'inclina, puis il fit un effort pour mettre un genou en terre.

Il n'y put réussir, et la douleur lui arracha un cri.

Ce fut au tour du roi de devenir plus pâle qu'Alonso.

Le monarque fit évidemment un effort pour garder son sang-froid.
Il n'entrait pas dans ses intentions de revenir ce jour même sur les
événements douloureux qui s'étaient passés. Il craignait de raviver
chez Alonso des émotions douloureuses, et d'agir d'une façon nui-
sible sur une organisation brisée par tant de chocs successifs.

Philippe IV s'approcha du portrait dont l'ébauche restait sur le
chevalet, à la même place où Cano l'avait placée quatre ans auparavant.

— Vous sentez-vous assez fort pour reprendre cette œuvre? demanda le roi.

L'artiste sourit avec une tristesse qui n'était pas exempte de raillerie.

— Ma main droite a toujours la même fermeté... Il y a six mois
à peine, d'ailleurs, que je suis inactif.

La séance fut longue. Philippe IV multipliait les efforts et la
bonne grâce pour chasser la tristesse du front d'Alonso; il faisait
sans cesse des allusions à l'avenir, il le montrait pour l'artiste plus
magnifique que ses rêves n'avaient pu l'attendre. Chacune de ses
paroles cachait une promesse.

On sentait que le souverain brûlait du désir de réparer ses torts
et de soulager le malheur d'Alonso. Celui-ci ne paraissait comprendre aucun des conseils du roi, et ne pas en entendre les encou-
ragements flatteurs. On eût dit que son âme habitait une région
plus sereine que celle de ce monde et qu'il ne daignait plus lui faire
abandonner les hauteurs célestes pour se mêler à ceux qui souf-
fraient, à ceux qui s'enthousiasmaient encore pour des biens péris-
sables et des bonheurs passagers.

Ce n'était pas seulement le calme qui se reflétait sur le visage de Cano, mais une sorte de joie intérieure dont le reflet illuminait sa physionomie.

Philippe IV considérait l'artiste avec un profond étonnement. Il s'était attendu à trouver un homme drapé dans sa douleur comme dans un manteau, attendant, pour ainsi dire, les excuses de son souverain; il rencontrait au contraire un être simple et doux, plus humble que par le passé, et dont les traits avaient la placidité de tous ceux à qui la terre sert de marchepied pour s'élever plus haut.

Du reste, Alonso avait eu raison de le dire, son talent conservait toute sa puissance; une sorte de grâce mélancolique ajoutait à sa valeur quelque chose d'indéfinissable. Sans être capable de s'en rendre compte, Alonso changea le caractère du portrait du roi. Des nuances l'adoucirent. Il répandit sur la physionomie de ce prince la mélancolie des futures douleurs.

Et comme le roi s'étonnait de voir les progrès accomplis par Cano en une seule séance :

— Autrefois, lui dit celui-ci, je peignais avec mon esprit; maintenant je peins avec âme.

Quand le jour baissa dans l'atelier, Philippe IV se leva et dit à l'artiste :

— N'avez-vous rien à me demander?

— Beaucoup de choses, au contraire, puisque Votre Majesté m'autorise à parler.

— Non seulement je vous autorise, mais je promets d'avance...

— Alors, Sire, vous signerez la grâce de Rosalès...

— Un misérable qui vous a poursuivi de sa haine !

— Il croyait agir dans l'intérêt de la justice.

— Détrompez-vous, Gaspardo del Roca m'a tout dit... Rosalès avait jadis demandé Mercédès en mariage; il poursuivait en vous un rival heureux.

— Dieu lui fasse miséricorde comme je lui pardonne !

— Vous maintenez votre demande?

— J'insiste doublement pour qu'elle soit exaucée.

— C'est trop de vertu ! s'écria le roi.

— Que Votre Majesté veuille bien comprendre que c'est l'observation stricte de la loi.

— Soit, dit Philippe IV : Rosalès sera libre.

— Je remercie humblement Votre Majesté.

— Est-ce tout ?

— Miguel s'est dévoué pour moi comme un fils; veuillez reporter sur lui une part de votre royale bienveillance et lui confier des travaux qui lui permettent de montrer ce qu'il peut.

— Il décorera une salle du palais.

— Votre Majesté me comble, dit Alonso.

— Et cependant, je le vois, vous ne vous tenez pas pour satisfait?

— Je l'avoue.

— Que vous faut-il encore?

— Votre Majesté connaît mon passé, elle sait dans quelles circonstances j'ai quitté Grenade...

— Éloignez ces souvenirs, Alonso, de grâce!

— Au contraire, je me dois et je dois aux autres de ne jamais les effacer de ma mémoire... Quand Sébastien Llano y Valdez tomba sous mon épée, sa sœur restait orpheline... Elle a épousé un brave jeune homme que le soin de la prospérité de l'Espagne et un amour passionné pour le roi jetèrent dans une conspiration contre le comte d'Olivarès.

— Ne me parlez jamais de lui! dit Philippe IV d'une voix sévère.

— Je me souviens de son nom, et je n'ai pas le droit de l'oublier. Je dois à celui que trop d'orgueil a perdu l'honneur d'avoir été présenté à Votre Majesté.

Je ne sais du marquis de San Lucar que sa disgrâce... Je me dois de lui rester fidèle... Le mari d'Inès Llano y Valdez haïssait le favori, il conspirait sa perte.... Il a dépensé au service de mon royal maître sa modique fortune et son repos.

— Voulez-vous pour lui une place dans ma maison?

— Ah! Sire...

— Elle est donnée. Il pourra demain se présenter au palais.

Alonso s'inclina respectueusement.

— Et vous? reprit le roi.

— Je ne désire rien, Sire.

— C'est de la rancune !

— C'est de la discrétion...

— Et si j'allais au-devant de vos vœux ?

— Ils sont si modestes que vous ne les devinerez jamais.

— Je chercherai... dit gracieusement Philippe IV.

Il tendit à Alonso une main que celui-ci baisa, puis il se retourna sur le seuil de la porte, pour dire :

— A demain.

Pendant une semaine, Philippe IV revint régulièrement à l'atelier. Le portrait s'achevait. Jamais l'artiste n'avait composé une œuvre plus belle. Il en était heureux sans fierté. Plus que jamais il semblait se détacher des biens de ce monde ; cependant, il remercia le roi avec effusion quand il apprit que Rosalès avait quitté son cachot et qu'Inès se trouvait complètement heureuse auprès de son mari, que le monarque semblait avoir spécialement pris sous sa protection. Sans qu'il le dît, on devinait qu'Alonso gardait un secret. Il cachait au fond de son âme une résolution arrêtée, une volonté mûrie dans la solitude et le silence. Le temps qu'il ne donnait plus à la peinture, il l'employait en bonnes œuvres, en visites dans les couvents, dans les chapelles miraculeuses. Tous ceux qui le rencontraient dans les rues le saluaient avec une vénération profonde. On n'était pas loin de le croire un saint, après lui avoir mis sur le front l'auréole d'une souffrance noblement supportée.

Les taudis des malheureux le connaissaient plus que les palais des grands. Son nom, répété avec enthousiasme par les uns, était humblement béni par les autres.

Il ne fallait plus au portrait du roi que quelques retouches savantes, ces traits qui font la grâce d'une œuvre et ajoutent à sa perfection.

Cano savait que le roi poserait une dernière fois dans son atelier.

Il ressentait plus que la joie de l'artiste dont l'œuvre s'achève ; un grand soulagement lui remplissait le cœur. C'était comme une chaîne qui se brisait et le faisait de plus en plus libre.

Le matin du jour où devait s'achever le portrait de Philippe, l'abbé

Diégo, le digne Supérieur du couvent de Valence, eut avec son ami un long entretien.

— Je vous en prie, lui dit Alonso avec l'insistance de la prière, accordez-moi ce que je vous demande, accordez-le moi tout de suite.

— Nous en causerons dans quelques heures, répondit le moine.

Puis, quittant la chambre d'Alonso Cano, il descendit dans son atelier.

Une seconde après, le roi parut accompagné de la reine.

Le moine salua humblement et voulut se retirer.

— Restez, mon Père, restez! lui dit Philippe IV avec douceur. Moi qui suis l'ami de Cano, je comprends combien il doit vous être cher.

Pendant la durée de la séance, le roi prit plaisir à faire raconter au Père Diégo les divers épisodes du séjour d'Alonso à la Chartreuse de Porta-Cœli. Le moine lui vanta alors cette merveilleuse statuette de saint François d'Assise, chef-d'œuvre de la sculpture sur bois.

— J'irai la voir comme on se rend à un pèlerinage, dit le roi ; en attendant, je ferai envoyer à votre chapelle une lampe d'or pour le sanctuaire.

Une minute après, Alonso passa rapidement son pinceau dans l'ouverture de sa palette, plaça celle-ci sur une table et dit au roi :

— Sire, l'artiste a fait ce qu'il a pu.

— Vous avez réalisé un chef-d'œuvre, Alonso. Il me reste le droit de le payer.

— Ah ! Sire... s'écria l'artiste.

— Alonso Cano, comte de Porta-Cœli...

— Ce titre... dit le peintre.

— Sera le vôtre désormais.

Puis Philippe IV, ôtant un collier d'or de son cou :

— Acceptez-le pour l'amour de moi.

Alonso le reçut tout tremblant ; mais il oublia de l'agrafer sur son pourpoint.

Le roi s'avança de deux pas.

— Couvrez-vous, comte de Porta-Cœli, dit-il, vous êtes grand d'Espagne.

Et le roi tendit à Alonso des parchemins auxquels pendait le sceau royal.

Les courtisans, les grands seigneurs, qui, ce jour-là, invités par le roi, remplissaient l'atelier, se regardaient avec stupéfaction. Jamais on n'avait vu un exemple d'une faveur si soudaine et si complète. Les douleurs ressenties par l'artiste légitimaient aux yeux de tous les faveurs du roi. Plusieurs gentilshommes s'avancèrent vers Alonso pour le féliciter.

Mais avant qu'ils fussent parvenus jusqu'à lui, le Supérieur du couvent de Valence était sorti de la pénombre dans laquelle il se tenait caché. Il s'avança lentement vers Alonso Cano, et lui présentant divers objets :

— Voici, dit-il, le scapulaire que portent les fils de saint Bruno, le rosaire de bois sur lequel ils récitent la salutation de l'ange, la corde qui ceint leurs reins...

— Mon Père ! s'écria Alonso Cano, mon Père !

De chaque côté de la table se tenaient le moine, le roi et la reine.

Le collier d'ordre, les parchemins se trouvaient à portée d'Alonso, comme le scapulaire et le cordon du moine.

L'artiste n'hésita pas.

Il repoussa doucement le présent du roi, et, avec un pieux respect, il porta à ses lèvres la livrée des fils de saint Bruno.

— Que faites-vous ? lui demanda Philippe IV et la reine.

— Mes adieux à ce monde, Sire.

— Vous, mon peintre, mon protégé, mon ami !

— Je n'aurai plus d'ami que Dieu, Sire.

— Ah ! vous ne m'avez pas pardonné ! s'écria Philippe.

— Ce ne serait pas d'un chrétien, à plus forte raison d'un religieux... Pardonnez-moi, Sire, de refuser des faveurs dont je comprends tout le prix. Ma reconnaissance pour vous ne finira qu'avec ma vie ; du fond du cloître où je vais vivre, je ne cesserai de demander à Dieu la prospérité de l'Espagne et le bonheur de mon souverain.

— Mais si vous regrettiez un jour, Alonso...

— Que pourrai-je regretter, Sire ? Votre faveur ? Vous la garderez au pauvre moine qui peindra jusqu'à ce que la force et l'inspiration lui manquent... Ne croyez pas que j'agisse légèrement... Depuis six mois, j'ai résolu de prononcer mes vœux ; depuis deux ans, je demande l'habit... A l'heure où Rosalès allait commencer son terrible interrogatoire, j'ai juré de me consacrer au service du Seigneur, si je ne souillais pas mes lèvres par un lâche mensonge.

Philippe, trop ému pour parler, saisit la main d'Alonso.

— Vous prierez pour moi ! dit-il.

Un moment après, Alonso appelait Miguel dans la chambre de Mercédès.

— De même que tu m'as obéi jadis, jures-tu de te conformer aujourd'hui à mes volontés ?

— Je le jure, maître ! répondit Miguel.

— Mon enfant, tu ne quitteras plus cette maison, qui désormais est la tienne...

— La mienne, maître !

— Je n'ai ni enfants, ni héritiers, et je vais faire vœu de pauvreté... tu garderas à ton service la vieille Juana. Il m'est doux de songer que rien ne sera dérangé dans cette demeure... Parfois tu croiras y voir encore ton maître qui t'a sincèrement chéri... Ne dis pas un mot de remerciement, Miguel, nous ne serons jamais quittes ! Viens dans mes bras, que je t'embrasse comme un fils, que je te bénisse pour un adieu sans retour.

— Adieu sans retour possible ?

— Je me trompe, Miguel : au revoir dans l'éternité !

Une minute après, il sortit. (*Voir page* 228.)

XIX

LES JOUEURS

La maison du señor **Diégo Fuentès y Marivedas y Fontanilles**

Une minute après, il sortit. (*Voir page* 228.)

XIX

LES JOUEURS

La maison du señor **Diégo Fuentès y Marivedas y Fontanillas**

était un tripot, rien de plus, rien de moins. Il avait bien essayé
de la décorer de noms pompeux, de la marque d'honneur, comme
un filou cache un visage connu de la police sous un loup de carna-
val : le tripot restait au fond et à la surface, et quand certains jeunes
gens de Madrid, pourvus non pas seulement de ducats d'or, mais
de maravédis, songeaient à remplir leurs poches d'espèces sonnantes
au moyen des hasards dont dispose la fortune, ils songeaient toujours
à passer une soirée dans la maison de Fuentès.

Celui-ci racontait à chaque nouveau venu l'histoire de ses malheurs. Leur source variait à chaque révolution. Pour expliquer sa
pénurie, fille du désordre et du vice, il trouvait toujours prêt le
prétexte d'une conjuration à laquelle il s'était trouvé mêlé malgré
lui ; une lutte, sourde mais persistante, engagée contre un homme
puissant. Fuentès avait choisi ce rôle spécial de passer à perpé-
tuité pour la victime d'une intrigue politique. Le roi restait
sur le trône, il est vrai ; mais il était trop fidèle sujet du maître
des deux Espagnes pour songer à le renverser ; il se rejetait sur les
favoris. La chute impatiemment attendue d'Olivarès servait à
souhait sa rancune et, à partir de la disgrâce de celui qui avait été
souverain plus que Sa Majesté Très-Catholique elle-même, Diégo
Fuentès raconta, à qui eut la patience de l'entendre, que la chute
de l'ambitieux ministre dérangeait sa propre fortune, et que ses ducats tombaient dans le gouffre creusé par le malheur de l'ancien favori.

Depuis que le comte d'Olivarès avait quitté l'Espagne, Fuentès
parlait avec amples détails de l'amitié respectueuse et dévouée qui
l'unissait au ministre. Celui-ci avait été son frère de lait, et Fuentès, ne pouvant se dispenser de le suivre dans la marche ascension-
nelle de sa fortune, tombait avec lui de toute la hauteur à laquelle
il était parvenu.

Beaucoup de gens, vieux habitués de la maison de Fuentès, sa-
vaient que penser de la véracité de ces histoires ; mais les étrangers,
les naïfs s'y laissaient prendre. Fuentès avait d'abord été doué par
la nature d'un physique servant à merveille ses projets. Il joignait
à une certaine hauteur dans l'expression du regard une bouche

souriante, naïve, qui détruisait l'impression produite par le peu
d'élévation de son front et la forme spéciale d'un menton qui n'était
exempt ni d'entêtement, ni de gourmandise.

Diégo Fuentès, en dépit de la complaisance avec laquelle il prê-
tait sa maison pour des parties de cartes, de dés, d'osselets, ne
faisait pas fortune. Son pourpoint élimé accusait de longs services,
son linge avait le plus souvent une teinte jaune dont plus d'une fois
on l'avait plaisanté.

— Que voulez-vous ! disait-il, je possède sept cent trente che-
mises de batiste, ce qui fait que le tour de chacune arrive rarement
Elles jaunissent faute de servir. Embarras de richesses ! pur embarras de richesses !

En fait de meubles pouvant contenir des habits, Diégo Fuentès
avait un vieux coffre, sonnant le creux, facile à soulever, qui
eût raconté bien des histoires sur Diégo s'il avait été doué de la parole.

Mais si les habitués de Fuentès le raillaient, ils ne lui gardaient
pas moins une grande amitié.

Cet homme avait les qualités de ses vices : une patience à toute
épreuve et une serviabilité inépuisable.

Quand il possédait quelque chose, ce qui était rare, ce quelque
chose appartenait à quelqu'un.

Il se fût fait rompre les côtes pour rendre service à un ami, et il
décernait ce titre à tous les habitués de sa maison.

Il buvait gaiement le vin payé par les autres, et n'oubliait pas sa
raison dans l'ivresse.

Comme tout bon Espagnol, il jouait de la guitare et des castagnettes, et le mince filet de voix qu'il savait conduire ne manquait
pas d'agrément.

Fuentès ouvrait ce qu'il appelait avec pompe ses salons à tous
les hidalgos qui voulaient bien l'honorer de son amitié. Il fournissait les dés, les cartes. On lui payait une indemnité pour le brasero
et la lumière en hiver ; de plus, quand les enjeux atteignaient un
certain chiffre, on lui comptait une somme minime. Ses profits eussent atteint un chiffre assez rond s'il n'eût joué pour son compte

l'argent qu'il venait de recueillir. Il le perdait inévitablement et souvent, à la fin de la journée, se trouvait obligé d'avoir recours à la générosité d'un ami ou, tout au moins, d'un abonné qui lui avait dit un jour, avec cet inimitable accent qui serait gascon, s'il n'était espagnol :

— *A la disposicion de usted.*

Il empruntait, et régulièrement il oubliait de rendre.

Un grand nombre de jeunes gens de Madrid se réunissaient tous les soirs dans la maison de Fuentès.

Les écoliers prétendant au doctorat dans diverses branches, les élèves des artistes en renom, quelques étrangers s'y pressaient. On menait un bruit du diable dans la salle basse, dont les fenêtres donnaient sur le *patio*, et plus d'une fois les alguazils durent rappeler à la raison la jeunesse menant tapage autour de la table de jeu.

Il arrivait aussi parfois que l'on interrompait une partie afin de vider des flacons de vin vieux ; alors la soirée tournait à l'orgie, et si deux ou trois habitués ne regagnaient pas leurs logis, c'est qu'ils étaient couchés dans le patio.

Depuis qu'il était arrivé à Madrid, en compagnie de l'Espagnolet, Lello Lelli, sans relations amicales dans la ville, s'était fait présenter à Diégo Fuentès. Jamais il ne manquait d'y passer ses soirées. La causticité de son esprit mécontentait bien quelques-uns de ceux qu'il avait trop rudement égratignés, mais comme il offrait souvent du vin ou des sorbets, et qu'il semblait avoir beaucoup d'or dans son escarcelle, on le supportait volontiers.

Ce n'était point que Lello fût devenu riche ; son pinceau lui rapportait moins d'argent que jamais ; et si à Naples il pouvait gagner quelques ducats au métier de spadassin qu'il exerçait, ce talent se trouvait complètement sans emploi à Madrid.

Ribeira, acharné à la perte du jeune prince dont il était venu poursuivre la disgrâce près du roi, laissait à Lello la libre disposition de ses journées.

Lello se promenait tout le jour ; le soir, invariablement, il prenait le chemin de la maison de Fuentès.

Il arrivait le premier, racontait à Diégo les aventures de la journée; ce qu'avait fait le roi; à quel office avait assisté la reine; quel
drame Calderon faisait répéter pour ses pièces historiques ou ses
actes sacramentels; comment on dresserait les autels portatifs le
jour de la prochaine fête religieuse.

Les journaux n'existant point à cette époque, Lello en tenait
lieu.

La politique, les faits divers, les questions littéraires, il traitait
tout, sinon avec une grande supériorité, du moins avec cette aisance
qui, jadis, l'avait fait rechercher du grave Alonso Cano lui-même.

Après avoir fait à Fuentès son rapport sur la journée, Lello Lelli
choisissait sa place à la table et la marquait avec soin.

Il avait les superstitions d'un Italien et les terreurs d'un enfant.

Sa place déterminée, il plaçait un siège contre la table, puis
mettait sur celle-ci, en face de son escabeau, une corne de corail rose
montée d'or, et destinée à chasser loin de lui les mauvaises in-
fluences.

Ces dispositions prises, il aidait Diégo à préparer les divers jeux
recherchés dans sa maison : les dés, les échecs, les cartes. Il gardait longtemps ces objets dans ses mains, comme si son contact
pouvait leur communiquer une vertu spéciale; puis, debout contre
l'embrasure d'une croisée, voyant les pipeaux prêts, il attendait les
oiseaux.

On soupait de bonne heure alors, les règlements de police obli-
geant manants et bourgeois à se coucher presque avec le soleil. La
garde arrêtait les passants attardés en dépit de l'heure réglemen-
taire. On commençait donc vite le jeu chez Fuentès.

Heureusement, le salon ouvrant sur le patio permettait de garder
longtemps de la lumière; quand il était trop tard pour se retirer,
les joueurs désertaient parfois la table et dormaient sur des tapis.

Diégo faisait grand cas de Lello. Il devait à son origine un caractère insinuant, qui attirait chaque jour chez Fuentès de nouvelles
gens; sans nul doute Lello n'y perdait pas, car sa bourse se gonflait
certains jours d'une façon visible. Peut-être les jeunes gens dont
il se faisait le guide dans une voie dangereuse le maudissaient-ils

quand ils cessaient de subir son influence; mais, pendant une semaine au moins, chacun d'eux restait sous le charme, et s'ils rompaient les liens qui les attachaient à Lello, c'était seulement quand
l'argent leur faisait défaut d'une façon absolue.

— Certainement, lui dit un soir Fuentès, tu te multiplies pour
augmenter la clientèle, mais tu échoues dès qu'il s'agit de m'amener les élèves de l'atelier de Velasquez, et ceux qui, jadis, travaillaient chez Alonso Cano.

— Patience ! fit Lello, patience !

— Il y a longtemps que tu me répètes ce mot. Je parierais qu'il
est des âmes sur lesquelles le diable n'a pas de pouvoir, et d'honnêtes jeunes gens qui ne viendront jamais ici.

Lello éclata de rire.

— Ne parie pas, Fuentès, dit-il.

— Pourquoi?

— Tu perdrais.

— Miguel viendra?

— Miguel lui-même.

— Tu ne redoutes pas de te trouver en face de lui?

— Pourquoi le craindrais-je?

— Je ne sais point, mais il t'a maltraité plus d'une fois.

— En paroles, dit Lello.

— Et tu ne lui as pas répondu...

— Je ne réponds pas aux injures par des injures.

— Comment donc?

— Avec ceci, dit Lello en tirant son stylet.

— Prends garde ! il suffirait d'un mot...

— Personne n'osera le dire.

— D'un fait...

— Je me garderai de toute imprudence.

— Miguel n'a pas en toi une confiance illimitée.

— Il viendra, te dis-je.

— Aujourd'hui?

— Non, mais demain.

— Pourquoi tiens-tu à l'attirer ici ?

— Il est riche, dit Lello ; le roi, en souvenir de son maître et
ami Alonso Cano, le comble de bienfaits. Il lui a confié la décoration d'une salle du palais et les *sargas* de la procession prochaine.
Avant un an, il portera le titre de peintre du roi ! Oh ! je ne tente-
rai pas de l'attirer ici par l'appât du jeu : il ne s'y laisserait point
prendre. Un jeune négociant qui fait le commerce dans les Indes
lui donnera rendez-vous chez toi pour la commande de grands travaux. Or, quand on a mordu à la pomme du mal, il est bien rare
que l'on ne mange pas entièrement le fruit défendu.

— Et qui m'amènes-tu, ce soir?

— Le jeune Francesco, ce marchand qui, demain, attendra Miguel chez toi.

Un moment après, un refrain de chanson, arrivant de la rue, les
deux complices se firent un signe mutuel de garder le silence.

Un jeune homme venait d'entrer dans la salle.

Il avait seize ans peut-être, des cheveux de ce ton roux très commun à cette époque, et que l'on donnait à la chevelure d'une façon
artificielle, quand la nature l'avait faite brune. Cet adolescent, déjà
fatigué par les veilles et qui semblait soutenir avec peine le poids
de la vie, se laissa tomber, plutôt qu'il ne s'assit, dans un grand
fauteuil.

— Dieu ! que je m'ennuie, Fuentès ! dit-il ; partout et toujours...
Chez vous moins qu'ailleurs, il faut bien le dire ; mais, en vérité,
je ne suis pas même sûr de m'y distraire... Je change de milieu,
voilà tout. C'est quelque chose, mais cela ne suffit pas... Il y a des
pauvres qui trouvent l'existence bonne, des riches aussi ; moi, je
bâille ma vie... J'ai voyagé, et les voyages me fatiguent... Les
grands repas me délabrent l'estomac... Le jeu seul parvient non pas
à me réjouir, mais à m'arracher à ma torpeur, et je m'y voue, je
m'y jette pour oublier...

— Que votre père possède une immense fortune dont vous héri-
terez un jour?

— Sans doute, dit le jeune homme ; mais mon père n'a pas cin-
quante ans.

Ce mot cynique fit frissonner Fuentès.

— Je croyais que la mauvaise veine d'hier vous avait ruiné, dit Lello.

— Ruiné de la façon la plus complète, et cependant...

Il tira une bourse de sa poche et fit tinter l'or qu'elle renfermait.

— Votre père est venu à votre aide?

— Lui! jamais! Il veut que je parte pour les Indes.

— Vous avez emprunté?

— Mes amis sont dépensiers comme moi.

— Alors, dit Lello, je ne comprends pas...

— Ma mère a des diamants... dit Francesco.

— Elle les a vendus pour vous?

— Elle obéit trop à l'impulsion de mon père pour cela...

— D'où provient donc cet or?

— Je vous croyais assez fort pour le deviner, dit Francesco.

— Vous dites que votre mère n'a pas vendu ses diamants?

— Non, mais je les ai engagés pour elle.

— Sans la prévenir?

— Naturellement.

— Et quand elle l'apprendra?

— Je gagnerai peut-être ce soir, dit Francesco.

— Et si vous perdez?

— Si je perds...

Il s'arrêta un moment, puis il reprit :

— Si je perds, je ferai un malheur!

— Voyez-vous! dit Lello en riant : ce Francesco devient tragique.

La porte s'ouvrit de nouveau et deux hommes parurent. Graves et pâles tous deux, ils portaient sur leurs visages la trace de profonds chagrins.

L'un était un honnête homme que la mauvaise foi d'un ami mettait dans l'impossibilité de satisfaire à ses engagements, et qui, perdu d'honneur le lendemain sans doute, venait demander au jeu une ressource suprême.

L'autre était un père de famille réduit à la plus profonde misère, et qui, sans ressources pour subvenir aux besoins de sa nombreuse famille, accourait chercher dans ce tripot du pain pour ses enfants.

Ces deux hommes s'étaient connus dans des jours prospères, et, se rencontrant dans un moment également douloureux, ils se confièrent leur désespoir, et le marchand conseilla à son ami de jouer ses dernières ressources sur un coup de dés.

Lentement, la salle se remplit. Jeunes et vieux, gentilshommes et bourgeois se dressaient dans le *patio*, dans les salons.

Le négociant des Grandes-Indes, qui devait commander des tableaux à Miguel, ne se fit pas attendre. L'or sonnait dans ses poches, et il regardait l'assemblée avec l'assurance de la fortune.

Le jeu commença.

A peine ceux qui devaient y prendre part s'étaient-ils rangés près de la table que la physionomie de chacun refléta un aspect différent. Une angoisse profonde passa sur certains visages. Les narines se dilatèrent, les yeux devinrent fixes, les lèvres tremblantes articulèrent des mots sans suite, évocations adressées, sans doute, à la chance qui allait se montrer plus ou moins favorable.

Les joueurs d'échecs s'installèrent dans un petit salon paisible, tandis que les parties de cartes et de dés s'organisaient dans la grande salle.

Le marchand des Grandes-Indes et Francesco semblaient les deux seuls champions sérieux de cette bataille. Chacun d'eux avait jeté sur la table une bourse pleine d'or, et les coups de dés se succédaient avec des chances diverses, sans amener le triomphe d'un seul. Le jeune marchand avait le teint animé, une sorte de colère empourprait ses joues. Ses yeux dardaient des flammes, et il se penchait sur la table afin de voir plus vite les dés de son adversaire.

Francesco était pâle, au contraire ; la mauvaise action qu'il avait commise laissait, malgré sa perversion, un remords au fond de son cœur ; s'il s'était rendu coupable, il voulait au moins devoir une somme énorme à la passion qui l'avait fait tomber si bas.

Il voulait retourner chez le Lombard et lui reprendre les diamants de sa mère. Il jouait avec une sorte de tension d'esprit mêlée d'impatience et de rage. Bien qu'il n'eût pas semblé inquiet en racontant à Lello ce qu'il venait de faire, il se demandait comment il pourrait soutenir le regard de sa mère s'il rentrait chez elle sans avoir dégagé ses diamants. Lello Lelli l'observait à la dérobée.

Le jeune marchand, sans mettre moins de passion dans son jeu, se possédait davantage.

Mais la chance sur laquelle avait compté Francesco, cette chance qu'il poursuivait depuis tant de mois sans pouvoir l'atteindre, loin de lui sourire, sembla le fuir plus que jamais.

Il perdit, coup sur coup, jusqu'à ce qu'il lui restât une pièce d'or.

Ne voulant pas la risquer sur un seul dé, il en fit la monnaie.

Il gagna, doubla sa mise et gagna encore. Il ne gardait pas assez de sang-froid pour jouer avec prudence; le démon de l'argent, la fièvre du gain le dominaient, à cette heure, jusqu'à la folie.

Le jeune marchand perdit l'or de sa bourse, les diamants de ses doigts, la boucle de sa toque. Et à mesure qu'il perdait, Francesco voyait ses richesses s'entasser devant lui. Il se trouvait possesseur d'un monceau d'or si énorme, qu'il se sentait incapable d'en supputer la valeur. Son visage avait pris une expression rayonnante; il parlait avec volubilité et semblait défier les joueurs malheureux.

— J'offre, dit-il, de soutenir la partie contre chacun de vous.

— Même contre moi? demanda Lello.

— Et pourquoi pas contre vous, señor?

— Je porte malheur! dit Lello.

— Bah! dit Francesco, c'est un conte de votre pays.

— Et vous refusez d'y croire?

— Absolument.

— Jouons, dit Lello.

— Jouons, répondit Francesco.

Lello abattit ses dés le premier; il avait six, Francesco amena trois.

Les deux adversaires jouaient un ducat d'or.

— Je vous défie bien de lutter contre ma chance! dit Francesco que grisait sa nouvelle fortune.

— La chance varie, dit Lello en secouant les dés.

Francesco se pencha avidement.

— Cinq! fit-il; à moi!

Mais, en dépit de sa confiance, il obtint le chiffre quatre.

— Jouons-nous quatre ducats? demanda-t-il à Lello.

— Quatre ducats, soit... et j'abats cinq.

Ce fut encore Lello qui gagna.

Sans repos, sans intermittence, Francesco perdit. Il voyait s'en aller la monnaie d'or, que tout à l'heure il avait devant lui, avec plus de rapidité encore qu'il n'en avait mis à la gagner.

Le sang refluait à son front, ses paupières rougissaient, ses mains paraissaient des mains de vieillard, à voir le tremblement sénile qui les agitait.

Un moment Lello s'arrêta, et dit au jeune homme, avec l'expression d'une compassion mêlée de dédain :

— Cessez le jeu; il vous reste encore de quoi reprendre la parure chez Samuel...

— Non! non! fit Francesco, je veux jouer encore, jouer toujours...

— Comme vous voudrez, dit Lello en abattant son jeu.

— Perdu! j'ai perdu! dit Francesco avec rage.

Il regarda ce qui lui restait d'or, le soupesa dans sa main :

— Je risque tout! dit-il.

— Je tiens le jeu, répondit Lello.

Le jeune marchand se pencha sur l'épaule de l'Italien, afin de mieux suivre la partie, et la plupart de ceux qui, dans la maison de Diégo, tenaient ce soir-là des cartes, des dés ou des échecs formèrent un cercle de curieux autour des deux joueurs.

Francesco était d'une pâleur livide.

Lello paraissait sûr de sa prochaine victoire.

— Jouez, dit-il à Francesco.

— Six! fit celui-ci

Lello abattit le même nombre.

Les spectateurs étaient haletants.

Francesco reprit le cornet.

— Cinq! dit-il avec l'accent du triomphe.

— Six! répliqua d'une voix calme Lello Lelli.

Le jeune homme saisit son front à deux mains, et l'égarement de la folie brilla dans son regard.

Lello semblait ne pas tirer vanité de cette chance inespérée, et ne point paraître avoir le désir de se retirer si quelque autre joueur désirait lutter contre lui ; il demanda avec une sorte de courtoisie :

— Je suis à la disposition de qui voudra jouer contre moi.

— Demain, peut-être, dit le marchand ; pas ce soir, le plus sûr moyen de perdre au jeu est de s'entêter.

Lello glissa trois pièces d'or dans la main de Fuentès.

Une minute après, il sortit.

Il marchait rapidement, se dirigeant vers son logis, quand brusquement, sans qu'il eût le temps de prévoir l'attaque et de chercher un moyen de défense, il poussa un grand cri et tomba sur la face.

Un homme, qui l'avait suivi depuis son départ de la maison de Fuentès, venait de lui enfoncer son poignard entre les deux épaules.

D'un brusque mouvement, le meurtrier coupa les courroies de la sacoche de cuir dans laquelle l'or du joueur se trouvait enfermé, puis il disparut dans le dédale des rues voisines.

Le cri poussé par Lello Lelli avait été :

— Confession !

C'était le mot suprême répété en Espagne et dans les Flandres devenues espagnoles, quand un coup de dague ou d'épée mettait en danger la vie d'un homme.

La terre manquant sous les pas de celui qui allait mourir, il demandait à son adversaire de ne pas lui fermer le ciel.

Mais cette fois le meurtrier était loin, et Lello épouvanté, seul sur la petite place déserte, et perdant son sang par une horrible blessure, se souleva du sol et répéta :

— Confession ! confession !

Cette clameur désolée monta jusqu'à la chambre encore éclairée d'une maison située sur la place, et la fenêtre s'ouvrit.

C'était, sans nul doute, un secours qui arrivait, et Lello, les regards voilés par un brouillard sinistre, aperçut un homme qui se penchait à cette croisée, afin de voir ce qui se passait dans la rue.

Elle se précipita sur moi. (*Voir page* 237.)

XX

LE PARDON DU MOINE

L'homme qui venait d'ouvrir la fenêtre placée au premier étage

de la maison devant laquelle avait été frappé Lello Lelli repoussa vivement les volets quand; pour la seconde fois, il eut entendu le cri d'angoisse poussé par le misérable.

Avec l'empressement du dévouement, l'homme descendit l'escalier et appela un valet endormi dans une salle basse s'ouvrant sur le vestibule.

— De la lumière, Tote! de la lumière!

Il fallut peu de temps à Tote pour allumer une torche.

Quand le vestibule se trouva éclairé, Tote, sur l'ordre de son maître, déverrouilla la porte donnant sur la rue, et tous deux coururent à l'endroit où gisait le séide de l'Espagnolet.

Avec des précautions infinies, le jeune homme saisit le haut du corps du blessé, tandis que Tote le soulevait par les pieds.

— Señor Miguel, dit le serviteur, que voulez-vous faire de ce malheureux?

— Le porter chez moi, répondit le jeune homme.

— Le premier venu, un misérable, peut-être!

— A coup sûr, un blessé ayant besoin de soins.

Tote ne répliqua rien, et aida son maître à porter Lello.

Tous deux venaient de franchir le vestibule, quand la clarté de la torche tomba pleinement sur le visage de l'agonisant.

— Lello Lelli! s'écria Miguel.

— Vous le connaissez? demanda le domestique.

— Oui, répondit Miguel d'une voix sourde, je le connais... cet être est l'instrument du malheur et du crime.

— Comme vous tremblez, maître! dit Tote; si la vue de cet homme vous répugne, nous pouvons le remettre où nous l'avons pris... Aussi bien, je le crois presque mort.

Un sourd gémissement de Lello prouva qu'il restait au misérable un souffle de vie.

— Non, dit Miguel en faisant sur lui-même un violent effort, non; rendons-lui les soins indispensables... il respire, nous n'avons pas le droit de le jeter sur le pavé... Qui sait, d'ailleurs, si le ciel ne récompensera pas notre charitable action en faisant jaillir la vérité de cette bouche à demi-glacée?... Montons vite, Tote; les forces du blessé s'épuisent, et, tu t'en souviens, il a demandé un prêtre.

La torche éclairait suffisamment l'escalier pour qu'il fût facile de le gravir, et d'ailleurs la lumière, jaillissant de la pièce occupée par Miguel avant l'assassinat de Lello, laissait passer la clarté vive d'une lampe.

Les deux hommes montèrent avec précaution ; puis, arrivés dans l'antichambre, ils déposèrent le corps inerte sur un divan.

Aucun d'eux n'osant arracher la lame du poignard de la plaie, en attendant le chirurgien, il fallut placer Lello la face tournée du côté des coussins,

Le misérable se plaignait sourdement, et ses souffrances devaient être horribles.

— Préparons un lit, dit Miguel.

Tote allait soulever la moustiquaire enveloppant la couche du jeune artiste, quand celui-ci arrêta vivement le bras de son serviteur :

— Pas là ! pas là ! dit-il, en face !

Un lit portatif fut rapidement roulé en face dans une pièce vide, mais vaste et bien aérée ; puis on y étendit Lello.

— Maintenant, Tote, frappe à la porte du docteur, éveille-le, amène-le. Pendant ce temps, je préparerai les objets nécessaires au pansement... Dès que le médecin aura franchi le seuil de la porte, occupe-toi de satisfaire le vœu suprême du malheureux, et trouve un moine, un prêtre qui veuille bien venir recueillir sa confession...

— Je cours, señor Miguel, je cours.

Le jeune peintre se rapprocha de la couche provisoire du blessé.

Son regard couvait Lello avec une fixité étrange.

— Providence ! murmura-t-il d'une voix faible comme un souffle, il faut que cet homme vienne tomber en face de cette maison ; il faut qu'il franchisse à l'agonie le seuil dont il fut chassé, et où il rentra pour semer la mort... Mon Dieu ! envoie-lui le repentir du mal qu'il a fait, et que la vérité s'échappe de ses lèvres !

Après avoir un moment contemplé le corps inerte, Miguel prépara des bandes de toile, de la charpie, une eau aromatisée dont il connaissait l'effet bienfaisant, une compresse pour en couvrir la charpie destinée à remplir la plaie profonde, puis il attendit avec impatience l'arrivée du médecin.

Celui-ci ne se fit pas attendre, et Miguel entendit son pas dans l'escalier au moment où il terminait ses préparatifs.

Sans parler, l'artiste l'emmena devant le blessé.

— Où l'avez-vous trouvé? demanda le docteur.

— Dans la rue.

— Vous le connaissez?

— Oui, répondit Miguel d'une voix contenue.

Mon cher enfant, vous avez agi avec prudence en laissant le poignard dans la plaie... Une hémorragie me semble inévitable... J'espère la conjurer, cependant...

Le médecin appuya son genou sur les matelas du lit de Miguel et, d'un rapide mouvement, il arracha l'arme de la blessure.

Lello poussa un cri déchirant.

— Une terrible lame, dit le docteur, en forme de flamme, mauvaise plaie à soigner... Pourvu que le poignard ne soit pas empoisonné! Il s'agit de déshabiller ce malheureux... Lui enlever ses vêtements serait impossible; coupons-les avec des ciseaux, ce sera plus vite fait...

Les chausses, le pourpoint de Lello tombèrent rapidement et, quand le buste fut à découvert, le docteur put laver, puis panser la blessure. Il fallut croiser des ligatures sur la poitrine de l'Italien afin de maintenir le pansement. Quand il fut terminé, Miguel tendit à Lello un verre de vin de Madère, et le blessé se sentit réconforté.

— Ne vous couchez ni sur le dos, lui dit le docteur, ni sur la poitrine; restez sur le côté, évitez tout mouvement brusque pouvant entraîner une perte de sang.

— Je suis perdu? demanda Lello.

— Perdu, répondit le médecin.

Les dents du blessé se heurtèrent avec bruit.

— Rien à faire jusqu'à demain, mon ami, ajouta le médecin en s'adressant à Miguel.

— En cas d'accident imprévu?...

— Vous m'enverrez chercher.

Le médecin pressa la main du jeune homme.

— Vous m'avez une fois de plus prouvé que vous avez du cœur.

Le docteur sortit et l'artiste remonta dans l'appartement.

Afin de ménager les yeux du blessé, qu'eût fatigués une vive lumière, Miguel avait reculé la lampe. Un demi-jour très faible régnait dans la chambre. Pendant le pansement, Miguel, pour éviter d'être reconnu par Lello, avait eu soin de se tenir le plus possible en arrière. Le misérable ne se doutait donc nullement qu'il devait les soins généreux dont il était l'objet à un homme avec lequel il avait croisé l'épée quelques années auparavant. Où se trouvait-il donc ?

Avec des efforts inouïs, il parvint presqu à se dresser sur son séant, et promena autour de lui des regards inquiets dans lesquels se lisait l'effarement d'une terreur indicible.

Cette pièce nue, comme abandonnée, il la reconnaissait, maintenant. C'était une annexe où il s'était caché quelques instants avant d'accomplir son crime et attenant à une chambre luxueuse. Par la porte ouverte devant lui il pouvait, jusqu'au fond, y plonger son regard inquiet. Les moindres meubles qui s'y trouvaient lui étaient familiers, et le lit placé en face... ce lit dans lequel il voyait une femme assassinée, il le reconnaissait aussi.

Le nom de Mercédès sortit de sa gorge comme un râle.

— A moi ! cria-t-il, à moi !...

L'ancien élève d'Alonso s'avança, mais cette fois il se plaça en face du blessé.

— Que veux-tu, Lello Lelli ? lui demanda-t-il.

Le blessé reconnut le jeune homme.

— Miguel ! s'écria-t-il avec effroi. Comment vas-tu te venger ? demanda-t-il en recouvrant subitement son sang-froid.

— Je le suis déjà.

— Ce n'est pas toi qui m'as assassiné, cependant, c'est Francesco, pour me punir de lui avoir gagné son argent au jeu...

— Ne connais-tu donc pas d'autre vengeance que celle du sang répandu ?

— Non, dit Lello d'une voix farouche.

— J'en sais une meilleure, moi...

— Laquelle?

— Rendre le bien pour le mal.

— Ainsi, tu m'as ramassé sanglant dans la rue pour m'apporter ici?...

— Oui.

— Chez qui suis-je?

— Chez moi!

— Cependant, cette maison...

— Fut celle d'Alonso Cano...

— Emporte-moi hors d'ici! dit Lello avec autant de violence que lui en pouvait prêter la fièvre qui se déclarait, emporte-moi. Puisque tu sais pardonner, rends-moi encore ce service suprême...

— Je sais pourquoi tu veux partir, dit Miguel.

— Non, tu ne le sais pas, tu ne peux pas le savoir...

— Faut-il donc te le dire?...

— Cela ne se peut pas!

— Tu *la* vois, n'est-ce pas? demanda Miguel... Oui, tu *la* vois comme le jour où tu l'as laissée pour morte, enlevant sa dépouille encore chaude et cachant ses diamants dans les poches de ton pourpoint...

— Emporte-moi! répéta Lello, c'est une fantasmagorie épouvantable, c'est un spectre attaché à ma poursuite. Quand j'aurai quitté cette maison, le sanglant fantôme s'évanouira...

— N'as-tu pas demandé un prêtre?

— Je serai mort avant qu'il arrive, et damné avant qu'il ait entendu ma confession!

En ce moment, un bruit de pas retentit dans l'escalier et Miguel s'avança rapidement vers la porte.

Sur le seuil se tenait un moine dont la robe collait sur les membres. Un ample capuchon dérobait sa figure, il tenait ses deux mains cachées dans de larges manches.

— Vous avez demandé un prêtre, dit-il, me voici.

L'accent de cette voix remua profondément le cœur de Miguel. Il

voulut essayer de reconnaître le visage du moine ; mais celui-ci
tenait son front baissé de telle sorte qu'il était impossible de voir
son visage.

Miguel lui désigna du geste le blessé étendu sur le lit, et dont les
regards se fixaient sur la sinistre apparition qu'encadraient les plis
de la moustiquaire. Ceux-ci venaient de retomber, et quand Lello
Lelli y porta de nouveau les regards, s'attendant à rencontrer
l'image qui l'avait tant effrayé tout à l'heure, il vit les rideaux
formant des plis réguliers autour de la couche de Mercédès.

Un soupir de soulagement s'exhala de sa poitrine.

Le moine, après l'avoir contemplé un moment avec une tranquillité sous laquelle se dissimulait peut-être un violent orage, lui dit
d'une voix adoucie par l'onction de la charité :

— Je suis prêt à vous entendre, mon frère.

Alors un phénomène étrange se passa dans l'âme de Lello Lelli.
Il avait crié : « Confession ! » en tombant sous le couteau de Francesco, et la confession qu'il avait à faire lui causa subitement une
telle épouvante, qu'il étendit ses bras en avant, comme s'il voulait
repousser le moine.

Un homme sur le point de subir une opération dangereuse recule
souvent ainsi, par crainte de la douleur à laquelle il devrait son
salut.

— Mon frère, répéta le moine, Dieu vous appelle devant son tribunal... Vous avez à lui rendre compte des pensées coupables, ca-
ressées, accueillies par vos passions, des actes criminels auxquels
celles-ci vous ont entraîné... du bien que vous avez omis, et du
mal que vous avez fait...

Lello Lelli laissa échapper un profond soupir.

— Vous avez eu, dit le moine, le courage d'accomplir des fautes...
peut-être des crimes, et vous n'avez pas assez de volonté pour les
révéler... Que suis-je, pourtant ? l'indigne serviteur de Celui de qui
vous pouvez tout craindre, si vous ne prenez soin de désarmer sa
justice...

Lello continua à garder le silence.

— Vous ne connaissez point l'homme qui se cache sous ce ca-

puchon et cette robe de bure, et quand il vous connaîtrait, lui, le
secret qu'il gardera sur vos aveux vous est garanti par sa propre
éternité... Que pouvez-vous redouter? de rougir devant lui? chaque
jour il s'humilie en face du Seigneur... De vous courber devant la
justice divine? mais dans une heure elle vous demandera un compte
implacable de la moindre de vos pensées... Parlez, comme si seul
avec vous-même vous frappiez votre poitrine, demandant au Seigneur de vous appliquer les mérites de sa passion sainte.

— Le pardon! s'écria Lello, croyez-vous que le Seigneur l'accorde à tous les crimes?

— A tous, répondit gravement le moine.

— Mais si le criminel, aveuglé par la cupidité, la soif de l'or, a
dérobé une partie de ce que possédait son ami... Si, l'ayant dérobé,
gaspillé, il se trouve, à l'heure de la mort, dans l'impossibilité de
le restituer?

— Le Seigneur se contentera de la sincérité de ses regrets.

— Et l'homme qui a été spolié?

— *Le serviteur n'est pas plus grand que le maître*, répondit le moine.

— Soit, pour les biens de ce monde... dit le blessé avec effort :
mais s'il s'agit de la vie, ce trésor le plus précieux de tous, et que
l'homme est impuissant à rendre quand il l'arrache par le fer?...

— Ceux qui sont devant Dieu pardonnent à son exemple, ajouta
le moine.

— Mais, reprit Lello, supposez qu'un homme ait frappé une créature faible, sans défense : une femme... ce qui est une double lâ-
cheté... que, ce meurtre commis, il ait fui, laissant planer sur un
innocent un soupçon odieux... que cet innocent, proscrit, condamné,
ait été soumis à une horrible torture, et n'y ait échappé que par un
miracle... Croyez-vous qu'il existe encore un pardon pour un pareil crime?...

— Je le crois! dit le moine.

— Quoi! le sang du Sauveur qui coula sur la croix suffirait pour
laver cette âme immonde?...

— Il suffit bien pour laver les fautes, les crimes des générations
passées et des générations futures !

— Écoutez ! fit Lello ; tout à l'heure, j'ai été pris d'une hallucination terrible ; l'image de ma victime s'est dressée devant moi... Dans la pénombre de cette chambre, la figure sanglante de Mercédès m'est apparue...

— Mercédès ! dit le moine d'une voix faible comme un écho.

Lello reprit d'un accent saccadé :

— Si vous saviez combien je haïssais Alonso Cano !... Pourquoi? Il me comblait de bontés et je joignais la jalousie à l'ingratitude... Mais je le haïssais comme le serpent envie le lion généreux. Il me semblait que sa réputation, sa gloire, sa fortune étaient autant de vols commis à mon préjudice. Je ne détestais pas seulement Alonso Cano, mais tout ce qui l'approchait : sa femme, à qui je semblais inspirer une sorte de terreur, ses élèves, dont le talent laissait loin mon habileté de copiste... Alonso Cano me chassa, je voulus lui laisser la douleur et la honte en souvenir de moi... Après être sorti ostensiblement de la maison, j'y rentrai à la nuit, au moyen d'une clef que j'avais conservée... Le maître était absent... Pour un futile motif, sa femme avait pleuré... Il s'agissait d'un bal, puis d'un départ précipité... J'avais assez souvent vu les diamants de doña Mercédès pour en apprécier la valeur... je résolus de ne pas quitter l'Espagne avant de m'en être emparé... Après avoir regagné la petite chambre dans laquelle personne ne soupçonnait mon retour, j'attendis que tous les bruits de la maison eussent cessé les uns après les autres... Je sortis alors, et je me glissai dans l'appartement de Mercédès... Elle semblait dormir... J'arrachai les pierreries de leurs écrins et j'allais sortir chargé de mes dépouilles, quand Mercédès, subitement réveillée, me reconnut et se précipita sur moi pour m'arracher ses trésors ; elle me menaça d'ameuter sa maison contre moi, et je pris mon poignard...

Le moine fit entendre un sanglot ; mais Lello Lelli, emporté par le souvenir de cette terrible scène, continua :

— Je frappai en forcené, en aveugle, en fou, jusqu'à ce que j'eusse les mains rouges, jusqu'à ce que je sentisse inerte ce corps que je criblais de coups de stylet, jusqu'à ce que le souffle s'éteignît sur la bouche que je comprimais avec violence...

Une sanglante écume frangea les lèvres de l'assassin.

— J'ai tué Mercédès ! j'ai tué Mercédès ! dit-il.

Une seconde après, il demanda :

— Y a-t-il un pardon pour moi ?

— Oui, si vous vous repentez...

— Oh ! ce n'est pas tout, dit Lello, ce forfait, je voulus en rejeter l'horreur sur un autre... et je choisis pour seconde victime le mari de Mercédès.

— Après?... dit le moine.

— Quand une imprudence l'eut jeté entre les mains de la justice, on lui appliqua la torture qui fit de ses membres une boue sanglante.

— C'était un martyr ! dit le moine avec ferveur.

— Eh bien ! fit Lello, il me semble que ce crime est encore plus horrible que le premier... Après avoir frappé mon bienfaiteur dans son âme, je l'atteignis dans son honneur pour le lui ravir, dans son corps pour le tuer... Dieu peut-il encore me pardonner cela?...

— Il vous le pardonnera... dit le moine.

— J'achèverai donc mes aveux... dit Lello Lelli.

Il raconta sa jeunesse jusqu'à son arrivée à Madrid, ce qu'il avait fait durant son premier voyage à Naples et les faits qui avaient signalé sa nouvelle apparition en Espagne. Il termina en parlant de la soirée passée la veille chez Diégo Fuentès, et de l'agression de Francesco qui avait repris par le meurtre l'argent volé par Lello en trichant au jeu.

— Vous repentez-vous? demanda le moine.

— Je ne sais pas si je me repens, mais je crois et j'ai peur.

— Peur des châtiments éternels ?

— Oui, dit Lello.

— Mon frère, dit le moine, avec les mérites du Sauveur Jésus, cette terreur peut vous amener au repentir... Quand l'absolution du prêtre sera descendue sur vous, votre âme se trouvera purifiée... Mais, afin de la rendre au Seigneur moins indigne et moins imparfaite, essayez de donner un autre mobile à vos regrets... Souvenez-vous de la bonté du Sauveur des hommes, et, reportant votre souvenir sur les miracles de sa miséricorde, vous en viendrez à regretter vos crimes, non pas seulement parce que la justice divine leur réserve un châtiment proportionné à la grandeur de l'offense, mais surtout parce que, en souillant ainsi votre âme, vous avez terni le pur miroir du Sauveur du monde, vous avez profané les trésors de la grâce, foulé aux pieds la rédemption sainte... Oubliez tout à cette heure, hors le crucifix que je présente à vos lèvres! Repentez-vous pour l'amour du divin Sauveur ; et non-seulement vos fautes vous seront remises, mais vous pourrez attendre la félicité suprême accordée aux remords des pécheurs comme à l'amour des justes.

En achevant ces mots, le moine tira de sa ceinture un crucifix et l'approcha de la bouche contractée de Lello.

— Mon Père! mon Père! dit le misérable, oui, je le crois, Dieu me pardonnera ; mais seulement si l'homme que j'ai offensé, livré, torturé, me pardonne... Allez le chercher, celui-là... Je quitterai mon lit d'agonie pour me jeter à ses pieds. Je lui crierai : Miséricorde! Miséricorde!

— Frappe ta poitrine, toi qui as péché, dit le moine avec une autorité surhumaine.

Lello Lelli obéit avec un frémissement.

Puis, d'une voix dont rien ne saurait rendre la puissance, le moine ajouta :

—*Absolvo te!*

Et tandis que sa main droite se levait pour faire descendre le pardon sur la tête du coupable, le moine, dégageant son front du capuchon qui l'enveloppait, laissa voir aux yeux de Lello Lelli le visage transfiguré d'Alonso Cano.

— Tu m'as trompé, dit le mourant, tu n'as pas le droit d'absoudre.

— Je suis prêtre depuis hier, répondit le moine, je te pardonne, et je remercie le Seigneur Jésus d'avoir permis que je fusse aujourd'hui l'instrument de ses miséricordes.

— Pardon! pitié!... je meurs! dit Lello.

Il retomba dans les bras de Miguel, tandis qu'Alonso Cano se prosternait au pied du lit.

Pendant toute la nuit, les deux hommes veillèrent près de la dépouille de l'assassin de Mercédès.

Après avoir reconduit le cadavre au cimetière, Alonso Cano prit la route de Grenade où l'appelait l'obéissance; mais, par un privilège que lui fit accorder son incomparable génie, il habita jusqu'à sa mort un atelier qu'on lui avait ménagé au sommet de la Grande Tour.

Le Michel-Ange espagnol fut inhumé, en 1676, sous le chœur de la cathédrale de Grenade.

FIN